# 序章

「紫式部」。名前ばかりは華々しくもてはやされたものだが、その実この私の人生に、どれだけの華やかさがあったものだろうか。自ら書いた『源氏の物語』の女主人公、紫の上にちなむ呼び名には、とうてい不似合いとしか言えぬ私なのだ。

老いて宮仕えを退き、古びた自宅にひきこもって、最早《もはや》私にはすることもない。そんなある日のこと、ふと外を見ると、おや雪が降っている。初雪だ。真っ白な雪がひとひら、またひとひらと、古く荒れた庭に舞い落ちている。

そうだ、私にもこの初雪のような時があった。無垢《むく》で何も知らず、恐れもせずにこの人生という庭に降り立った時が。しみじみとした思いが心に満ちて、私は詠んだ。

ふればかく　憂さのみまさる　世を知らで　荒れたる庭に　積もる初雪
（世の中とは、生きながらえれば憂いばかりが募るもの。そうとも知らずに初雪が、この私の荒れた庭に降っては積もってゆく。」

（『紫式部集』113番）

私は人生を振り返る。思えばいろいろなことがあったものだ。記憶が雲のようにいくつも湧いては心をよぎる。

私は思い出を手繰り寄せる。私の人生、それは出会いと別れだった。

# 一　会者定離――雲隠れにし夜半の月

## 出会いと別れ

人は人と巡り合い、そして別れる運命にある。仏も言う「会者定離《えしゃじょうり》」のさだめだ。それにしても私の人生とは、なんとまあ次々と大切な人を喪《うしな》い続けた人生だったろうか。思えば、この哀しみから目をそらすまいと決めたことが、私を『源氏の物語』作者、紫式部にしたのだ。それもまた悲しいことだ。だが、これこそが私、紫式部の人生だと考えるしかない。

「姉君」の話をしよう。あれは長徳元（九九五）年、私がまだ若い娘で、父や弟と一緒に京の邸《やしき》に暮らしていた頃のことだった。私は偶然、幼馴染《おさななじみ》と再会した。それが「姉君」だ。幼い頃に別れたから顔かたちすら変わって、最初は見分けもつかないくらいだった。私たちは巡り合いを喜び、以前のような友達付き合いを再開した。だがそんな十月十日の夜のこと、彼女は長居できず、月と競うように帰ってしまった。

はやうよりわらは友達なりし人に、年頃経て行き会ひたるが、ほのかにて、十月十日の程に月に競《きほ》ひて帰りにければ

めぐりあひて　見しやそれとも　分かぬ間に　雲隠れにし　夜半《よは》の月かな

（『紫式部集』冒頭歌）

〔ずっと昔からの幼馴染に何年もの空白を経て出会ったのだけれど、会えたのはほんの短い期間。そんな十月十日頃、彼女は月と競って帰ってしまった。思いがけない巡り合い。「あなたね？」そう見分けるだけの暇もなく、あなたは消えてしまったね。それはまるで、雲に隠れる月のように。〕

十日の月は未《ひつじ》の刻（午後二時前後）に出るから、この季節の日が落ちて辺りが暗くなった頃にはもう、見上げる位置にある。戌《いぬ》の刻（午後八時前後）に空の頂上にかかると、後は傾く。幼馴染が月と競って帰ったのは、戌の刻からしばらくしてのことだった。ああ残念、もっと長い時間おしゃべりしていたかったのに。

いいや、この歌の意味は、そんなことではない。たった一夜彼女が早々に帰ってしまったことごときがなんだろう。巡り合って、これから再び長く心を重ねてゆきたいと

思っていたのに、彼女と私は結局そうならなかった。その運命を、私はこの歌に詠んだのだ。「雲隠れにし夜半の月」。本当ならばもっと眺めていられたはずなのに邪魔が入り、思いがけなくも中空で雲に隠される月。口惜しくも姿をかき消されてしまう月だ。彼女とのことは、縁とはそうしたかりそめのものだということを私に思い知らせた、悲しい出来事だった。

## 悩む友達

幼馴染には先の予定が決まっていた。京を離れ、家族と共に遠い国に行かなくてはならないというのだ。行く先は筑紫《つくし》。彼女はそこへ行くことを望んではいなかった。手紙には、それを嘆く歌がいつも書き添えられていた。筑紫のことを思うと涙が出るという。遠く離れても忘れずに手紙を書くと、私は約束した。

筑紫へ行く人のむすめの
西の海を　思ひやりつつ　月見れば　ただに泣かるる　頃にもあるかな

返り事に

西へ行く　月のたよりに　たまづさの　書き絶えめやは　雲の通ひ路

〔筑紫へ行く姫君の歌

私は西へと、やがて旅立たなくてはなりません。その海に思いを馳《は》せながら月を見ると、ただもう涙が流れてしまう今日この頃なのです。

私からの返事に

月は毎日、天空を西へと行くもの。私、その月に託して手紙を書くわ。絶対絶やすものですか。雲の中の通り路を使ってね。〕

（『紫式部集』6・7番）

血ほども涙を流そうが嫌と言おうが、父や夫が京を離れて遠い地に下向するとなれば、そして私たち女について来いと言うならば、行かないことなどできようか。嫌だと泣くなど、姫君の我儘《わがまま》でしかない。だが我儘と知っていても、田舎など誰が行きたかろう。地方官勤めは、男たちには重要な公務かもしれないが、女たちには京の雅《みやび》から遠ざかることでしかない。もちろん私も今では、国家のまつりごとにおける地方官の意味も、それを歴任することで中級下級の男性貴族が出世と蓄財の道を切り拓《ひら》くことも、妻ならば時には幾人かいる妻の一人として選ばれて下向する場合もあることを、知っている。だがあの時、私たちにはここ、京しかなかった。生まれ育った京の地で、家族と暮らし友達と文を交わし、時に寺や神社に物詣《ものもうで》するくらいの生活の中で、地方とは世界の外、どうしようもない事情がある以外には心の向く所ではなかった。それが分かるから、私も彼女を強くたしなめはしなかった。どうしたって家族との下向は従わなくてはならないことなのだ。泣いて、あとは諦《あきら》めるしかない。ところが、それが他人事《ひとごと》ではなくなった。長徳二（九九六）年の正月、父が唐突に越前守《えちぜんのかみ》に決まって、私自身が京を離れることになったのだ。

「姉君」と「中の君」

その幼馴染のことを、私は手紙では「姉君」、お姉さんと呼んでいた。実の姉ではないのにそう呼ぶには、いきさつがあった。

彼女と離れていた年月の間に、私は姉を亡くしていた。いっぽう彼女は妹を死なせていた。なんという偶然だろう。私たちは互いに亡くした姉妹の代わりに思い合うことを誓い、その約束どおり、手紙の上書きに「姉君」と「中の君」、お姉さん、妹へと書いて交わしたのだ（『紫式部集』15番詞書《ことばがき》）。

「姉君」は姉その人ではない。姉の代わりになるものだろうか。私とて、「姉君」の亡くした妹に成り代われるはずもない。ならば私たちの付き合いは、娘特有の愚かしい感傷などと呼ばれても仕方がない。しかし、それが何だろう。

私は、母のことを書きようがない。母は思い出を残さなかったからだ。だが母がいなくても、姉がいた。でもその姉までが逝《い》ってしまった。その時に偶然にも出会った、たまさか似た境遇だった幼馴染を、身代わりと思って慕って罪があろうか。私は誰かそうした存在を、無理にでも必要としていたのだ。

私は後になって書いた『源氏の物語』で、登場人物たちを次々に私と同じ目に遭わせた。光源氏は三歳で母を亡くし、六歳で祖母を亡くす。光源氏の妻の紫の上も幼くして母を亡くし、育ててくれた祖母までも十歳ばかりの時には喪う。光源氏の最初の正妻の息子に至っては、生後数日で母に死なれる。さてどう生きる。母がいなくてあなたたちはどう生きるのだ。それは私から彼らへの問いかけだった。『源氏の物語』の中で、光源氏は年をとってからこう述懐する。

いはけなきほどより、悲しく常なき世を思ひ知るべく仏などのすすめたまひける身を、心強く過ぐして、つひに来し方行く先も例《ためし》あらじとおぼゆる悲しさを見つるかな。

〔私は幼い頃からたくさんの人に死に別れ、人の命とは無常なものだという悲しい真実を思い知らされてきた。それは私の身を通して仏がそう教えて下さっていたのだ。にもかかわらず私は気丈に悲しみをやり過ごして、そのことから目を背けてきた。だがついに今度こそは、過去にも未来にも味わうことのないほどの悲しみに陥ってしまった。〕

（『源氏物語』「御法」）

彼が五十一歳で、長年連れ添った紫の上に死なれた時の呟《つぶや》きだ。大切な人を喪っても、生きるために気を奮いたたせて、次の誰かを愛する。それがだめならば、また身代わりを立てて愛する。光源氏はそうやって生きてきた。死んだ母更衣の身代わりに、母に生き写しという義母、藤壺を乞い求めた。藤壺への思いが叶《かな》わなければ、その姪《めい》でおもざしの似通った紫の上を愛した。それが彼の、つらい人生の凌《しの》ぎ方だった。だがそのことの不毛を、彼は紫の上を喪って悟るのだ。しかし私が同じように悟るのは、もっとずっと先のことだ。私は「姉君」にすがり、「姉君」は私に頼って、私たちは精いっぱいに支え合った。

それなのに、私たちにも別れがやってきた。「姉君」が筑紫へ行くだけでなく、今度は私までもが越前に行かなくてはならない。姉君は西へ、私は北へ。私と父との出発は、陰陽道《おんみょうどう》で出立に良い日取りを選んで、六月初旬のことだった。
出発してからも、私は「姉君」が恋しくてならない。西の海になど行きたくないと泣いた「姉君」の気持ちが、今になって骨身にしみて分かる。あの時私は、何と言って「姉君」を慰めたのだっけ。そうだ、必ず手紙を書くと約束したのだった。でも私は都を離れてしまう。「姉君」は遠い越前まで手紙をくれるだろうか。心配でならない。越前への道すがら、私は「姉君」に歌を送った。

北へ行く　雁の翼に　ことづてよ　雲の上がき　書き絶えずして
（姉君、あなたのいる所から、私のこれから行く北の地へと、飛んでゆく雁《かり》がいるでしょう。その翼に手紙を託して送ってね。雁は翼で雲の上を掻《か》いて飛ぶでしょう？　その「上がき」のように、「妹へ」と上書きした手紙を、今までどおりずっと送ってね。）
（『紫式部集』15番）

「姉君」からは返事が来た。

行き巡り　誰も都に　帰る山　いつはたと聞く　ほどの遥けさ

〈遠くへ行ってもまた巡り巡って、どちらも都へ帰るのよ。ほら、あなたのゆく越前には「帰る山」という名の山もあるじゃないの。そこには「いつはた山」、いつかまたという名の山もあったわね。でもまた都で巡り合えるのは、一体いつの日のことなのかしら。今の私には、あまりにも遥《はる》か遠くに思われてなりません。〉

（『紫式部集』16番）

## 「姉君」の死

手紙を書くという約束を、私たちは守り合った。互いの道中も、また私が越前に、「姉君」が九州に着いてからも文通を続けた。遠い土地との手紙のやり取りには時間がかかって、送った手紙の返事が年を越して届けられることもあった。だがいつの間にかそれも途絶え、時が過ぎた。「姉君」の消息が知れないまま、私はやがて都に戻った。

そしてある日、知らせを受けた。「姉君」は彼《か》の地で亡くなったのだと。筑紫から都に戻った父君やご兄弟からの、悲しい知らせだった。

私の脳裏に、かつて「姉君」に送った歌が甦《よみがえ》った。必ず筑紫まで手紙を書くと約束した歌。私は、手紙は月に託すると詠んだのだった。月は雲の中の路《みち》を通うからと。そして、越前にもきっと手紙を書いてほしいと懇願した歌。私は、「北へ行く雁」に託して手紙を送ってほしいと詠んだ。その翼は雲の上を掻いて飛んで、手紙を届けるからと。

私の瞼《まぶた》の裏に、約束を守って筑紫から北を目指して飛び立つ雁の姿が浮かんだ。その雁は「姉君」自身なのだ。翼には私への手紙を忘れず携えている。だのに何のまちがいか、群れの列から逸《そ》れて、「姉君」は一人消えてしまった。

いづかたの　雲路と聞かば　尋ねまし　列《つら》離れたる　雁が行方を
（『紫式部集』39番）
〔どこの雲路と聞けば探しに行けるのでしょうか。親とも兄弟とも離れ、一人ぼっちで行ってしまった雁……逝ってしまったあなたの行方を。〕

「姉君」はどこへ消えたのだろう？　雲路へ、だ。どこへ探しに行くことができようか。もうその姿を見ることはできない。そうだ、「姉君」は雲に隠れたのだ。あなたはたった数年前、あの十月十日の夜には月のように輝いていたのに、思いがけなくも人生の只中《ただなか》で、死という黒雲に包まれた。雲に隠れる月、それも二度と会えない月になってしまった。

めぐりあひて　見しやそれとも　分かぬ間に　雲隠れにし　夜半の月かな
（『紫式部集』冒頭歌）

思えばなんと儚《はかな》い、出会いと別れであったろうか。しかしこうした出会いと別れを、私はその後も繰り返すことになる。人生は無常だ。私にとってそれは、ただ愁いに満ちている。

# 二　矜持——男子にて持たらぬこそ、幸ひなかりけれ

## おこぼれ学問

私の少女時代は、漢籍を抜きにしては語れない。こう言うと世の人からは、はしたない、なぜ女だてらに漢籍など読むのかと叱られるだろうが、これには訳がある。

この式部丞《しきぶのじよう》といふ人の、童《わらは》にて書《ふみ》読み侍りし時、聞きならひつつ、かの人は遅う読みとり、忘るるところをも、あやしきまでぞさとく侍りしかば、書に心入れたる親は、

「口惜しう。男子《をのこご》にて持たらぬこそ、幸ひなかりけれ」

とぞ、つねに嘆かれ侍りし。

〔うちの式部丞と申します弟が、まだ子供だった頃、勉強のために漢籍を朗読しており

ましで、私はいつもそれを聞いていて自然に覚えてしまいました。弟は暗唱するのに時間がかかったり忘れてしまったりいたしましたが、私はそんなところも不思議なほどすらできました。ですから学問熱心だった父は、
「残念だな。お前が息子でないのが、私の運の悪さだよ」
といつもお嘆きでしたわ。」

（『紫式部日記』消息体）

私の父、藤原為時《ためとき》は、文章道《もんじょうどう》出身の文人だ。家には漢籍があふれていた。父は自分で読むばかりではなく、弟にも学ばせた。自分と同じ漢学の道に入れて出世させようと期待したのだ。だが弟は、幼い時からどうもぱっとしなかった。愚鈍というのは可哀想だが、素早く頭が回るほうではない。幼学の入門書の素読などという初歩中の初歩の勉学でもなかなか覚えきれず、つかえたり忘れてしまったりの繰り返しだった。そうやってあの子が何度も何度も読みあげるものだから、私は横についているうちに、自然に覚えてしまったのだ。弟が鈍いお蔭《かげ》の、言わばおこぼれ学問だ。

特別な努力など全くしていない。もちろん、父が私に薫陶を授けたなどということもない。父は逆に嘆いていたのだ。男ならば漢文に長《た》けた有能な官人として出世の道もあるだろうが、女のお前には望むべくもないと。それは私の心を傷つけた。あり余

る才能があるのに、女だから父を喜ばせられない。漢文など読めても無駄なのだと。そう、そんな能力は要りはしない。それなりの家に生まれ、娘や妻、つまり「里の女」として一生を過ごす女たちにとっては。そして私も、ただそのような女として生きるはずだったのだ。

それにしても世の中には、そこそこの身分がありながら娘を女官に仕立てるなどという父親もかつていたようだが、なんとおぞましい話だろうか。女官など下々の身分の者がなるものだ。女官や女房は、人に顔をさらす。顔などいくら見せても減るものではないと人は言うかもしれないが、そうではない。女は減るのだ。恥じらいや気品というものが。確かに私も、後には女房勤めをした。だがそれは望んでそうしたのではない。やむにやまれずのことだった。しかも、最初は嫌で嫌でどうしようもなかったのだ。自分の娘、賢子《けんし》を女房にしたこと？　それは仕方がない。あの子には父親もおらず、もうその道しかなかったのだから。だがそうしないで済む方法があったのならば、どこの親が最初から進んで娘を女房などに仕立てようか。それは少なくとも、名誉ある家系に生まれた私の感覚ではない。

かつて娘を自ら女官にしたというのは、高階成忠《たかしなのなりただ》という人だ（系図1）。父と同じ

系図1

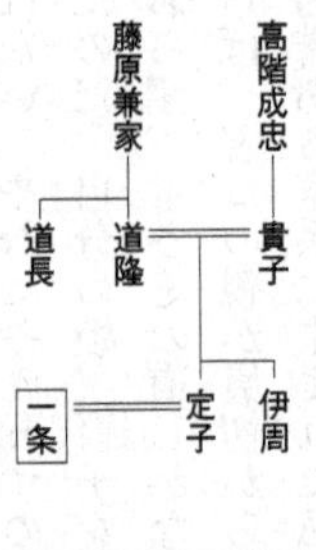


漢学の徒だ。だが父とは全く考え方が違っていた。成忠は、学がありすぎて誰からも煙たがられ、変人と噂されていた人物だった。確かに変わり者だ、世の男が信用できぬあまり、娘には結婚を勧めず勉学を授けて女官にしたというのだから。成忠の娘の貴子様は、父親から鍛えられて漢文に熟達し、円融《えんゆう》天皇の時代に狙い通り天皇付きの掌侍《ないしのじょう》となって活躍された。だがそれがきっかけで、藤原道隆様、道長殿の一番上のお兄様に見初められ、縁づいてしまわれたのだから、世の中とはおかしなものだ。高階氏は遠く長屋王《ながやおう》に血の繋《つな》がる王族とはいうものの、貴族内での地位はせいぜい四位・五位程度に過ぎない。その高階氏から藤原摂関家の本妻へというとんでもない幸運のため、この話は世に知れ渡った（『栄花物語』巻三）。だが考えてみれば、成忠が結婚をすんなり認めたというのはおかしなことではないか。最初は男が信頼できないと言っていたはずだ。相手が時の大納言《だいなごん》藤原兼家《かねいえ》様のご長男だからよかったというのか。所詮《しょせん》玉の輿《こし》に目がくらんだのではないか。笑止千万だ。

　貴子様は道隆様との間に数々の御子《みこ》を産んだ。やがて内大臣の地位にまで昇られた伊周《これちか》様、一条天皇の后《きさき》となられた定子《ていし》様も貴子様の腹だ。お二人とも母君の才能を受けて漢文の素養がおありだった。だがあの一族は、結局は零落してしまった。怖ろしいことよ。漢文ができることを鼻にかけたのが悪かったのではないか。

## ひけらかし厳禁

私は父に嘆かれても漢籍読みをやめなかった。それどころか漢詩や漢文に没頭した。そこに繰り広げられる壮大な歴史劇、心震える情愛の物語、深遠な哲学が私を虜《とりこ》にした。だがある時、人から言われた一言が胸に引っかかって、私はこの力を隠すようになった。

「男だに、才がりぬる人は、いかにぞや、はなやかならずのみ侍るめるよ」と、やうやう人の言ふも聞きとめて後、「一」といふ文字をだに書きわたし侍らず、いとてづつにあさましく侍り。

（誰かが「男ですら、漢文の素養を鼻にかけた人はどうでしょうかねえ。皆ぱっとしないようではありませんか」と言うのを聞きとめてからというもの、私は「一」という字の横棒すら引いておりません。本当に不調法であきれたものなのです。」

（『紫式部日記』消息体）

男でも、漢文の知識をひけらかす者はうだつがあがらない。それは誰のことだろう。父はどうか。そうだ、確かに父の地位は華やかとは言い難い。父の文人仲間とて、ごく一握りの人が摂関家におもねって出世している以外は、おおかた低い身分だ。

そして、私が知る限り最も漢文の素養を鼻にかけた貴公子、伊周《これちか》様はどうだろう。二十一歳の若さで内大臣になるまでは世間を驚かせる出世ぶりだったが、一旦道長殿との政争に負けるや、自ら女がらみのばかばかしい事件を起こして失脚してしまった。先の帝《みかど》である花山《かざん》法皇を自分の恋敵と勘違いし、一味で矢を射かけて暗殺未遂の罪に問われたのだ。余罪も含め多くの連座者を出し、後に「長徳の政変」と呼ばれるに至った大事件だ。主謀者の伊周様は内大臣の地位を剝奪《はくだつ》され、大宰府《だざいふ》にまで流された。やがて都に戻っては来たものの、もうひと花咲かせることはできずじまいだった。最期は三十七歳の若さで、それは惨めな亡くなり方だったと聞く。いや、この言葉を聞いた時には、そこまで伊周様の行く末が分かっていたわけでもない。だが結局はそうなった。

男ですらこうなる。まして女は、ということだ。私はぞっとした。絶対にひけらかすまい。人には漢文の素養を見せるまいと心に決めた。このように私は、まことに世間に従順な人間なのだ。世の中には「男は漢文、女は和歌」という規範がある。それに触れれば叩《たた》かれることを、よく分かっている。だから『源氏の物語』の中でも、光源氏が漢詩を作る場面などを書きはしたが、その詩そのものは決して書いていない。そういう場面では、「女がよく知りもしないことを語るものではないので、省く」と逃げた。『源氏の物語』はちょうど女房が語っている形式なので、辻褄《つじつま》も合う。

『源氏の物語』の行間に漢学の世界が透かし見えると？　それは私も認める。例えば「桐壺」の巻、帝が身分の低いお妃《きさき》である更衣を溺愛《できあい》する場面では、世の皆が「楊貴《ようき》妃《ひ》のためし」を引き合いに出して非難したと、行間どころか本文にはっきり書いた。それは良いのだ。女とて、楊貴妃と玄宗皇帝の悲恋を描いた白居易《はくきょい》の漢詩「長恨歌」くらい読んでいよう。読まずとも、筋は知っていよう。それを物語の下敷きにしただけだ。漢文そのものを書き散らしている訳ではないのだから、ひけらかしにはならない。〝才がってはならないから、漢字・漢文そのものは書かないが、素養は持って良い〟。それが私の決めた規則だ。都合の良い規則といわれようが、物語作りは私の世界だ。私の骨肉である漢籍が、どうしても現れてしまう。これは見逃してもらわなくては、物語が作れない。少なくとも私の『源氏の物語』にはならない。

それにしても、漢学は私にとって二重にも三重にも複雑な意味を持つものだった。それは矜持《きょうじ》でもあったが、引け目でもあった。だから、救いとも感じたが嫌悪感も抱いた。

一つは、私自身のことだ。きちんとした漢学の素養を持っていることは、女性ながら社会や歴史に対するれっきとした鑑識眼を備えているということだ。私はそれを誇りと思っている。だが一方で、女であるがために、それは隠さなくてはならなかった。世の大多数の女とは違う目を持つ女。異端の女。その意識は私の弱みとなった。一という文字も書かないように振舞い、『源氏の物語』でも漢学を覗《のぞ》かせすぎないように努める私は、何と世間の目ばかり気にしなくてはならなかったろう。漢学など知らぬ女たちは楽なものだ。

二つ目は、父のことだ。父が文人となったことが、私には誇りにも引け目にも感じられるのだ。父が漢学に心を入れ、今や一条朝の文人として名を数えられるような存在になっていることは、それは誇らしい。だがそもそも父の家系は、漢学を生業《なりわい》としなくてはならないような家ではなかったはずだ。

# 名家の矜持

私の家は、藤原氏の中でも名門の北家《ほっけ》に属する。まだ都が平安京に移って年浅い頃、嵯峨《さが》の帝に側近として仕え、天長二（八二五）年には正二位左大臣となり、死後は正一位太政《だいじょう》大臣の地位まで贈られた藤原冬嗣《ふゆつぐ》公には、優秀な息子たちがいた（系図2）。

長男の長良《ながら》様と、次男の良房《よしふさ》様だ。政治の能力は良房様が上で、娘の明子《あきらけいこ》様を文徳《もんとく》天皇の女御《にょうご》に入れ、生まれた皇子をその年の内に東宮の座につけた。それが水尾《みずのお》の帝、清和天皇だ。良房様はこの清和天皇の時代に、人臣にして初めての摂政となられた。摂政とは、帝になり代わってすべての政務を執行できる最高の役職。今でも藤原氏の公卿《くぎょう》たちなら誰もが切望する地位だ。また清和天皇の女御となり陽成《ようぜい》天皇をお産みになったのが、兄の長良様の娘、高《たか》

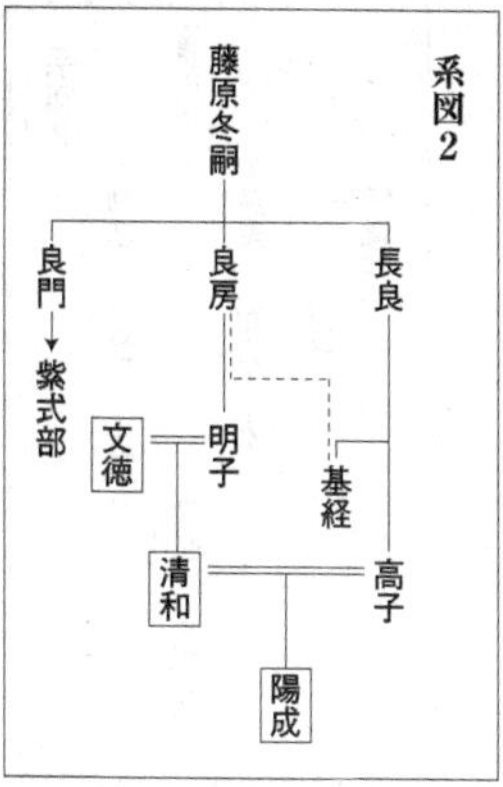

系図3

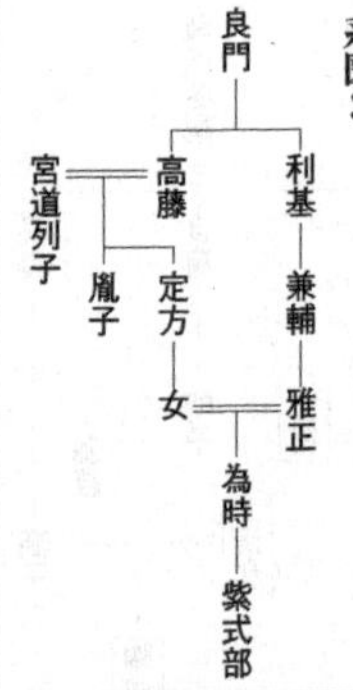


子《いこ》様。そして良房様亡きあと摂政の地位を継がれ、清和・陽成天皇、その後の時代までも君臨されたのが、長良様の三男で良房様の養子に入られた基《もと》経《つね》様だ。この人たちを「勝ち組」とすれば、『伊勢物語』の主人公になぞらえられる在原業平《ありわらのなりひら》などは「負け組」かもしれない。『伊勢物語』を本当にあったこととすれば、業平は高子様と駆け落ちしたものの追いかけてきた基経様に高子様を奪い返され、自身は東《あずま》に下って傷心を慰めたというのだから。私はもちろん、歌人業平を尊敬している。だが私の祖先は「勝ち組」の一族だった。

　私を五代遡《さかのぼ》る祖先にあたる藤原良門《よしかど》は、長良・良房様たちの弟だ。早世してしまったので本人は正六位内舎人《うどねり》にしか達しなかった。だがその長男の利基は従四位上近衛中将にまで昇ったし、その息子で私には曾祖父《そうそふ》に当たる兼輔《かねすけ》は、従三位中納言と、公卿にまでなって活躍した。また利基には弟の高藤《たかふじ》がいる。私のもう一人の曾祖父、定方《さだかた》の父に当たる人だ。定方は何と右大臣にまで出世した（系図3）。それは同母姉の胤子《いんし》の縁故による。

この胤子の出生については、心躍る伝説がある。高藤が十五、六歳の頃のことだ。彼は山科《やましな》まで鷹狩《たかがり》に出て俄雨《にわかあめ》に遭い、ひと時軒先を借りた家で娘と恋に落ちた。山城国宇治郡の地元豪族にして大領、宮道弥益《みやじのいやます》の娘、列子だ。こうした伝説の習いとして、娘は一夜のことで懐妊する。まるで『うつほ物語』の主人公仲忠の両親のようではないか。しかし生まれたのは仲忠とは違って女の子だった。これが胤子だ。その後高藤は父良門を亡くし、伯父の良房様たちに可愛がられて出世を果たしながらも、一夜の娘のことが忘れられない。六年後に探しに行って涙の再会、しかもそこには可愛い女の子がいたという（『今昔物語集』巻二十二第七話）。

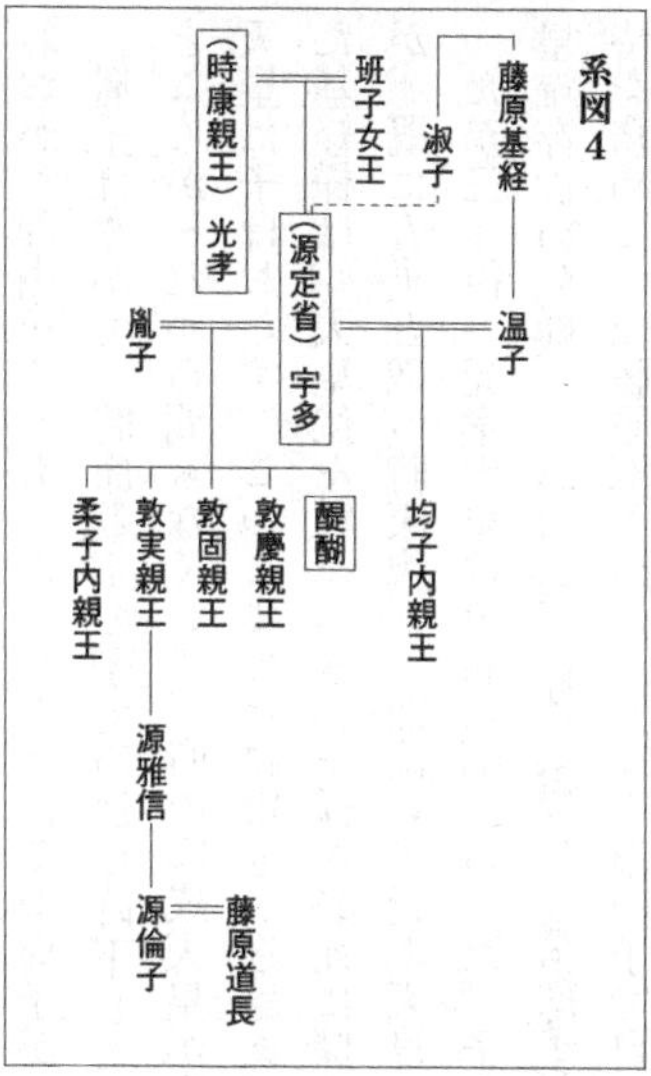


　実際には、胤子は高藤が十代で生《な》した子ではない。どう数えても二十代も半ばの頃の子のはずだから、これは作り話だ。だが、人にまつわって作り話が生まれるには、

おおかた理由があるものだ。たとえばこの胤子が、やがて国母となるとしたらどうだ。

胤子はやがて、時康親王の子で臣籍に降下していた源定省《さだみ》様と結婚した（系図4）。ところがそれから間もなくして、時の陽成天皇が突然位を降りられることになった。天皇に子はおらず、このままでは跡継ぎが途絶えてしまう。関白太政大臣の職にあった基経様は、天皇位を継ぐべき親王様を必死に探された。そして白羽の矢が立ったのが、既に五十五歳の時康親王、即位して光孝天皇となられた方だった。

だが三年後、光孝天皇は重病に倒れられた。子たちは全員臣籍降下している。再び、皇統存亡の危機。その時基経様に驚くべき提案をされたのが、基経様の実の妹で尚侍《ないしのかみ》を務めていた藤原淑子様だ。光孝天皇の子で自らが養子として可愛がっていた源定省様を、臣下の源氏から皇族に復帰させて即位させようというのだ。定省様の親王復帰は仁和《にんな》三（八八七）年八月二十五日、皇太子になられたのは翌日の二十六日。そして同じ日に、光孝天皇は崩御された。まさに綱渡りだ。何とめくるめく政治劇だろう。

それにしても、こうしたことを私は、ただ歴史上のこととして知っているのではない。我が一族にまつわることとして知っているのだ。私は『源氏の物語』で、主人公の光源氏を、天皇の子でありながら源の姓に降下した人物とした。そしてその彼をやがて皇統に返り咲かせた。もちろん、定省様のこと、我が家に関わる方の輝かしい出来事が頭にあってのことだ。

## 優雅な曾祖父たち

定省様が即位して宇多《うだ》天皇となる前に、胤子は男子を産んでいた。これが、後の醍《だい》醐《ご》天皇だ。宇多天皇には基経様も娘の温子様を入内《じゅだい》させたが、その方は内親王様しかお産みにならなかったのだ。胤子の快挙は、一族に僥倖《ぎょうこう》をもたらした。醍醐天皇の治世下で、胤子の弟定方は帝の外戚《がいせき》として大躍進した。ただその政治家としてのあり方は、同じ時期に肩を並べていた藤原氏主流派の政治家たち、基経様の息子の時平様や忠平様（系図5）とは随分違っていた。時平様は漢学の家から右大臣にまで達した菅原道真《みちざね》を疎んで、大宰府に流してしまった。道真が大宰府で傷心の死を遂げた後、時平様がまるで祟《たた》られるように三十九歳で亡くなってからは、それを奇貨とした忠平様の時代となる。忠平様やその御子孫は、道真への罪を時平様一人にかぶせて、自分たちとは切り離した。そうした陰謀や政争や口ぬぐいを繰り

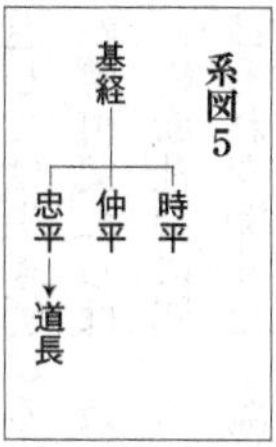

返しては生き延びるのが、良房様に始まる藤原氏主流派の方法だ。それに比べれば私の曾祖父たちは、余りに穏やかだった。穏やか過ぎた、とも言えるかもしれない。

貴族社会に属するなら誰もが持っている『古今和歌集』、そして『後撰《ごせん》和歌集』。私はそれを開くたび陶然とする。私の曾祖父たちの偉業が記しとどめられているからだ。だいたい『古今和歌集』の撰者《せんじゃ》として名高い紀貫之《きのつらゆき》などは、曾祖父兼輔の家に出入りの歌人だったのだ。兼輔は宴《うたげ》の度に貫之を呼び、歌を詠ませて褒美を与えた。『後撰和歌集』にはそうした折の歌が幾つも収められている。この歌などは、兼輔家の藤の宴に同じく曾祖父の定方が招かれ、貫之がその御相伴に与《あず》かった折のものだ。

琴笛などして遊び、物語などし侍りけるほどに、夜更けにければまかり泊まりて

三条右大臣

昨日見し　花の顔とて　今朝見れば　寝てこそさらに　色まさりけれ

兼輔朝臣

一夜のみ　寝てし帰らば　藤の花　心とけたる　色見せんやは

貫之

朝ぼらけ　下ゆく水は　浅けれど　深くぞ花の　色は見えける

〔兼輔朝臣の御殿で琴や笛の演奏を楽しみ話に花を咲かせるうちに、夜が更けた。それで泊まった翌朝の歌。

三条右大臣藤原定方

夕べも見た藤の花の顔だ、変わりばえもするまいと思っていたが、今朝見て驚いた。一晩寝てみたらまたさらに色が深まっているではないか。いや艶《つや》っぽい花よ。

藤原兼輔

一夜ごときで驚いていらっしゃるのですか？　うちの藤の花たちが、一夜程度のお付き合いで心を許した色気を見せますかな？　もっとお泊まり下さらないと。

紀貫之

いや、右大臣様はこうお思いなのでしょう？「明け方の光の中、庭の遣水《やりみず》ほどに浅い私の心が見られてしまいましたな。しかし藤の色と兼輔様の御心が深いのは、私もはっきり見届けましたよ」と。〕

（『後撰和歌集』春下128〜130番）

藤原氏の名家では、しばしば邸宅の庭に藤の木を植えて、自邸の記念樹としていた。兼輔邸の藤も見事だった。その盛りに兼輔は定方を招き、貫之を侍《はべ》らせ夜を徹して宴と花を堪能《たんのう》したのだ。この歌はその翌朝のものだ。まだ昨夜の興がさめやらぬ様子で、藤の花を女に見立てて「寝た」だの「色」だのと、曾祖父たちの歌は軽く、色っぽく、豪快だ。それに比して貫之の歌は、頭の中で作った体《てい》で、分かりにくい。「浅い」と「深い」の対比にも、機知を利かせようという魂胆が見え透いている。まあそれも仕様がない、貫之は曾祖父たちの前では、ここぞとばかりに歌の腕前を奮う必要があったのだもの。うちの曾祖父たちが、貫之の援助者だったからだ。そう、それは貫之だけではない。例の清少納言の祖、清原深養父《ふかやぶ》も兼輔邸に召されて、琴など弾いていたのだ（『後撰和歌集』夏167番詞書《ことばがき》）。清少納言と私のことを、同じ受領《ずりょう》階級に属するなどと、一緒にしないでほしいものだ。私の家は、少なくとも三代前には文化の庇護《ひご》者、歌人たちの盟主だった。あちらは父親の清原元輔がようやく周防守《すおうのかみ》など遠国《おんごく》の国司になって息をついたような家ではないか。

　歌人といえば、紀貫之と同じく『古今和歌集』の撰者として名高い凡河内躬恒《おおしこうちのみつね》が、兼輔に名簿《みょうぶ》を提出したこともあった。名簿とは下僕の誓いとして差し出す名札だ。躬恒は友人の貫之を通じて、兼輔に縁故を頼って来たのだ。その際彼が貫之に贈った歌には、唸《うな》ってしまう。

　人につく　頼りだに無し　大荒木の　森の下なる　草の身なれば

〔誰にすがるあても無いのさ。大荒れに荒れた森の下草のように日の当たらぬこの身だから。ありがとう、助かるよ。〕

（『躬恒集』御所本304番）

いくら生活のためとはいえ、ここまで卑下するものだろうか。いや、卑下する。名高い歌人とはいえ本職はみな木端《こっぱ》役人、少しでも出世したいのが本音だ。すがりつくものがあればどんなに惨めな物言いで擦り寄りもしよう。そうするのが当然なのだ。そして兼輔は、深い懐を以《もっ》て彼らに応《こた》えた。私の曾祖父はそういう人だったのだ。

また、兼輔とくれば誰もが知っているこの歌。語り伝えられ、『大和物語』にも採られた逸話だ。

堤の中納言の君、十三の親王《みこ》の母御息所を内に奉り給ひける始めに、「帝はいかがおぼしめすらむ」など、いとかしこく思ひ嘆き給ひけり。さて、帝に詠みて奉り給ひける。

人の親の　心は闇に　あらねども　子を思ふ道に　まどひぬるかな

先帝いとあはれにおぼしめしたりけり。御返しありけれど、人え知らず。

堤《つつみの》中納言《ちゅうなごん》藤原兼輔殿が、娘の桑子様を醍醐天皇に入内させなさった時のこと。桑子様は後に帝の第十三皇子の章明《のりあきら》親王様をお産みになるほど寵愛《ちょうあい》を受けられたのだが、何分最初の頃は父君兼輔殿も不安でいらっしゃった。「帝は我が娘をどのように御思いになるだろうか」と、溜息もしきり。それで兼輔殿は、このような歌を詠んで帝に進上したのだという。

人の親の心は、暗がりでもないのに迷うばかり。子を思う道に迷うのですね。

醍醐天皇は兼輔殿の親心にしみじみ感動なさったということだ。御返歌があったはずだが、それはわかっていない。」　　　　（『大和物語』45段）

「人の親の　心は闇に　あらねども　子を思ふ道に　まどひぬるかな」。私はこの歌を、『源氏の物語』に幾度となく引用した。他にもいろいろ文中に歌を引くことはあったが、おそらくこの歌を最も多く引いたはずだ。兼輔が、醍醐天皇に入内させた娘の桑子を思っての歌。親心から、娘を愛してほしいという願いを込めた歌だ。「恥ずかしながら親馬鹿で、子を思うが故に、闇の中の迷い人のように不安でしかたがございません」と。何と泣かせるのだろう。醍醐天皇も、一族胤子の子だ。兼輔の思いを聞き届けぬことがあろうか。帝は桑子を深く愛して、やがて玉のような男皇子、章明《のりあきら》親王までが生まれた。残念ながら即位なさることはなかったが、親王様は私の娘時代まではお元気でいらっしゃった。兼輔が遺《のこ》した堤中納言邸、そう、今その一角に私が住んでいる、この広大な敷地の隣の御屋敷にお住まいだった。

## 没落

この荒れた庭。かつてはここで中納言兼輔と右大臣定方が酒を汲《く》み交わし、紀貫之が歌い、清原深養父が琴を弾いた。それから百年近くが過ぎたとはいえ、そう遠い昔と思えないのに、栄華はあれよあれよという間に過ぎ去った。延長八（九三〇）年に醍醐天皇が亡くなると、後を継いだのは朱雀《すざく》天皇、母は忠平様の妹の穏子《おんし》中宮だ。天皇はたった八歳で、忠平様がすんなり摂政となられた。曾祖父ら一族が天皇の外戚だった時代は終わった。失意の中、定方は承平《じようへい》二（九三二）年に逝った。兼輔も翌承平三（九三三）年に世を去った。それ以後、政治の風は二度と我が家に吹いては来なかった。

こうして、兼輔の息子、私にとって祖父である雅正《まさただ》の代から、家は凋落《ちようらく》した。雅正は受領どまり。清少納言の父ではないが周防守や豊前守《ぶぜんのかみ》など受領を渡り歩き、位も死ぬ時にやっと従五位下と、貴族の最底辺にしかたどり着けなかった。それでも和歌の能力は保たれて、雅正も『後撰和歌集』に歌を採られている。しかしその詠みぶりはどうだ。

花鳥の　色をも音《ね》をも　いたづらに　物憂かる身は　過ぐすのみなり

〔花の色も鳥の鳴き声も私には空しい。この身はただ物憂い日々を過ごしているだけなのだ。〕　　（『後撰和歌集』夏212番）

紀貫之から無沙汰《ぶさた》を謝る歌を贈られて返した歌だが、なんとわびしい調べだろう。二人は常に互いの家を訪ね合う仲だった（『後撰和歌集』春下137番詞書）。この時はたまたま貫之が病気で家にこもっており、雅正はそれを寂しがっているのだが、鬱屈《うっくつ》の理由はそれだけではあるまい。こんな歌を受け取って、貫之は心配になったことだろう。自分の親が可愛がってやった貫之から逆に同情を受ける、これが雅正の現実だった。

私はこの歌も、自分の作品に引いた。

年頃つれづれに眺め明かし暮らしつつ、花鳥の色をも音をも、春秋に行き交ふ空のけしき、月の影、霜雪《しもゆき》を見て、そのとき来にけりとばかり思ひわきつつ、「いかにやいかに」とばかり、行く末の心細さはやるかたなきものから。

〔夫が亡くなってから数年間。涙に暮れて夜を明かし日を暮らし、花の色も鳥の声も、春秋にめぐる空の景色、月の光、霜雪、自然の風景に触れては「そんな季節になったのか」とは分かるものの、心に思うのは「いったい私と娘はこれからどうなってしまうのだろう」と、そのことばかり。将来の心細さはどうしようもなかった。〕

（『紫式部日記』寛弘《かんこう》五年十一月）

『紫式部日記』の中で私が、夫を亡くした後の寂しい生活を振り返って記したくだりだ。そんな場面で祖父の和歌が役に立つとは、皮肉なことだ。だが、これを書きながら私はどこか嬉しかった。華やかな歌でも苦しい歌でも、一家の歌を少しでも自分の作品に拾い上げ、もう一度活かす。それができるのは、ものを書く人間の特権ではないか。

雅正には息子が三人いて、上から為頼、為長、そして私の父の為時だ。この三人にも、共に和歌の才能が引き継がれている。特に一番上の伯父為頼は、円融天皇の時代に関白だった藤原頼忠様にごく近く、宴や催しに出入りしては和歌を披露した歌人だ。おや、まるで曾祖父のもとに出入りした貫之たちのようではないか。そのうえ、口惜《くちお》しいことだが名声は貫之の足下にも及ばない。だが官職は貫之よりずっとましだ。貫之は六十代の半ばを超えて遠国土佐守《とさのかみ》、だが為頼は、丹波《たんば》や摂津《せっつ》など京の近国の守を歴任、最後は従四位下にまで至ったのだもの。私は為頼伯父の歌も再利用した。

もちながら　千代をめぐらん　さかづきの　清き光は　さしもかけなん
〔望月《もちづき》のまま、千年もこの月は空をめぐり続けることでしょう。そしてその清らかな光を射しかけ続けることでしょう。さあ、盃《さかずき》を持ちながら、いつまでも酒を注ぎかけましょう。〕
（『後拾遺和歌集』雑五1153番）

これは為頼が、醍醐天皇の孫の徽子女王《きしじょおう》様のお歌に対する返歌として作った歌だ。徽子様と言えば、伊勢斎宮《いせさいぐう》を務めたのち村上天皇に入内し「斎宮の女御」と呼ばれた方だ。娘の規子内親王が後にやはり伊勢斎宮となられたのだが、その時、徽子女王は母として共に下向された。そのあたりは、『源氏の物語』で六条御息所《ろくじょうのみやすどころ》が娘と伊勢に下向する参考にさせてもらった。そんな華やかなお方の世界に歌で奉仕する場面が、伯父にもあったのだ。

私はこの歌を、中宮彰子様に仕えていた時に、自分の歌に利用した。中宮様が最初の皇子をお産みになって、その誕生祝いの席でのことだ。あの会には藤原公任《きんとう》様がご列席だった。女房たちは、自分に盃が回ってきたら飲み干して和歌を詠まなくてはならない。「文化の世界の重鎮である公任様の前では、和歌の出来栄えはもちろん詠みあげ方にも要注意よ」などと皆で言い合って、めいめい和歌を考えた。それで私も緊張して、頭の中で懸命に歌をひねったのだ。

めづらしき　光さしそふ　さかづきは　もちながらこそ　千代もめぐらめ

〔中宮様という月の光に、皇子様という新しい光までが加わった盃です。今日の望月のすばらしさのまま、皆様がこの盃を持ち続け、千代もめぐり続けることでございましょう。〕

（『紫式部日記』寛弘五年九月十五日）

しかし結局その夜、和歌を所望されることはなかった。せっかく作ったのに、残念ながらこの歌は披露されなかった。だからせめて『紫式部日記』の中には記しておいてやったのだ。できることならやはりあの宴で披露し、公任様のような権威の御耳に入れたかった。だって公任様は、為頼が昔御世話になった関白頼忠様のお子だもの。もしかしたら為頼の歌も御記憶にあるかもしれない。それで勘付いて下さったら、どんなによかっただろう。でももう、悔しがってもせんないことだ。

## 父の転進

このように、我が家は和歌の家なのだ。父為時も、歌人ではある。だが父は、和歌を作りながらも別の道を模索した。それが漢学、文人の道だった。なぜか。正直に言って、出世のためだと思う。もちろん、もとより漢学が好きで才もあったからではあろう。だがそれよりも、官途に危機感を覚えたことが引き金となったに違いない。自らの父雅正のように没落の前に茫然《ぼうぜん》と手をこまねくことも、兄為頼のように国司の官を得んとして権力者に近づくことも、父にはできなかったのだろう。朝廷の文書は、すべて漢文で記されている。またその言い回しには、中国の史実や故事が盛り込まれることがある。したがって、漢文と中国史とは実務官僚の基礎知識である。父はそれを修めるため、大学の「文章道」の学生となった。ここでの学業を終えれば、即戦力として諸国の掾《じょう》、つまり国府の三等官に推薦してもらえる。「文章生外国《もんじょうしょうげこく》」と呼ばれる制度だ。また「当職文章生《とうじきもんじょうしょう》」といって、中央の役所で判官《ほうがん》になれることもあった。判官とは、諸司のやはり三等官だ。そう高い官職でもないが、それが出発点なのだから構わない。なにより阿諛追従《あゆついしょう》ではなく実力で官界に入ることができる。人付き合いの下手な父は、これに賭《か》けたのではないか。

だが、と私は思う。先に申した定子様の兄藤原伊周様も、漢文はお得意だ。しかし大学を出てはいない。それはなぜか。最初から将来が約束されているお家柄の方々には、学生の優遇制度など必要ないからだ。ならばそうした制度に父がすがったのは、それほどまでに兼輔の家柄がものを言わなくなったということなのだ。貴族社会には、学生を指して言う決まり文句がある。「せまりたる大学の衆」。「貧乏学生」という意味だ。縁故がものを言う今の世、大学に入って学問を修めようなどという人間は、要するに官界に縁故を持たない貧乏人ばかりだ。これを漢学では恰好《かっこう》をつけて「寒家《かんか》」などというのだが。文章道を志した時点で、父は兼輔と定方の孫であることに見切りをつけた。自ら「寒家」自認組へと転進したのだ。

だが実は、文人には二つの種類があった。一種類は菅原や大江といった一族、つまり代々文人の家系で、大学寮の頭や博士など学問関係の要職を独占している世襲学者たちだ。彼らのことを「門閥」と呼ぶ。そしてもう一種類は、父のように文人の家柄ではない者たち。この人々は「起家《きけ》」と呼ばれる。あの時代、起家の者が大学頭や文章博士になることは、余程のことでもなければ、まず無いと言ってよかった。儒学の専門家になったからとて、起家の文人にはそこでの出世も限られているのだ。父にはそれが見えていたのだろうか。

私は、貧家出身の起家の文人を、私の『源氏の物語』に登場させた。「少女《おとめ》」の巻でのことだ。光源氏は三十三歳、須磨《すま》・明石《あかし》での蟄居《ちっきょ》から戻り、今や朝廷の重鎮となっている。折しも息子が元服し、光源氏は父としてその教育に当たる。私は、光源氏が息子を大学に入学させるという筋書にした。

官人は、みな朝廷から位を授けられている。だがその中で貴族と呼ばれるのは、位が五位以上である者だけだ。貴族には多くの特権が与えられており、その最大のものに、親の位によって子の初任の位が決まる「蔭位《おんい》」の制度がある。つまり、高い位の父の子は最初から高い位で勤め始めることができるのだ。役所で実際にあたる仕事はその位によって決められるから、高官の子は若くして労も無く、少将だとか侍従だとかいった華やかな官職を得る。そのようにできているのだ。まさに虎の威を借る狐だ。おかしいではないか、能力もない若者を、背後に権力者が付いているからといって世が偏重するとは。またその若者とて、自己を磨く下積みという時間を奪われている点、実は不幸ではないか。私は、光源氏にその制度を批判させた。

「高き家の子として、官爵《つかさかうぶり》心にかなひ、世の中盛りにおごり馴らひぬれば、学問などに身を苦しめむことは、いと遠くなむおぼゆべかめる。戯れ遊びを好みて、心のままなる官爵《くわんさく》にのぼりぬれば、時に従ふ世人の、下には鼻まじろきをしつつ、追従し、気色取りつつ従ふほどは、おのづから人とおぼえてやむごとなきやうなれど、時移り、さるべき人に立ち後れて、世衰ふる末には、人に軽め侮らるるに、掛り所なきことになむはべる。」

（「名門の子だからといって、位も役職も思いのまま、世の栄華にいい気になって慣れてしまうと、学問などで苦労することなど遠い世界のことと思うようになってしまうでしょう。遊んでばかりで意のままの出世を遂げてしまえばどうでしょう。時流におもねる世間は、内心は舌を出しながら表ではおべっかを使い、顔色を窺《うかが》いつつ接してくれます。

そのあいだは何となく一人前とも思われてなかなかのものでしょうが、時が移り後ろ盾も死んで落ち目になると軽く見られて、もうどこもすがる所がないことになってしまいますよ。」

（『源氏物語』「少女」）

こうして光源氏の息子は、大学という修養の場に進む。きちんとした基礎学力あってこその実務なのだから、学問はもっと尊重されるべきだ。実際の世の中がそうでないというのが納得できない。私は、せめて私の『源氏の物語』では筋をとおしたかったのだ。

さて、起家の文人として登場するのは、その光源氏の息子の家庭教師だ。光源氏に見込まれて、大学入試に向けてつききりで息子を指導する。その成果あって、入試直前、光源氏らを前にした模擬試験で、息子は上々の出来を見せる。光源氏の感涙を見て、家庭教師は面目ありと胸を張り、褒美の酒を受ける。その様子はこうだ。

いたう酔ひ痴《し》れてをる顔つき、いと痩せ痩せなり。世のひがものにて、才《ざえ》のほどよりは用ゐられず、すげなくて身貧しくなむありけるを、御覧じ得る所ありて、かく取り分き召し寄せたるなりけり。身に余るまで御顧みを賜はりて、この君の御徳にたちまちに身を変へたると思へば、まして行く先は並ぶ人なきおぼえにぞあらむかし。

〔すっかり酔っぱらった顔つきは、痩《や》せこけている。たいそうな偏屈者で、学才の割には仕事に恵まれず、ひがんで貧しい暮らしをしていたのだが、見所があると光源氏様が抜擢《ばってき》され、こうして特別に召しだされたのだ。身に余る待遇を頂戴し、この光源氏様のお子君のお蔭でたちまち変身したという訳だ。まして今後は、世から漢学の第一人者と仰がれてやってゆくに違いない。〕

（『源氏物語』「少女」）

『源氏の物語』では、起家の文人も能力が認められる。また、光源氏を皮切りにやがて大学再評価の動きが起こり、博士も起家も世に用いられて、人材登用・適材適所の良き時代が訪れる。だが、これは私の作り話だ。現実は夢物語のようにうまくいくはずがなくて、父の官途は茨《いばら》の道だった。

## 父の浮沈

父は安和《あんな》元（九六八）年、播磨権少掾《はりまのごんのしょうじょう》となった（『類聚符宣抄』八）。私の生まれる前のことだ。また貞元《じょうげん》二（九七七）年には、東宮の御読書始めの儀という華々しい場で「尚復」なる役を与えられた（『日本紀略』同年三月二十八日）。この儀式で東宮に講義を御授けする役は「学士」と呼ばれ、門閥の学者が務める。この時は菅原輔正様だった。父はその補佐の役を得たのだ。時に十歳だったこの東宮、師貞《もろさだ》様が後の花《か》山《ざん》天皇だ。

おそらく、この大役には理由があったのだろう。師貞様は冷泉天皇の第一皇子で、母は藤原伊尹《これまさ》様の娘、懐子《かいし》様だ。だが既に伊尹様も懐子様もこの世になく、師貞様の味方といえば亡母懐子様の弟である義懐《よしちか》様お一人だった。ところがその義懐様の奥様が、亡くなった私の母と従姉妹《いとこ》同士なのだ（系図6）。

東宮師貞親王の近習《きんじゅ》の中で、父は多くの人物の知遇を得た。例えば藤原惟成《これしげ》。永観二（九八四）年、親王が即位するや、彼は唯一の外戚である義懐様の片腕として、天皇の側近職、蔵人《くろうど》となった。やがてついたあだ名は「五位の摂政」。位は五位だが、天皇にすべてを任されているといってよいほど実務を執り仕切っているという意味だ。父も六位蔵人となり、式部省の三等官式部丞を兼ねた。天皇の側近という立場に加え漢学も活かせるという、願い続けた官職を得たのだ。

ようやっと巡り来た春に、父はこう詠んだ。

遅れても　咲くべき花は　咲きにけり　身を限りとも　思ひけるかな

〔たとえ遅咲きでも、咲くべき花は咲くのだなあ。
私は我が身をもうこれまでと見限っていたけれど、
この私にもついに花が咲いたよ。〕

（『後拾遺和歌集』春下147番）

系図6

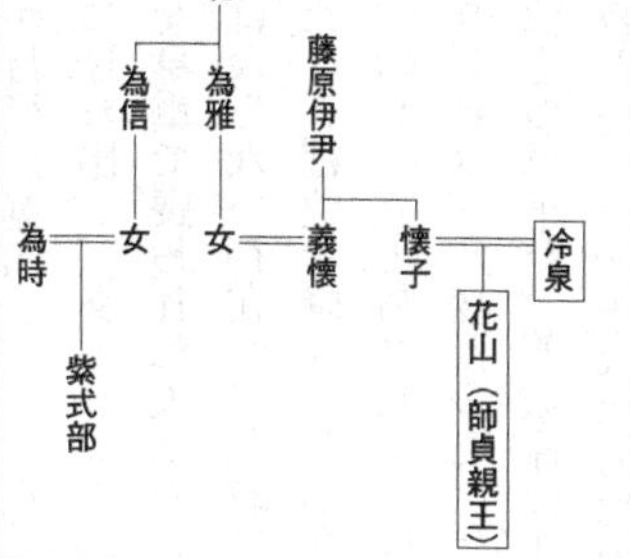


蔵人所の上司である藤原道兼様の邸《やしき》で、名残の桜を惜しむ宴が催された時の歌だ。だが、父は知らなかった。この宴の主催者である道兼様が、実は花山体制の転覆をはかる敵側から天皇のもとに送り込まれた密偵であったことを。宴からわずか

一年数か月後の寛和《かんな》二（九八六）年六月二十三日未明、道兼様は天皇を言葉巧みに内裏の外に連れ出し、あろうことか山科の寺で出家させてしまった。愛妃の弘徽殿《こきでん》女御忯子様を身重で喪《うしな》われた天皇の悲しみにつけ込んだのだ。天皇は、神道の祭りを行わなくてはならない存在だ。仏教は異教、その専門家たる僧侶《そうりょ》であってはならない。僧になりたければ位を降りるしかない。だから、出家させたとは退位させたということなのだ。新しく立てられた天皇はたった七歳。後の世に一条天皇と呼ばれる帝である。

つまりこれは、政変だった。仕組んだのは、一条天皇の外祖父、右大臣藤原兼家様。道兼様はその息子だ。兼家様は四代前のご先祖藤原良房様以来実に百二十年ぶりの外祖父摂政となって、すべての権力を握られた。旧勢力となった義懐様と「五位の摂政」藤原惟成は自ら出家。即日、蔵人以下新天皇のもとの新体制人事が行われて、父は失職した（『日本紀略』寛和二年六月二十三日）。

それから十年、父には職がなかった。官人としての資格のみで、所属する職場のない「散位《さんい》」になったのである。兼家様の息子の三兄弟、道隆様、道兼様、そして道長殿が次々台頭するのを遠くに見ながら、鬱屈の日々が続いた。私はこうした父のもとで育ったのだ。

我が家は輝かしい名家だ。だが父には職もない。漢学は素晴らしい学問だ。だがそれを修めた父は世に用いられぬ。私は私の血と教養に胸を張る。だが一体それが何になるのだろうか。

# 三　恋——春は解くるもの

## 都からの恋文

私は、恋をした。長徳三（九九七）年のことだ。相手はまたいとこの藤原宣孝《のぶたか》。以前から私に言い寄っていた男だ。

この前年に父が越前守《えちぜんのかみ》となったため、私は父に付いて京を離れ、越前国府の国司館に暮らしていた。宣孝は京からそこまで、遠路はるばる文《ふみ》をよこしてきた。男の文に飛びつくのは恋の作法上よろしいことではないから、私も宣孝に対して、とりあえずは無反応を決め込んでいた。だが自分の置かれた状況は、十二分に弁《わきま》えている。私はもう二十歳を過ぎていた。誘ってくれる男は貴重な存在だ。だから彼から文が来たといえば、いつも一応は目を通していた。

北国越前は、冬には雪に閉ざされる。だが年が明け春が訪れると共に、彼はまた手紙をよこしてきた。そこには「唐人見に行かむ」、中国からの逗留《とうりゅう》者を見物に行きたいなどと書かれている。当時越前には宋《そう》の商人が滞在していて、都でも話題になっていたのだ。宣孝は越前に来ようというのだろうか。だがその手紙の奥には、全く別のことが書かれていた。「春は解くるもの」。春にはすべてが解けるもの、というのだ。なんとまあ、図々《ずうずう》しい手紙だろう。「唐人」の話題を枕にしつつ本当に言いたいのは「春は解くるもの」のほうで、これは私への謎かけなのだ。春には解けるもの。何が解けるか。雪が、氷が、冷たいものが皆解ける。ならば、彼を以前から冷たくあしらってきた私の心も解ける、宣孝はそう言っているのだ。「春だもの、あなたは私を好きになるよ」と。

私は返事に歌を詠んだ。

春なれど　白嶺《しらね》のみゆき　いや積もり　解くべきほどの　いつとなきかな

〔季節は確かに春。でも私が住んでいるのは、都ではなくて越前なの。あなたも常冬《とこふゆ》の山、白山のことはご存じでしょう？　深い雪がますます積もって、解ける時などいつとも知れませんのよ。おあいにく様。〕

（『紫式部集』28番）

越前の霊峰白山《はくさん》にひっかけて、彼に肘鉄《ひじてつ》をくらわす歌だ。白山の雪が春にも消えないことは、『古今和歌集』にだって載っていて教養人なら誰でも知っている。曾祖父《そうそふ》兼輔《かねすけ》の下僕だった歌人、凡河内躬恒《おおしこうちのみつね》もこう詠んでいるくらいだ。

越の国へまかりける時、白山《しらやま》を見てよめる　　躬恒
消え果つる　時し無ければ　越路なる　白山の名は　雪にぞありける
〔越《こし》の国に参った時、白山を見て詠んだ歌　　躬恒
白山の頂きの雪は、どの季節にも消え果てる時がないのだな。なるほど、越路の「白山」が「白い山」という名なのは、いつでも白雪の山ということなのだな。〕
（『古今和歌集』羇旅《きりょ》414番）

この歌も知らないようなら、私と歌のやりとりなどできない。そう答えたつもりだった。だが宣孝は、歌はさておき恋では私より数段まさる人間だった。後で考えれば、自尊心を逆撫《さかな》でされたら黙っていられないという私の気性を分かっていて、わざとあんな謎かけを送ってきたのだろう。悔しいが私の心はその時既に、宣孝が言ったとおりに解けだし、彼に向かって流れ始めていた。北国越前の遅い春のように、私にも遅

い春が訪れたのだ。

## 父、越前守に

恋の話の前に、私が越前に下った経緯を説明しなければならない。長徳二（九九六）年、父が十年の無職状態から浮上して、大国越前守という官職を得たいきさつだ。

この年正月二十五日、地方官の人事異動「県召《あがため》し除目《じもく》」が行われて、父は淡路守《あわじのかみ》に任ぜられた（『長徳二年大間書』）。一条天皇への代替わり以来、役人としての資格のみで仕事なしという状態に甘んじていたのが、ようやく定職にありついたのだ。だが父は喜ばなかった。淡路は、国の等級では最低の「下国《げこく》」なのだ。

父は「申し文」を書いた。申し文とは、人事異動を希望する者が書く自己推薦状のようなものだ。朝廷に提出するのだから、もちろん漢文で記す。仰々しい言い回しや故事を連ねて、何とか目指す官職にありつきたい気持ちを表す。異動の季節には多くの官人がこれを書いて、天皇の、また朝廷のお恵みにすがるのだ。父はといえば、人に頭を下げるのが苦手なのだろう、まだそれを書いていなかったと思う。だがこの時は、重い腰ならぬ重い筆をあげたのだ。十年干乾しになった挙句に淡路国の守ごときかと、よほど歯嚙《はが》みする思いだったのではないだろうか。

父の申し文の一節は、いつの間にか世に流れ出て今も知られている。

苦学の寒夜、紅涙《こうるい》襟を霑《うるほ》す　除目の後朝《こうてう》、蒼天眼《まなこ》に在り

〔苦学に励んだ寒い夜は、つらさのあまり血の涙が襟を濡《ぬ》らした。除目のあった翌朝は、失望のあまり真っ青な空が目にしみる。〕

（『今昔物語集』巻二十四第三十話）

いったい何が起こったのか、私には分からない。だが除目の三日後、突然朝廷から言い渡しがあって、父は淡路から越前守へと転ぜられた。越前は北陸道の大国だ。話によると、藤原道長殿がそのように指示されたのだという。除目では源国盛が越前守に決まっていたのを急遽《きゆうきよ》停止させて、父にその官を回されたのだ（『日本紀略』長徳二年正月二十八日）。あの申し文に効果があったのだろうか。

北陸道は一衣帯水で中国大陸と接している。そのため以前からも、この地域の守には漢学者が就くことがよくあった。菅原道真は加賀権守《かがのごんのかみ》だったし、源 順《したごう》も能登守《のとのかみ》だ

った。折しも長徳元（九九五）年九月、宋の国から商船一行がやってきて、越前の港に逗留中だった。道長殿は父の文章を見て、この人物ならば中国人と対話できる適材だと思われたのだろうか。それならば何と有難いご恩であろうか。

ただ、今になってよくよく考えれば、道長殿の側にもこうした人事を行う理由があったように思う。それは、道長殿の政権の足腰が、当時はまだ弱かったということだ。父の人事があった前年の長徳元年は、朝廷にとって恐ろしい年だった。関白の藤原道隆様を始めとして、公卿《くぎょう》たちが次々と病に倒れ、亡くなったのだ。道隆様の死因は持病だったが、その他の人々は疫病だ。罹《かか》ると数日で死に至る。道隆様のすぐ下の弟の道兼様などは、道隆様の死を受けて関白に内定されていたのに、天皇にその御礼を申している場で発病され、見る見る悪くなってわずか七日で亡くなってしまった。朝廷はこの年六月末までの半年に、関白から権大納言《ごんのだいなごん》までの公卿上位八人のうち、実に六人までを喪《うしな》った（『公卿補任』長徳元年）。

そんな中でたった二人生き残ったのが、道隆様の息子で中宮定子《ていし》様の兄の伊周《これちか》様と、道隆様・道兼様の末弟になる道長殿だ（系図7）。どちらが権力を握るかで、お二人の間には熾烈《しれつ》な争いがあったと聞く。伊周様は内大臣という高い地位、道長殿はそれ

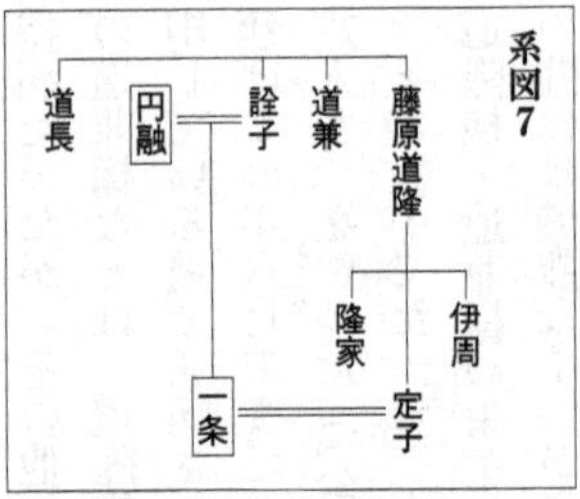

系図7

より二階級も下の権大納言。いっぽうで御歳は、伊周様はまだ二十二歳、道長殿は三十歳だ。結局勝ったのは道長殿だった。やはり伊周様では余りに若すぎるということだったのだろう。だが道長殿とて若い。四十三歳で亡くなられた道隆様から見れば、朝廷は十三歳も若い人物を一の人と仰ぐことになる。その後の人事で道長殿は右大臣となられ、伊周様を超えてとりあえずは公卿中最高の地位に就かれたものの、その力は盤石とは言い難かった。当時の空気は、私のような小娘ですら気を揉《も》まずにいられないほど危ういものだった。貴族社会では、官人の妻や子はもちろん女房や下仕えに至るまでが、人事や政争に敏感で当然だ。そうでなくてどうして生きてゆけよう。

年が明けて長徳二（九九六）年、父の人事直前の正月十六日のことだ。伊周様が先の帝《みかど》の花山《かざん》法皇と暴力沙汰《ざた》を起こされた。弟の隆家様と共謀して、従者と共に法皇を待ち伏せし、襲ったのだ。弓矢まで使って、法皇の側には死人も出たという。もちろんこのことは道長殿の耳に入って、道長殿は即刻、検非違使《けびいし》庁の長官に連絡された

（『小右記』同日逸文）。事件の動機は、女性を巡る痴話げんか、それも伊周様の全くの勘違いだったと、後になって分かった。もちろん当事者は、こうした愚かしい話は恥ずべきこととひたかくしにされたのだけれど、人の口に戸は立てられず、世間はこの話題でもちきりとなった（『栄花物語』巻四）。

だが一条天皇や道長殿にとっては、事件のいきさつはさておき、臣下が先の帝に矢を放ったという事実が、何より見過ごせないことだった。帝はまだ十七歳とお若く、伊周様は愛する定子様の兄で、御身内だ。伊周様の暴挙に見て見ぬふりをするのか。それとも、公平で峻厳《しゅんげん》な態度をもって事に臨むのか。帝にはこの問いが突き付けられたことになる。

いっぽう、道長殿の立場は微妙だ。これを利用して伊周様の勢力を一掃するべきか。そうすれば目障りな存在は消え、政治はやりやすくなる。だがそれをやりすぎれば、道長殿は事件に乗じて伊周様の足をすくったなどと囁《ささや》かれよう。迷える中で、道長殿はとりあえずご自分の在り方を考えられたのではないか。例えば中国の歴史では、政治家たちはこうした不穏な時には、民に恩を施して人心を掌握するとか、傘下に人材を集めて勢力を固めるとかいったことを考えるように思う。

もし道長殿がそうした考えで、貧しくも有能な父を抜擢《ばってき》されたのであったとすれば、疫病も政争も我が家にとっては幸運だったということだ。父に越前守を奪われてしまった源国盛は、その後病にかかって亡くなったという(『古事談』巻一の二十八)。気の毒なことだ。だが父と違って漢文ができなかったのだもの、すまないが仕方がないと思うしかない。公卿であろうが国司であろうが、官人の世界は戦いなのだ。

私は父と共に越前に下ることになった。母も姉もおらず、父の世話をするのは私一人だからだ。吉日を選んで旅立ちは六月の始めとなったが、その直前、都は再び緊張に包まれた。四月二十四日、伊周様と隆家様に帝から処罰が下されたのだ。二人とも内大臣と中納言の職を解かれて、首謀者の伊周様は大宰府へ、隆家様は出雲《いずも》へ配流という。帝は峻厳の道を選ばれたのだ。決定に際しては、道長殿にも相談はなかったらしい。道長殿にとっては、静観している間に敵が自滅してくれるという願ってもないことになった。

それにしても、去年までは華やかさを極めた関白家であったというのに、これほどの一家没落劇があろうか。都人は身分の上下なく野次馬と化し、お二人のいる二条北殿周辺につめかけた。騒然とする中で、運悪くご実家に里帰りしていた中宮定子様は、絶望して自ら髪を切り、出家してしまわれた。お腹に帝の初めての子を宿しておいでだというのに。世は天を仰いで、一方では定子様に同情の涙を流し、また一方では伊周様や隆家様をののしった（以上『小右記』長徳二年四月二十四日〜五月十五日）。そうした喧騒《けんそう》を耳にしながら、私たちは都を後にしたのだった。

## 楽しい男

恋の話に戻ろう。もちろん私とて、宣孝と恋をするまで殿方との付き合いが全く無かった訳ではない。ただ、恋ではなくちゃんとした結婚をするには、家が貧しかった。男ならば、結婚といっても婿に入るわけだから、極端なことを言えば身一つで妻の家に来るだけで良い。最初は実家から夜に通ってくるだけでも良い。だが女は、妻となれば夫を歓待し装束や調度を用意するなど、実家ぐるみで世話しなくてはならない。父が十年間も散位の状態にあった我が家では、それは難しかった。だから、父が越前守に任ぜられたことは、私の将来にも陽がさしたということを意味した。冬の時代から春の時代へ、人生が変わる予感。それが本当になったのが、翌正月の恋だった。

宣孝は面白い人だった。男といえば真面目で世をひがみ時に我儘《わがまま》な父ばかり見て来た私には、彼の明るく世馴《よな》れた性格は新鮮だった。私に言い寄り始めるよりずっと前のことだけれど、宣孝は正暦《しょうりゃく》元（九九〇）年、素《す》っ頓狂《とんきょう》な恰好《かっこう》で御嶽詣《みたけもうで》をして、人をあっと言わせたことがあった。『清少納言 枕草子《まくらのそうし》』に書かれたので、いつまでも世間から忘れてもらえない一件だ。
「御嶽詣」とは、修験道《しゅげんどう》の霊地である吉野《よしの》山の蔵王権現《ざおうごんげん》に参ることで、通常は質素な浄衣《じょうえ》姿で行くのが決まりだ。だが宣孝はそれに異を唱えた。

右衛門佐宣孝といひたる人は、「あぢきなき事なり。ただ清き衣《きぬ》を着て詣でむに、なでふ事かあらむ。必ずよもあやしうて詣でよと御嶽さらにのたまはじ」とて、三月つごもりに、紫のいと濃き指貫《さしぬき》、白き襖《あを》、山吹のいみじうおどろおどろしきなど着て、隆光が主殿亮《とのものすけ》なるには、青色の襖、紅の衣、摺りもどろかしたる水干といふ袴を着せて、うちつづき詣でたりけるを、帰る人も今詣づるも、めづらしうあやしき事に、「すべて昔よりこの山にかかる姿の人見えざりつ」と、あさましがりしを、四月ついたちに帰りて、六月十日の程に、筑前守の辞せしになりたりしこそ、「げに言ひけるにたがはずも」と聞えしか。

（右衛門佐の藤原宣孝という人は、「つまらん事だ。ただ皆と同じ浄衣を着て詣《もう》でて、何の御利益がある？　御嶽の権現が『絶対に貧相な身なりで詣でよ』とおっしゃったわけではあるまい」と言って、三月下旬のことだったが、自分は濃紫の指貫《さしぬき》、白い襖《あお》、派手な山吹色の衣などを着るは、息子の主殿亮《とのものすけ》隆光には青緑色の襖、紅の衣、それに柄摺《ず》りの水干《すいかん》という袴《はかま》をはかせるはで、連れだって参詣《さんけい》したときた。帰る人もこれから登る人も前代未聞とあきれかえった。ところが、四月上旬に京に戻ってしばらくたった六月十日頃、筑前守《ちくぜんのかみ》が辞任して、宣孝はその後任にありついたではないか。世は「なるほど宣孝の言ったとおりになった」と噂したことだった。」（『枕草子』「あはれなるもの」）

誰もが御利益を願って詣でるのだから、人より目立たねば権現様に見つけてもらえないだろう。宣孝はそんな屁理屈《へりくつ》を言って、色とりどりの装束で参拝したのだという。私にはその姿が目に浮かぶようだ。楽しい男。決まりごとに従わず自分流にやってしまうのがお得意なのだ。

ここまではよい。しかし続けて清少納言は、宣孝がやがて西海道の上国筑前守という職を得て、世から「ご利益てきめん」と騒がれたと記している。これを読むと、宣孝はまるで神仏を抱きこんでちゃっかりと幸運を得た輩《やから》のようではないか。確かに世渡り上手な所はあったが、この記事では奇矯さと貪欲《どんよく》さばかりが前に立って、妻としては迷惑な記事と言わずにいられない。

どうも、清少納言は腹に一物あってこれを書いたようだ。この同じ年に、清少納言は父の清原元輔を肥後《ひご》で亡くしているのだ。当時西海道九国では、春から疫病が猛威を奮っていた。肥後で国司を務めていた元輔はその犠牲になった。いっぽう、筑前でも前の国司の家族や郎党三十人余りが死んで、国司は悲嘆にくれて辞めたのだ（『小右記』正暦元年八月三十日）。そうしてできた空席に就いたのが宣孝だった。清少納言の目には、宣孝が人の不幸に乗じて幸運を手に入れたと見えたのだろう。だが、宣孝は御嶽に「誰かを死なせてくれ」と頼んだか。「誰かを不幸にしてくれ」とも、言っていないはずだ。大切な身内を喪い悲しみのやり場がなくて、清少納言はこんな文章を書いたのだろう。だがそれは八つ当たりというものではないか。

いや、言いすぎたかもしれない。私にも、気持ちは分かる。


都と越前とは空荷でも四日かかる距離だが、宣孝はせっせと文をくれ、私も返事を書いた。しかしこの恋は、ただ手放しで楽しいだけのものだった訳ではない。私は時に、宣孝の女関係に苦しめられた。

近江の守のむすめ懸想ずと聞く人の「ふた心無し」と常に言ひわたりければ、うるさがりて

湖に　友よぶ千鳥　ことならば　八十《やそ》の港に　声絶えなせそ

〔彼は、近江守《おうみのかみ》のむすめに言い寄っていると噂されている。それなのにいつも私には「あなただけだ」と言って来るのだ。うるさくて私はこう詠んだ。

近江の湖でお友達に声をかけている千鳥さん。そう、あなたのことよ。いっそのこと、そこらじゅうの船着き場で声をかけまくればいいわ。女性に言い寄りたければ、どうぞご自由に。〕

（『紫式部集』29番）

宣孝はすでに他にも妻がいるのに私に言い寄ってきたのだが、噂ではさらに近江守の娘にも声をかけているという。それにもかかわらず、私への文では「ふた心無し」だ。全く男というものは、どうしようもない。私は「どこの女にでも声をおかけなさいな」と余裕を見せて詠んだつもりだったが、今読めばやはり怒った口調の歌になっている。大体もとからの妻たちがいるのに「ふた心無し」もないものだ。だが妻たちは古妻で、私は新しい女だから、彼は私だけに夢中なのだろうと私は思っていたのだ。近江守の娘が相手なら、都からそちらのほうがずっと近く、彼も足を運びやすい。歌

では彼をはねつけたが、私の心はそうではなかった。色好みの男と恋をするつらさを、私は宣孝で知った。

宣孝は芝居気のある人だった。ある時など、文を開けてぎょっとした。白い紙の上に朱の色で滴が垂らしてあるではないか。

文の上に、朱といふものをつぶつぶとそそきて「涙の色を」と書きたる人の返り事

紅の　涙ぞいとど　疎まるる　うつる心の　色に見ゆれば

もとより人のむすめを得たる人なりけり。

〔彼ときたら、文の上になんと朱墨をぽとぽとと落として「私の涙の色を見て」などと書いてきた。そこで私はこう詠んだ。

紅《あか》い涙はいや。だって赤色はすぐに色あせるもの。あなたの移り気な心を表すようで。

彼は、もともとちゃんとした家の娘を妻にしている人だったのだ。〕

（『紫式部集』31番）

宣孝は朱墨で「紅涙」を実演して送って来たのだ。「紅涙」とは、涙を出し尽くし

て血の涙を流すことを言う。漢文由来の大げさな言い回しだ。父も例の申し文で「苦学の寒夜、紅涙襟を霑《うるほ》す」と使っていた。宣孝は、私の冷たさに泣き暮れて、ついには血の涙を流していると言いたいのだ。面白い人だ。そして可愛い人だ。年下の女に甘えかかって。私は紅色がすぐに褪《あ》せる色なのを逆手にとって、「紅は嫌だ」と詠んだ。前の妻たちへの思いが褪せて私に心移りしたように、私への思いが褪せて誰かに心変わりされるのは嫌。私をあなたの最後の女にしてほしい。そんな思いをこめて詠んだのだ。

## 晩桃花

実は宣孝は、私にとって父方のまたいとこにあたる（系図8）。父にとっては、花山天皇時代に同じ六位蔵人《くろうど》として働いた同僚でもある。ただ、宣孝は父が蔵人になる前、円融天皇の代から既に蔵人を務めていた。つまり円融天皇にも花山天皇にも近かったのだ。その一点からも知れる通り、父とは正反対に世渡りの上手な人だった。

私の家系は曾祖父兼輔の後うだつが上がらなくなったと言ったが、もう一人の曾祖

系図8（囲みの人物は公卿）

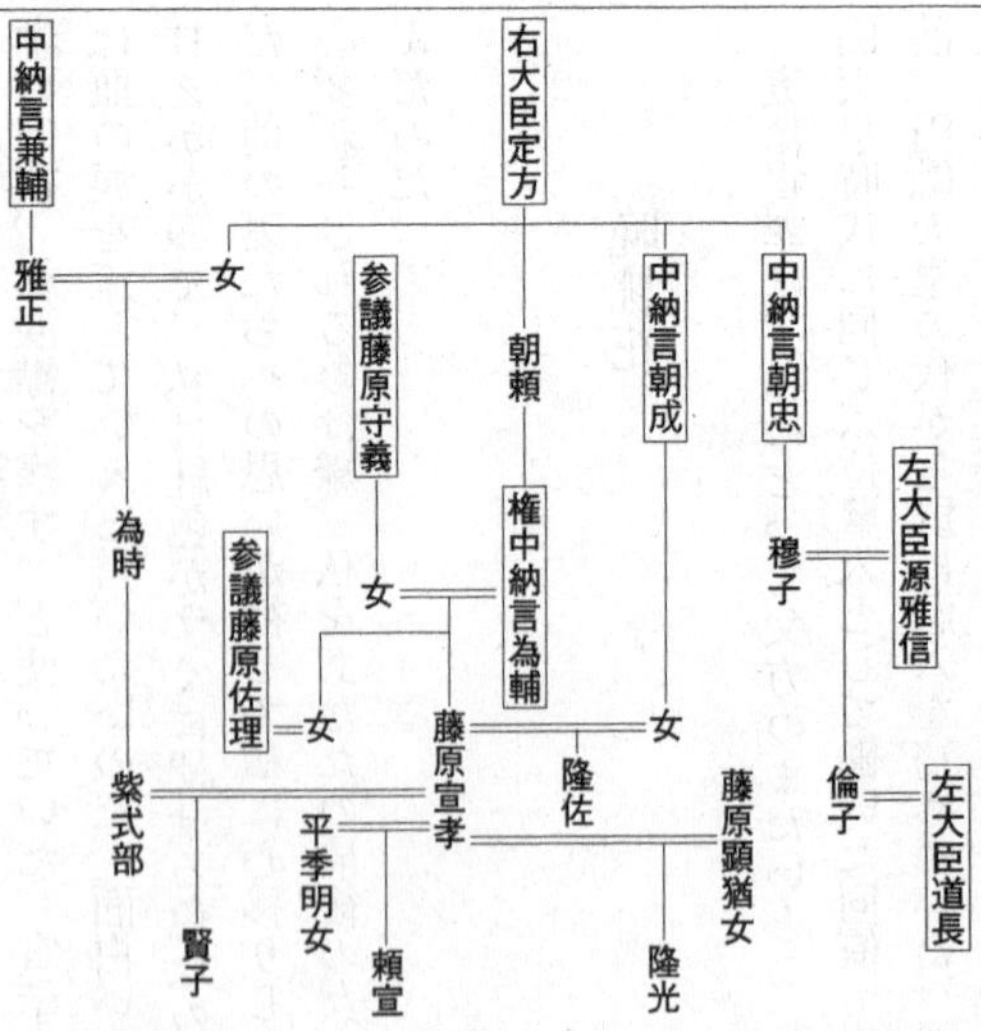


父定方《さだかた》の男子たちは命脈を保っていた。うち五男の朝忠様は、中納言の職に昇られたうえ、『後撰和歌集』に歌が採られたり、村上天皇の時代の伝説的歌合わせ「天徳内裏歌合」で名誉にも第一首目を詠んだりと、公卿と歌人の両面をもつ方だった。加えて女性関係が実に華やかで、『後撰和歌集』に載る歌のすべてが女に係わっている。宣孝にとっては大伯父にあたり、女好きな所がそっくりだ。この方のお嬢様が、やがて左大臣源雅信《まさのぶ》様に嫁がれ、今道長殿の奥様である倫子様を産んだ。だから宣孝は、倫子様にとってもまたいと

こにあたる。

朝忠様の弟で宣孝の祖父にあたる朝頼も、恋歌が『後撰和歌集』に採られている。この人は公卿にもう一歩届かなかったが、その息子為輔《ためすけ》は権中納言に達した。宣孝の父だ。宣孝は母親も参議の娘だから、悔しいが私より家格は上だ。宣孝の姉妹も参議の藤原佐理《すけまさ》の妻になっていて、れっきとしたものなのだ。そう考えると、なぜ宣孝が私のような、ぱっとしない父親を持つ、薹《とう》の立った娘などを妻にしようと思ったのか分からない。

だが一つだけ思い当たる所がある。年齢だ。私の歳は世間から言えば嫁ぎ遅れていたが、宣孝の他の妻に比べればずっと若かった。宣孝は、長男の隆光が私とほぼ同い年で、私とは父と娘ほどの歳の差があったのだ。私は彼にとって、私の知るだけでも少なくとも第四の妻だった。

宣孝との結婚のため、私は京の自宅に戻った。結婚は長徳四（九九八）年の春だった。

その少し前、私は宣孝とこんな歌のやりとりをした。

その時、家の中には桜の折り枝が飾られていた。ところが桜の命は短く、見る間にはらはらと散ってしまった。私は桜から庭の桃の木に目を移した。折から桃の木も花を咲かせていたのだ。

桃は中国でも日本でも、長寿をことほぐめでたい木として知られている。漢詩でもおなじみの花で、例えば「桃の夭夭《えうえう》たる　灼灼《しやくしやく》たりその花（若々しい桃、輝くその花）」（『詩経』周南「桃夭《とうよう》」）で始まる有名な古歌謡は、嫁入りする若妻を桃に喩《たと》えたものだ。私も宣孝の妻になる。この詩の妻のように若くはないけれど、桃の花にあやかって、せめて長く添いとげる妻になりたい。桃に寄せてそんな思いがこみ上げる。この時私の心の奥深くに、一篇《いつぺん》の詩が浮かんだ。唐の白居易《はくきよい》の詩だ。

一樹の紅桃　たれて池を払ふ
竹遮り松蔭《おほ》ふ　晩《おそ》く開くの時
斜日に因るにあらずんば　見るに由なし
これ閑人ならずんば　豈《あに》知るを得んや
寒地、材を生じて　遺《のこ》ることやや易く
貧家、女を養ひて　嫁ぐこと常に遅し
春深く落ちんと欲するも　誰か怜れみ惜しまんや
白侍郎《はくじろう》　来たって一枝を折らん

〔一本の桃の木が、池の水面に枝を差し伸べている。上で竹が光を遮り、松も覆いかぶさっている。遅咲きの桃はやっと咲いたというのに。夕暮れの日が射さなければ、暗くて目にも留まらない。私のような暇な詩人でもなければ、この花は見つけられまいな。そうだ、人間にも似たことがある。低い家門からは逸材が出てもなかなか拾われないし貧しい家の娘は、必ず嫁ぎ遅れるものだ。春遅く、花はもう散りそうなのに、憐《あわ》れみ惜しむ者は誰もいない。ならばこの私、白居易が一枝折って、家で愛《め》でてやろうではないか。〕

（『白氏文集《はくしもんじゅう》』巻五十八 2823「晩桃花」）

白居易のこの詩「晩桃花」は、散歩中に遅咲きの桃の花をみつけたという、ただそれだけの詩だ。だがその花は、陽の当たらない可哀想な場所でやっと咲き、しかし誰にもその美しさを愛でられないまま散りかけている。白居易はその姿に、貧しい家の子女たちを思うのだ。能力があっても出世できない男子。まるで私の父ではないか。そしてどこにも嫁の行き手がないまま歳をとる娘。私は自分のことを言われたように思う。詩人白居易は、手を差し伸べてその桃を一枝、大切に折る。桃の花は、初めて人に愛されるのだ。

私はこの詩を心に置いて、桃の花の歌を詠んだ。


桜を瓶《かめ》に立てて見るに、とりもあへず散りければ、桃の花を見やりて

折りて見ば　近まさりせよ　桃の花　思ひぐまなき　桜惜しまじ

〔瓶に立ててあった桜が、見る間に散ってしまった。それで桃の花に目をやって
桃の花よ、そうして手折られ、彼の愛を受けたなら、もっと頑張って咲きなさい。つれない桜に未練なんて、私は持たないわ。宣孝さん、あなたはどうかしら。〕

（『紫式部集』36番）


私はこの歌で、私という晩桃花を励ましたのだ。誰の目も引かなかった私だけれど、

「結婚して馴染《なじ》んでみたら、恋人時代に思っていたよりもいい女だった、見直したよ」

などと言われて、愛されたい。彼の別の女たちよりも。

宣孝はここまで分かってくれたのかどうか。でもこう詠んで返してくれた。

ももといふ　名もあるものを　時の間に　散る桜には　思ひおとさじ

〔桃の名は「百年（ももとせ）」の「もも」にも通じるだろう？　百年添いとげよう。移ろいやすい桜より軽んじたりは、私はしないよ。〕

（『紫式部集』37番）

かつて私は自分を「永久に解けることのない雪」と詠んだ。そんな心の持ち主だった私に、やっとささやかな花が咲いた。

だが、花はみな等しく散る。咲けば散るのが定めなのだ。私の花もあっけなく散った。結婚生活はわずか三年で、長保三（一〇〇一）年、宣孝は死んでしまった。

# 四　喪失――「世」と「身」と「心」

## 宣孝の死

宣孝《のぶたか》が死んだのは、長保《ちょうほう》三（一〇〇一）年四月二十五日のことだった（『尊卑分脈』）。宣孝には死の影などなかったと思う。仕事は順調で、多忙だった。結婚した長徳四（九九八）年の八月には、それまでの右衛門権佐《うえもんのごんのすけ》に加えて、山城守《やましろのかみ》を拝命した（『権記』同年八月二十七日）。山城国はこの平安京が置かれている地域だ。守は賀茂《かも》祭りの行列などにも参加して、受領《ずりょう》ではあるが雅《みやび》で華やかな職だ。また、翌長保元（九九九）年には名誉なことが沢山あった。十一月七日、藤原道長殿の姫君である彰子《しょうし》様が帝《みかど》に入内《じゅだい》し女御《にょうご》となられた夜には、宴《うたげ》に奉仕した。上機嫌の道長殿に命ぜられ、藤原実資《さねすけ》様にお酒をついだりしたのだという（『小右記』同日）。同じ月の十一日には賀茂の臨時の祭りの「調楽」と呼ばれる総稽古《げいこ》で舞い、会心のできだったようだ（『権記』

として、勿体《もったい》なくも帝のお言葉を携えて出発した（『日本紀略』同日）。帰ったのは翌年二月で、道長殿に馬二匹を献上した（『御堂関白記』同月三日）。

同日）。また二十七日には、遠く九国豊前《ぶぜん》の宇佐《うさ》八幡宮へと遣わされる「宇佐遣い」

こうした日々の中で、私には娘が生まれていた。宣孝にとっても私にとっても充実した日々が続いていたと言える。もちろん夫婦だし、宣孝はもてる男でもあるしで、時にはつまらない喧嘩《けんか》などがなかった訳でもない。だがそうしたことも含めて、今思えばすべてが大事無き日常だった。今日は昨日の繰り返しであり、明日はまた今日と似た日の繰り返しになるのだと、私は何の根拠もなく思いこんでいた。それはなんと浅はかな考えだったことだろうか。

思えば宣孝が宇佐から帰った頃から、不吉な兆しはあったのだ。四月七日、大内裏《だいだいり》豊楽院《ぶらくいん》の招俊《しょうしゅん》堂が落雷に遭い出火、灰燼《かいじん》に帰《き》した（『日本紀略』同日）。五月には一条天皇の母君である女院、東三条院詮子《せんし》様の病が重篤となり、帝は天下に大赦を施された（同　五月十八日）。しかしその効果が見えないまま、道長殿までもが重病に臥《ふ》された（同　五六月之間）。お二人が回復されたと思ったら、八月には大雨で賀茂川の堤が決壊、多くの家が流された。私のこの家はもちろん、東京極《きょうごく》通りを挟んですぐ向かいの道長殿の邸宅土御門殿《つちみかどどの》にも被害が及んで、庭の池があふれ海の如くであったという（『権記』八月十六日）。

そして冬に入った頃から、疫病が猛威を振るい始めた。流行は鎮西《ちんぜい》から始まり都へと襲いかかって、疫死者が後を絶たない事態となった（『日本紀略』十一月是月・今年冬）。そんな中、空に月を挟んで東西に二つの雲の筋がかかる。「不祥の雲」である。月は后《きさき》の象徴、この雲は后への凶兆である。まさにそれはあたって、十二月十五日夜半から翌十六日未明にかけて、かねてより東三条院様がご滞在の平惟仲《これなか》宅が火災で全焼、女院様は道長殿の土御門殿に避難されたが、ご容体が急変、危急の事態となった。

それと全く時を同じくして、一条天皇の皇后定子様がご出産、女皇子は生まれたものの定子様は崩御されてしまう（以上『権記』十二月十五・十六日）。定子様と言えば、私が越前に下向する直前の長徳二（九九六）年五月、ご実家の没落と共に出家されたにもかかわらず、翌年再び天皇に迎えられて、きさきに復帰された方だ（『小右記』長徳三年六月二十二日）。前代未聞の復縁は、ひとえに帝のご愛情の深きによる。後ろ盾のないきさきへの御寵愛《ちょうあい》に貴族たちからの風当たりも強く、彰子様の入内と相前後して一の皇子をお産みになったものの、世は歓迎しなかった。やがて彰子様が中宮に立たれ、定子様は皇后の名を与えられながらもすっかり圧倒されていると拝察された。その挙句の非業の死だ。

世とはなんと騒がしく、また脆《もろ》いものなのだろう。災禍、病、苦しみ、そして死。確かなものはどこにあるのか。定子様は享年二十四と聞く。帝もまだ二十一歳だ。私とて彼らと同世代だ、思う所が無いではなかった。だが私はこの頃には、未《いま》だそれを自分のこととして感じていなかった。定子様の四十九日にあたる二月五日は、たまたま春日《かすが》祭りの前日だった。勅使に支障ができ、宣孝は代理を打診されたが、「かねてから痔《じ》がよくないから」と断った（『権記』二月五日）。そうしたささいなことがずっと続くと、私は思っていた。

それが、断たれた。宣孝は疫病にかかり死んだ。私は正妻ではないので、夫と一緒に住んではいない。だから死に目に会うことはできなかった。私にとってその死に方は、不意に消えたも同然だった。

宣孝の死後しばらくの間、私は時間の感覚を無くしていたように思う。妻が夫の喪に服する期間は一年。宣孝は夏に亡くなったので、決まりにより私は一年間を夏の喪服のままで過ごした（『小右記』長和三年十月十四日）。

ある時、知人から手紙が来て「この春は帝も喪に服していらっしゃる、悲しい春だ」という。春というのだから、もう翌年になっていたのだ。そう言えば年末に、長く病でお苦しみになっていた東三条院様がとうとう亡くなられて、帝が喪に入られた(『日本紀略』長保三年閏《うるう》十二月二十二日)。女院の崩御なので、子である帝だけではなく天下が喪に服する。だからその春は、世の中の誰もがみな喪服を着ていたのだ。前からずっと喪服姿でいた私は気がつかなかった。だが、私の衣と皆の衣は違う。私の喪服は夏衣。女院が亡くなられたのは冬だから、皆の喪服は冬衣だ。

何かこの　ほどなき袖を　濡らすらむ　霞の衣　なべて着る世に

〔どうして私ときたら、この取るに足らぬ分際の、薄い夏衣の袖《そで》を涙で濡《ぬ》らしているのでしょうね。天下がなべて女院様のために喪服を着ている世の中で。私一人が違う喪服を着て、私一人が違う涙を流しているのですね。〕
(『紫式部集』41番)

女院様の大規模な喪を思うと、それに比べて宣孝がどれほどちっぽけな存在だったかが痛感される。たかが正五位下の下級貴族どまりで死んだ宣孝と、帝の母で女として初めて院の称号まで受けられた東三条院様とでは、生きていた時も違うが、死んでからも扱いが違いすぎる。世の中とはそういうものだと、私は初めて知った。いや、これまでもよく知っているとは思っていたのだけれども、それは形ばかり知った気になっていただけだったと分かったのだ。人ひとりの死に、こんなにも重い軽いの差があるのだ。本当に侘《わび》しい、哀しい。

またある時は、宣孝と別の妻の間の娘が桜の枝を送ってくれた。私には血のつながらぬ娘だが、悲しみを分かち合える有難い相手だ。桜につけた手紙には「父が亡くなりこの家も手入れができずに荒れてしまったけれど、桜はきれいに咲いてくれました」とある。自然は悠久、人は無常。ああそれは真実だったのだと思う。そうしたことも、これまでよく分かっているつもりだった。だが頭で分かっているだけだった。無常ということは人が死ぬということで、それはこんなにも寂しいことなのだ。

あの人の娘も、同じように実感しているのだろう。私は思い出した。宣孝は生前、この娘のことを随分心配していた。歌人中務《なかつかさ》に「咲けば散る　咲かねば恋し　山桜　思ひ絶えせぬ　花の上かな（『拾遺和歌集』春36番）」という歌がある。娘を亡くした歌人が山桜に娘を重ねて「思いは尽きない」と詠んだ歌なのだけれど、宣孝はいたく感じ入っていた。子煩悩な人だった。虫の知らせか、歌とは逆に自分がいなくなった時のことを心配していたのかもしれない。私は娘に歌を返した。

散る花を　嘆きし人は　木《こ》のもとの　寂しきことや　かねて知りけむ

「思ひ絶えせぬ」と亡き人の言ひけることを思ひ出でたるなりし。
〔「咲けば散る　咲かねば恋し　山桜」。そう嘆いてばかりいたお父様は、花が散れば木が寂しくなると分かっていたのでしょうね。自分に先立たれれば子のあなたが寂しがるだろうと、お父様は分かっていたのでしょうね。
亡き人が「思ひ絶えせぬ」という和歌を口にしていたと思い出したのだ。〕
（『紫式部集』43番）

これは春の歌だし桜を見て詠んだのだから、宣孝が死んでからもうほとんど季節をひと巡りした頃に詠んだのだ。だが私にはそのようには感じられない。自分の中では時が止まったようだったからだ。外の世界で年が明け、春の花が咲いても、宣孝との死別の痛みは癒《い》えなかった。むしろこの歌のように、不意に様々な記憶が浮上しては私を驚かせ、泣かせた。記憶というものの鮮やかさ、それが有無を言わせず浮かび上がる時の荒々しさも、私は知った。
思い起こせば、私は今まで多くの大切な人を喪《うしな》ってきた。母、実の姉、そして親友だった「姉君」。だが母が死んでも姉がいたし、姉を喪った時には身代わりに「姉君」を慕った。それで少しは気を紛らわすことができていたとは、なんと幸せな私だったのだろうか。母を喪い、姉を喪い、「姉君」を喪っても思い知ろうとしなかった私だが、宣孝を喪ってこそ思い知った。文字通りかけがえのない人に、身代わりというものなどあり得ない。その人のいない世界を身代わりと共に生きても、それはやはり違うものでしかない。

だが、私は生きなくてはならない。娘をおいて出家はできなかった。

## 世というもの、身というもの

宣孝に死なれて私がつくづく思い知ったのは、「世」というものの理不尽だった。

「世」は日常語で、私にとってはそれまで何の気なしに使っていた言葉だった。誰の和歌の中にもごく当たり前に詠まれているし、私自身も詠んだことがある。だが宣孝の死を境に私はいろいろなことについて、前は分かった気になっているだけだった、今こそ思い知ったと感じた。「世」はその中でも特に心に強く実感されたものだった。

「世」とは、例えば人の一生や寿命を意味する言葉だ。または、「帝の御世《みよ》」など一つの時代を意味することもある。始めと終わりがある、限られたある時間のことをのだ。

「世」というのだ。この「限られた」ということの哀しさ。世は決して永遠ではない

結婚前、宣孝と桃の花を見て歌を交わし合った時、彼は「もも（百）といふ名もあるものを」と詠んでくれた。桃の名に寄せて、百年でも添いとげようという気持ちを伝えてくれたのだ。その時、宣孝も私も、それが言葉の飾りに過ぎず実際には百年も結婚生活を送ることなどあり得ないと、もちろん分かっていた。だがその三年後に結婚生活が終わるとも、まさか思っていなかった。厳然として限りを持っていた宣孝の「世」、寿命の前には、私は何もなすすべがない。何と「世」とは儚《はかな》いものだろうか。

何でもない絵を見てさえも、私は宣孝のこと、「世」のことに思いが行ってしまう。ふと手に取った陸奥《みちのく》の名所絵。その中に歌枕として名高い塩釜《しおがま》の浦を描いたものがあった。そこには、海水から塩を作るために藻《も》を焼く煙が空に昇って行く様子が描かれていた。製塩は塩釜の浦の名にも通って、この地を描いたり詠んだりする時のつきものになっている。しかしその絵を見ても、私にはその煙が、宣孝の亡骸《なきがら》を焼いた煙であるかのように思えてしまう。こんな古い歌が頭に浮かぶ。

　みちのくは　いづくはあれど　塩釜の　浦漕ぐ舟の　綱手悲しも

〔陸奥はどこが悲しいといって、塩釜の浦を漕ぐ舟の曳《ひ》き綱が、とにかく悲しくてわびしくてならないよ。〕

（『古今和歌集』東歌《あずまうた》1088番）

彼の死以来、こうした気持ちから片時も離れることができない。宣孝の「世」の儚さが、私を悲しさや侘しさにくぎ付けにしているのだ。私は詠んだ。

見し人の　煙となりし　夕べより　名ぞむつまじき　塩釜の浦

〔愛した人が煙となって空に昇って行った、あの弔いの夕べ以来、私にはなぜか塩釜の名が心について離れない。だって、その名はいつも歌に「寂し」「悲し」と詠まれているのだもの。煙ばかりではなく地名までもが、私にはつらく響いてならないのだ。〕

（『紫式部集』48番）

こんな歌を詠んでも、どれだけ泣いても、人生という「世」に限りがあることにはあらがえない。その絶対の事実の前には、人はどうしようもなく無力でしかないのだ。「世」にはまた、別の意味もある。「世の中」や「世間」、また人と人との関係を言う「世」だ。東三条院様が崩御された時、人々がなべてその死を悼む様子から私が痛感したのは、この「世間」の意味の「世」だった。あの時、私はこう詠んだ。

何かこの　ほどなき袖を　濡らすらむ　霞の衣　なべて着る世に
（『紫式部集』41番）

宣孝を悼んで私が濡らしている袖は「ほどなき袖」、小さな袖だ。しかし東三条院様を悼むのは、喪服を「なべて着る世」、世間の皆だ。「世」では誰しも身分や階級や分際というものを持っており、東三条院様はその頂点に近い所にいらっしゃった。だから世間は、皆で以《もっ》てその死を悼む。しかし宣孝の死は、その他大勢の死でしかない。死んだからといって世間には何の変わりもないのだろう。そうした世間から見れば、宣孝のことで泣いている私などは、何をちっぽけなことで泣いているのかと笑われるのかもしれない。世間は人を取り囲み、小さくて無力なだけの存在にしてしまう。だから私も、こんな自嘲《じちょう》めいた歌を詠むしかなかったのだ。「世間の皆様が女院様を悼んでいらっしゃるというのに、私ときたらつまらない身分の夫のためにちっぽけな袖を濡らして、いったい何をやっているのでしょうね」などと。

だがこう詠みながら、私は心の中で、世間に背を向けていた。つまらない身分でもちっぽけな袖でも何でもよい。せめて私は宣孝のために泣こうと思ったのだ。彼のための夏の喪服を着て、彼だけを思って泣く。私の涙は、私一人のものだ。「世」を考える時、思考は痛いほどに反転して、私は「私」を見つめるようになった。

「世」を思う目でそれに縛り付けられた自分を考える時、行きつくのは「身」という言葉だった。「世」が私たちを取り囲む現実であるいっぽう、「身」はそれに阻まれる私だ。

限りある一生という「世」に縛られた私は、いつかは死ぬ運命を負っている。寿命の長い短いこそあれ、人である以上誰しもが必ず死ぬ「身」なのだ。また、「世」が「世間」を意味する時には、「身」はその大きな存在に飲み込まれた私だ。下級貴族階級という「身分」や、女の「身」や、かつては妻であって今は夫を亡くしたという「身の上」である私だ。私は「世」からそのようなものとして見られ、扱われて生きている。

「身」は「世」という現実から決して逃れられない。現実の中で生きているのだから。現実を振り切って外に出ることは不可能だ。人とはそうしたものなのだ。それがどんなに厭《いと》わしい現実でも、夢だと言って逃げる訳にはいかないのだ。

宣孝の死は、私をこうしたことを考える人間に変えた。前にはたとえ「世」や「身」と口にしたり歌に詠んだりしていても、それについて突き詰めて考えたことなどはなかった。「姉君」と交わした友情の歌でも、宣孝と交わした恋の歌でも、私は大方日常生活の歌しか詠んでこなかったと思う。しかしそのお嬢様ぶり奥様ぶりが、今となっては羨《うらや》ましい。父、弟、「姉君」、そして宣孝。家族と友達という小さな世界で些事《さじ》に心を占めていた、お幸せ者だった私は二度と戻ってこない。

『古今和歌集』の撰者《せんじゃ》紀貫之は、同じ撰者仲間で従兄弟《いとこ》でもあった紀友則《とものり》を、『古今和歌集』編纂《へんさん》の途中で喪った。悼む気持ちを貫之はこう詠んだ。

明日知らぬ　我が身と思へど　暮れぬ間の　今日は人こそ　悲しかりけれ

〔自分自身も、明日も知れぬ無常な存在なのだとは思う。人生という一日が暮れきるまでの命、それが現実なのだから。だがその暮れぬ間の今日は、人の死が、友則の死が悲しいのだ。〕

（『古今和歌集』哀傷歌838番）

ほんのひとときだけの儚い命。誰しもがそうだという無常の定め。貫之は、理性では確かにそれを弁《わきま》えている、しかしだからといって近しい人を喪って悲しくないはずがない、だから、今はただ泣かせてほしい、と言う。その気持ちが痛いほど分かる私は、こう詠んだ。

消えぬ間の　身をも知る知る　朝顔の　露と争ふ　世を嘆くかな

〔自分自身も、消えぬ間の露ほどの儚い存在だということは、よく分かっている。それが人の現実なのだから。だが今は、儚い朝顔の上の儚い露と争うようにあっけなく消えたあの人の命を思って、どうしようもなく泣けてならないのだ。〕　（『紫式部集』53番）

「世」や「身」の意味に気がついたことを、私は幸福とは思わなかった。考えれば考えるほど、ますます現実は私を阻み、私はますます現実に閉じ込められて、絶望が募るばかりだった。

娘が病気にかかった。疫病などの怖ろしい病気でなくとも、幼い子の命は容易に喪われる。宣孝が亡くなり、私と娘の暮らしにゆとりがある訳ではない。それでも私は手を尽くした。

枕元で見守っていると、傍らで家の女房が、何やら唐竹を瓶《かめ》に挿して祈り始めた。

まじないをしようというのだ。『竹取物語』のかぐや姫が竹の中から生まれ、三月《みつき》ほどで大人になるように、竹は成長が早く生きる力にあふれている。いっぽう瓶は、その名が「亀」に通じる。鶴は千年、亀は万年と言われる長寿の印だ。女房は竹と瓶を組み合わせて、二つの霊力で娘を治そうとしているのだ。

私はそもそも、物の怪《け》などをあまり信じるほうではない。ああした類《たぐい》のものは所詮《しょせん》人の心の作用に過ぎないのではないかと、疑いの目で見てしまう。だからこうしたまじないについても、効果があるものかどうか私には分からない。だがこの時は、効いてほしいと心から思った。どうか早く治って、それこそ竹のように健やかに生きてほしい、そんな気持ちが心の奥から湧き起こった。自分は人生に絶望するばかりの身だというのに、娘の人生を祈る気持ちは抑えられない。

世を常なしなど思ふ人の、幼き人の悩みけるに、唐竹といふもの瓶に挿したる女房の祈りけるを見て

若竹の　生ひ行く末を　祈るかな　この世を憂しと　厭ふものから

〔この世を無常と思う私だが、赤ん坊が病気にかかった時、家の女房が、まじないのために唐竹というものを瓶に挿して祈っているのを見て詠んだ歌。

若竹のような我が娘。この子の行く末を、私は心から祈らずにいられない。自分自身は、こんな人生などつらいばかりと嫌気がさしているというのに。」　（『紫式部集』54番）

仏は世の無常を説き、すべては空《くう》だから執着するなと教えている。だが、それが何だ。どうせ世は無常なもの、そう思っているはずの私なのに、娘のこととなると、取り澄ましてはいられなかった。また自分自身の人生には全く期待していないのに、こと娘の人生となると、幸せを祈ってしまった。なんと理に合わない私なのだろう。そうだ、これが人の親の心というものなのかもしれない。曾祖《そうそ》父《ふ》の藤原兼輔も歌に詠んでいたではないか。人の親の心は暗がりでもないのに惑うばかり、子を思う道に迷うのだ、と。「無常」や「色即是《しきそくぜ》空《くう》」がどれだけ真実であろうとも、この子に限ってはそうでないと、何の根拠もなく望みを抱いて祈る。その愚かさこそが親というものだった。こうしたことも、前には気がつかなかった。

娘は回復した。竹に霊力があったのだろうか。瓶にあったのだろうか。どちらにせよ、自分にとって厭世《えんせい》だけがすべてだと思っていた私は間違っていた。私には、この子の行く末を祈る余力があったのだ。

## 「心」こそ世界

宣孝の死をうけて、私の内面は大きく変わった。私は「世」という抵抗できぬ現実を痛感した。また、自分がその前で立ち尽くす無力な現実存在、「身」であることを実感した。そして生きることに絶望した。それは私にとって、自分に与えられた「世」つまり人生が、到底受け入れがたいものだったからだ。こんな人生は嫌だ。なぜ思い通りにならないのか。私は嘆き暮らした。

ところが、ある時のことだ。ふと気がついてみると、胸の痛みが少しばかり薄らいでいるようではないか。あんなに暗く思えた目の前が、何となく明るくなったような気もする。これはどうしたことなのだろう。

考えて、そして気づいた。寂しいことだが、私はどこかでこの人生を受け入れたのだ。つらさが癒えた訳では全くない。しかし日常は次第に落ち着いてきていた。宣孝に逝《い》かれた「寡婦」という境遇に、慣れたということなのかもしれない。時々は悲しみが慰められるような気分にもなっていた。私は、不本意な現実を嫌だとはねつけるだけの私から、おとなしく現実に従う私に変わったのだ。

その時、私は今までとても大切なものを忘れていたことに気がついた。私は「身」であるだけではない。私の中には「心」という部分もあったではないか。心こそが、私を絶望させたり泣かせたりしていたのだ。その時はそれが「身」の現実を拒んでいたからだ。でも心には、現実と向き合い、それに寄り添うという在り方もあったのだ。

身を思はずなりと嘆くことの、やうやうなのめに、ひたぶるのさまなるを思ひける

数ならぬ　心に身をば　任せねど　身に従ふは　心なりけり　（『紫式部集』55番）

〔私は自分の現実を不本意だと嘆き、悲しんでいた。だのにそれは少しずつ安らいで、やがて何とか我慢できる程度にまで、すっかり落ち着いた。これはそうした自分を見つめて詠んだ歌だ。

人の数にも入らない私だもの、現実が何もかも思い通り、心のままになるようなことはない。でも分かった。現実がどんなにつらかろうと、それなりに寄り添ってなじんでくれるのが、心というものなのだ。〕

不本意な現実を認めるのは、つらいし悔しい。だが結局は、人は現実を認めざるを

得ない。これを諦《あきら》めというのだろうか。そうした境地もあったとは、心とは何と寂しいものだろう、そして何と優しいものなのだろうか。

だが、と私は思う。心には、現実に従うしか方法がないのだろうか。継娘《ままむすめ》から桜の枝をもらった時、私は宣孝が生前に口ずさんだ歌を思い出した。娘が病気になった時は、娘の回復と将来を祈った。それらは私の心がしたことだ。あの時心ははっきりと、現実ではない所に飛び立っていた。死んだはずの宣孝の声が聞こえたし、幼い娘の成長する姿が浮かんだ。

そうだ、心とは現実に縛られないものなのだ。私は発見に気分が高揚するのを感じた。

私にはこんなに自由な部分があった。現実は現実だ。それは認める。だがいっぽうで、心はそれと違う世界を生きることもできる。思い出や夢、それだけではない、空想も。この世とは全く別の世界を思い描くことすらできるではないか。そこでは、現実に従うも従わないも心の自由だ。ならば、現実などというつまらぬ世界に合わせなくてもよいのだ。

心は、現実にひれふさなくてよい。またなんと不遜《ふそん》なものなのだろう。だが、それでいいのだ。現実を我儘《わがまま》勝手に動かすことはできないが、心の中ではどんな我儘勝手をしようが自由だ。それは心だけの世界なのだもの。こうしたことを考える私は、まして不遜であるに違いない。だが止められない。

心だに　いかなる身にか　適ふらむ　思ひ知れども　思ひ知られず

〔心は、現実に寄り添ってくれる。しかしそれすら実は、どんな現実に適《かな》うものなのだろう。私の心が、どうして現実になど合わせられよう。そんなところに収まりはしない。心は現実を思い知っている。だが、思い知りきれない。心は自由奔放な困りもの。どうしたって、私の心は自由なのだ。〕

（『紫式部集』56番）

私は、身ではなく心で生きようと思った。それを現実からの逃避と言われても、一向に構わない。むしろ心にこそ現実よりもずっと完璧な世界が作れるような気がした。

こうして私は変わった。現実を生きながら、もう一つそれとは違う世界、心の世界を生きる人間になったのだ。

## 五　創作——はかなき物語

### 物語を支えに

夫との死別から『源氏の物語』創作に至るまでの日々は、私が後に振り返り『紫式部日記』に書いたとおりだ。

年ごろつれづれに眺め明かし暮らしつつ、花鳥の色をも音《ね》をも、春秋に行き交ふ空のけしき、月の影、霜雪を見て、そのとき来にけりとばかり思ひわきつつ、「いかにやいかに」とばかり、行く末の心細さはやるかたなきものから。

〔夫が亡くなってから幾年か、私は涙に暮れながら夜を明かし日を暮らした。花の色も鳥の声も空しく、この身はただ物憂い日々を過ごしているだけだった。春秋にめぐる空の景色、月の光、霜雪などを目にするに付けても『そんな季節になったのか』とだけは分かるが、心中はただ『いったいこれからどうなってしまうのだろう』と、そのことばかりで、将来の心細さはどうしようもなかった。」

（『紫式部日記』寛弘《かんこう》五年十一月中旬での回想）

悲しみに目も心も閉ざされていた日々。季節は否応無く過ぎ、花の色や鳥の囀《さえず》り、春には春霞《はるがすみ》、秋には晴れ渡った空、また月も春には朧月《おぼろづき》、秋には冴え渡る月、そして冬には真っ白に降りる霜、降りしきる雪、自然の景物が次々と巡り来る。だが私には、それら目に映る世界が現実のものと思えなかった。自分にとっての現実は、ただ悲しみだけだった。

刻々と過ぎ行く時間に置きざりにされる私。でも心のどこかは分別を保っていて、外の世界を眺め「ああ、もう秋だ」「もう冬になったのだ」と思うことはできる。古歌「世の中を　かく言ひ言ひの　果て果ては　いかにやいかに　ならむとすらむ（『拾遺和歌集』哀傷1314番　読人不知）」の一節「いかにやいかに」が頭に浮かぶ。「世の中をあれやこれやと言いながら、挙句の果てはどうなるのだろう」。恐怖にも近い心細さ。娘を抱え霧の中を行くような気持ちだった。

そんな私を救ってくれたのが、物語と、それを介しての人との触れ合いだった。どれだけ慰められたことだろう。

はかなき物語などにつけてうち語らふ人、同じ心なるは、あはれに書きかはし、すこしけ遠き、便りどもを尋ねても言ひけるを、ただこれを様々にあへしらひ、そぞろごとにつれづれをば慰めつつ、世にあるべき人かずとは思はずながら、さしあたりて、恥づかし、いみじと思ひ知るかたばかり逃れたりしを。

〔私には、取るに足りないものではあるけれど物語についてだけは、語り合える友たちがいた。同じ心を抱き合える人とはしみじみと思いを述べた手紙を交わし、少し疎遠な方にはつてを求めてでも連絡を取り、私はただこの「物語」というものひとつを手掛かりに、様々の試行錯誤を繰り返しては、慰み事に寂しさを紛らわした。私など、世の中を生きる人の数には入らない。それは分かっているが、さしあたってこの小さな家の中で暮らし、気心の知れた仲間と付き合う世界では、恥ずかしいとかつらいとかいう思いを味わうことを免れていた。〕

（『紫式部日記』寛弘五年十一月中旬での回想）

物語の、文芸としての格は低い。最も格が高いのは漢詩の詩作。だがこれは殿方だけに許された文芸だ。女は第一に和歌、それから日記などの実録で、物語は最低に位置づけられる。内容が事実でない、つまり絵空事であることが理由だ。しかしそこにこそ、現実に縛られぬ物語の面白さがある。実際、娯楽としての人気は物語が抜きん出ていた。

多くの時間を家で過ごす女たちにとって、暇つぶしになる物語は有り難い存在だ。私の友人はいわゆる「里の女」、つまり妻や娘として家にいる人がほとんどなので、物語好きが多かった。私同様に物語に没頭し、感想や批評などを、言葉を尽くして語り合える人がいた。また、物語は次々作られるとは言っても、本はとても貴重だし、誰もが持っている訳でもない。新作が作られたという噂があると、持っている人を探し、借りては書き写さなくてはならない。ほかのことでは決して社交的でない私だが、こと物語となると積極的になれた。疎遠な人にでもつてを頼って声をかけ、頼み込むことができた。

こうして私は、物語の世界にのめりこんだ。ただ読むだけではない。自ら作り、人に読ませ、意見や感想を求め、また書く作業を繰り返した。

私の書く物語は、それ以前に書かれた物語とは全く違っていた。それは私が、他人を面白がらせて褒美を得るためではなく、第一に自分の心のために書いたからだ。私自身を楽しませるため、感動させるため、考えさせるため。私は誰よりも厳しい読者だったと思う。

それまでの物語と言えば、たとえば物語の出来始めの親ともいえる『竹取物語』。また、実在の人物在原業平《ありわらのなりひら》を主人公に仕立てて、悲恋、純愛、禁断の恋など恋の諸相を綴《つづ》る『伊勢物語』。これらは秀作だが、草木や動物が主人公の子供じみたものや、「継子《ままこ》いじめ」など型にはまったものも数知れずあった。それらの作者は一様に男性で、本業の役所勤めの傍ら、いわゆる「女子供」のおもちゃとして作ったものだ。殿方は、女たちはそうした他愛ない作品で満足すると思っていたのだろう。やれやれ、女がどれだけ深くものを考えているかなど、想像すらしていないのだ。いきおい大人の読者の間からは、もの足りないと言う声があがっていた。藤原兼家様の奥様の一人で道綱様をお産みになり、歌人としても名高い方が記された『蜻蛉日記《かげろう》』にはこうある。

世の中に多かる古物語の端などを見れば、世に多かる空言だにあり。人にもあらぬ身の上まで書き日記して、珍しきさまにもありなん。

〔世の中にたくさんある古物語の端くれを見れば、実に嘘っぱちだらけ、それでも書き物として通用しているではないの。ならば私は空言ではなく、人並み以下とも言えるこの身の上を手記に書き記そう。異例と言われようが、我が人生を書いて世に問うてやろう。」

（『蜻蛉日記』上巻）

これを書かれた道綱母《みちつなのはは》様は、私の遠い親戚筋にあたる。ご姉妹の一人が、私の母方の祖父藤原為信の兄、為雅に嫁いでいるのだ。『蜻蛉日記』は、私が生まれた頃に世に問われた。夫の兼家様との二十余年にわたる結婚の日々を赤裸々に綴《つづ》った手記だ。道綱母様のような生々しい人生体験をお持ちの方には、古物語は食い足りなかったのだ。ただ、道綱母様ならずとも、人間みな歳をとればそれなりに人生体験はある。めでたしめでたしの古物語が現実と明らかにずれていることは、誰もが感じていた。道綱母様は、それをはっきりと口にされたのだ。

## 帚木三帖の誕生

私が当初家にいて書き始めた『源氏の物語』は、後に世に広まったものとは少し違う。私は最初から五十余帖の長編を目指しはせず、短編から書き進めたのだ。だが短編であろうとも、現実以上に現実らしい物語を目指す姿勢は定まっていた。
私は、物語を実話仕立てにすることに決めた。架空の話の始まり方には従来「今は昔」など型があったが、それに倣わず、実在する主人公の行状を、その人物をよく見知った者が語るという形をとる。内容は、主人公がひた隠しにしているのに語り手がつい漏らしてしまった秘話だということにするのだ。いや、もちろん中身は私の作り話だが、こうしたことは実際の世の中にも多いではないか。

光る源氏、名のみことごとしう、言ひ消たれたまふ咎《とが》多かなるに、いとど、かかる好き事どもを末の世にも聞き伝へて、軽びたる名をや流さむと、忍びたまひける隠ろへごとをさへ語り伝へけん、人の物言ひさがなさよ。
〔光源氏。名ばかりは「光」と大げさだが、「実は光ってなどいないのさ」と打ち消されてしまうような失敗も多いのだ。もちろん本人は「こんな色恋沙汰《ざた》を誰かが聞きつけて後々の人にまで伝え、軽い奴だと噂になったらどうしよう」とひた隠しにしていらっしゃる。だのにそんな秘密まで語り伝えてしまう、人のおしゃべりの罪深さときたらねえ。〕
（『源氏物語』「帚木《ははきぎ》」）

光源氏とあだ名される、理想的な貴公子。在原業平をも超える恋と雅《みやび》の力を持ちながら、しかし超人ではない。その恋の裏話、失敗談を書こう。主人公を「源氏」と設定したのは、帝《みかど》の御子《みこ》という高貴な血統で箔《はく》を付けたかったからだが、いっぽうで自由な身で様々な女とも関われるようにと考えて、あえて親王にしなかったのだ。様々な女。そう、私は光源氏を私自身にごく近い身分の女たちと関わらせようと思った。高貴な姫君や特別な女は、今までの物語の中でも繰り返し語られている。だが私は普通の女に、その生々しい思いを物語の中で吐きださせたいと考えたのだ。それでこそ私の物語ではないか。

だが、貴公子光源氏が最初から受領《ずりょう》階級の女に興味を持っているのは、世慣れすぎていて不自然だ。そこで私は考えた。宮廷の男たちに光源氏を煽《あお》らせてはどうか。経験豊富な男たちが自らの恋の体験談を光源氏に吹き込む。若くて好奇心旺盛な光源氏は、知らぬ世界の話に胸をときめかせる。このお膳立てがあれば、帝の御子が中級や下級貴族の女に恋をしても不思議ではない。長雨の降り続く中、光源氏と悪友の頭《とうの》中将《ちゅうじょう》、また身分が低く受領階級の女に通じた左馬頭《ひだりのうまのかみ》と藤式部丞《とうしきぶのじょう》の四人が寄り集まっての「雨夜の品定め」の場面は、こうして生まれた。

だが「雨夜の品定め」を書く理由はもう一つあった。これはまさに男たちが語る

「物語」なのだ。私の『源氏の物語』以前に世にあふれていた、殿方たちの手による物語と同じ、男の目から見た女の物語だ。私はあえてそれをとりこみ、「今まで女は、男性によってこう語られてきた」と確認する。その上で私自身による全く違う物語、つまり女の目から見た女の心の物語を始めようと考えたのだ。

「雨夜の品定め」では、四つの恋の話が語られる。左馬頭が語る、嫉妬《しっと》深い女との恋、また浮気性の女との恋。頭中将が語る、控えめすぎるがゆえに自ら身を引き姿をくらましてしまう、か弱い女との恋。この女は、やがて「夕顔」の巻で光源氏と出会うことになる。そして最後が、自ら下の下の身分と称する藤式部丞が語る、文章博士《もんじょう》の娘の話だ。「藤式部丞」といえば、花山天皇の御世に父がそのように呼ばれていたこともあった。そう、これは私自身にごく近い世界の話なのだ。だが、決して私自身ではない。

「私がまだ文章生でございました時、おそるべき女と出会いました」。藤式部丞はそう語りだす。弟子として出入りしていた先の博士から娘との結婚をもちかけられ、気が進まぬものの師匠の手前断ることもできず、ずるずると付き合い始めた。ところが相手は実に情の深い女で、心から彼に尽くしてくれる。そのやり方たるや、朝廷での仕事の助けになるようにと、一つ枕の睦言《むつごと》にも漢学教養を語り、恋文はすべて漢文、ひらかなは一切無しだ。その薫陶のお蔭《かげ》で藤式部丞も腰折れ漢文の一つくらいは作れるようになるが、さて彼女を妻にするかといえば話は別だ。無才な自分では結婚してから見下されるに違いないと腰が引け、しばらく冷却期間をおいた。

長い無沙汰《ぶさた》の後訪れると、女はいつもと違ってじかに会おうとしない。間に御簾《みす》か几帳《きちょう》を隔てるというよそよそしい態度だ。藤式部丞はむっとした。すねているのか。何様のつもりだ。結構、これを理由に別れ話を切り出すよい機会だ。だがそれは彼の思い違いだった。博士の娘は腹を立ててなどいなかった。男と女の仲なるものをちゃんと弁《わきま》えて、彼を怨《うら》んでもいなかった。ではなぜじかに会わないのか。

声も逸《はや》りかにて言ふやう、『月ごろ風病《ふびやう》重きに堪へかねて、極熱《ごくねち》の草薬《ざうやく》を服《ぶく》して、いと臭きによりなむ、え対面賜はらぬ。目のあたりならずとも、さるべからむ雑事《ざふじ》らは承らむ』と、いとあはれに、むべむべしく言ひはべり。答《いら》へに、何とかは。ただ、『承りぬ』とて立ち出ではべるに、さうざうしくやおぼえけむ、『この香失《か》せなむ時に立ち寄りたまへ』と、高やかに言ふを、聞き過ぐさむもいとほし、しばし休らふべきに、はた、はべらねば、げに、その匂ひさへはなやかに立ち添へるもすべなくて。

〔女が声もせかせかと言うには「数か月来、風病重篤に耐えかねて、『極熱の草薬』、漢方のにんにくを服用しており、口がとても臭いため、対面致しかねます。じかにではなくても、然《しか》るべきご用は伺いましょう」と、心は情にあふれ、言葉は理路整然としたものです。しかし答えに何と言いましょうや。私はただ「承知した」と言って立ち去ろうとしました。女は寂しく思ったのでしょう、「この口臭が消える頃、またおいで下さいませ」と大声で言うのを、聞き流すのも忍びなく、とはいえ一瞬もぐずぐずしてはおられず、実際声にかぶせてその口臭というやつまでがふわーっと漂ってくるではありませんか。もうどうしようもありませんよ。〕

（『源氏物語』「帚木」）

これを聞いて貴公子たちは呆《あき》れかえり「嘘だろう」と大笑いする。

「いづこのさる女かあるべき。おいらかに鬼とこそ向かひゐたらめ。むくつけきこと」

〔「どこの女がそんなこと。あり得ないよ。そんな女を相手にするくらいなら、大人しく鬼とでも付き合ったほうがましさ。おお怖」〕

（『源氏物語』「帚木」）

そう言ってしきりに人さし指を弾《はじ》いては非難の仕草をして見せる。藤式部丞め、と
んだ体験談だという訳だ。当の藤式部丞は、お咎《とが》めにもけろりとして「これ以上珍し
い話はありますまい」などとうそぶく。

これが、男の放談だ。この娘は確かによくない。どんなに漢文ができようと、男に
それを見せてはならないのだ。口臭以前に漢文臭を漂わせた時点で、女失格と見做《みな》さ
れる。そうした常識を、世間の狭い博士の娘は知らなかった。ただし、悪いのはその
一点だけだ。自分の特技で一生懸命恋人に尽くそうとした、深情けの娘。不実な彼を
怨みもしなかった、いじらしい娘。正直にも口臭のことまで話してしまった、飾り気
のない娘。しかしそんな娘を「鬼以下」と笑うのが世の男というものなのだ。皆おお
いにこの娘を笑ってほしい。笑ってから、どうかその笑いの残酷さに気がついてほし
い。

男たちの語る「雨夜の品定め」を前座にして始まる、私の物語。その最初の女主人
公を、私は私と同じ受領階級の女にした。そう若くない年齢。年の離れた夫。住まい
は私の住む堤中納言《つつみちゅうなごん》邸の近く。そう、この女も私自身にごく近い世界の女なのだ。だ

が決して私自身ではない。

光源氏は方違《かたたが》えのために、岳父の左大臣家に親しく出入りしている紀伊守《きいのかみ》の邸宅にやって来る。女は紀伊守の父、伊予介《いよのすけ》の後妻で、やはりたまたま紀伊守邸に来ている。紀伊守から継母である女について聞いた光源氏は、「雨夜の品定め」に焚《た》きつけられた熱冷めやらず、行動に出る。女に挑み、強引に契ってしまうのだ。

方違えとは我ながらうまくしたものだが、実はこれは私の実体験に依《よ》っている。まだ娘の頃、家に方違えにやって来た男に、ちょっとした出来事をしかけられたことがあった。何をされたかと？　そんなことは言えない。家集で触れた時にも「方違へに渡りたる人の、なまおぼおぼしきことありて帰りにけるつとめて（方違えにやって来た人が、よく分からないことをしかけて帰ってしまった朝）」とだけ書いて逃げた。あの何とも言えぬ気持ちを、私は忘れることができない。もっともその時は、翌朝何食わぬ顔で帰って行くその男に腹が立ち、怒りの歌を送ってやったのだけれど（『紫式部集』4番）。物語の女は既に娘ではなく、私のようにあけすけな態度にでることができない。

加えて光源氏は、女の寝所《ねどこ》に忍び込むだけではなく、そこから女を拉致《らち》して、自分にあてがわれた寝所に連れ込んだ。女にとって、自分の寝所以外で契らされるのは、遊び女《め》も同然の屈辱である。男が女を盗み出す話は、古くからしばしば物語に描かれてきた。例えば有名な『伊勢物語』にも、業平らしき男が藤原高子様らしき女を連れ出す話がある。しかしそこには、女の気持ちはほとんど描かれていない。だが私の物語では、光源氏に踏み込まれた女は、まず物の怪《け》にでも襲われたかと恐怖を覚え、光源氏と知ってからは相手の高貴さにたじろいで声も上げられない。小柄ゆえ軽々と光源氏に抱き上げられ彼の寝所に入れられるが、密通などあってはならないことと、汗だくになって抵抗する。光源氏が思いつきで甘い言葉を並べても、騙《だま》されない。

「現《うつつ》ともおぼえずこそ。数ならぬ身ながらも、思し朽たしける御心ばへのほども、いかが浅くは思うたまへざらむ。いとかやうなる際《きは》は際とこそ侍なれ」

〔「まるで悪い夢のよう。人の数にも入らぬ身ながら、私を見下していらっしゃるあなた様のお気持ちが心浅いものであることは、はっきり見通せます。所詮《しょせん》私のような身分の者など、この程度の身分に過ぎない、そうお思いなのでしょう。世間でもそう申すではありませんか」〕

（『源氏物語』「帚木」）

悔しいのは、受領の妻という低い身分のせいで遊び女扱いされたことだ。女の亡父は生前には中納言、つまり公卿《くぎよう》の一角を占める存在で、娘を光源氏の父帝に入内《じゆだい》させたいと望んでいた。父の死後も女の矜持《きようじ》は失せていない。力ずくで光源氏に押し切られてしまった後には、女は泣きながらこうも言うのだ。

「いとかく憂き身のほどの定まらぬ、ありしながらの身にて、かかる御心ばへを見ましかば、あるまじき我頼みにて、見直したまふ後瀬をも思ひたまへ慰めましを、いとかう仮なる浮き寝のほどを思ひはべるに、たぐひなく思うたまへ惑はるるなり。よし、今は見きとなかけそ」

（「もしも老いた受領の後妻などという情けない境遇になる前の、昔のままの公卿の娘という身でお気持ちを受けたのであれば、身の程知らずな思い上がりで、いつかは本気で愛して下さることもあろうかと望みをかけ、心を慰めもしましょう。でもこんなにもかりそめの逢瀬《おうせ》の頼りなさを思いますと、どうしようもない気持ちなのです。もう結構、こうなったからには逢瀬のことは口にしないで下さい」）（『源氏物語』「帚木」）

怒り、惨めさ、なくした夢、諦《あきら》め。すべての根本に「身の程」がある。この女は、光源氏に惹《ひ》かれつつ、結局二度と会わない。最後は自らの抜け殻のように薄衣一つを残して消えるこの女を、私は「空蟬《うつせみ》」と名付けた。光源氏とのことで自分の身の程を改めて思い知った女は、その身の程の中で生きてゆくことを選ぶのだ。これが、女の「身」を見据え「心」を描く私の物語だ。

## 『源氏の物語』へ

右の女に加えて夕顔の女についても悲しい身の上の物語を記し、私は一つの閉じめとした。「帚木」「空蟬」「夕顔」、今このように名付けられている三巻から成る短編である。最後は冒頭と呼応して、語り手の挨拶《あいさつ》で終わる。

かやうのくだくだしきことは、あながちに隠ろへ忍び給ひしもいとほしくて、皆漏らしとどめたるを、「など、帝の御子ならんからに、見ん人さへかたほならず物褒めがちなる」と、作り事めきてとりなす人ものし給ひければなん。あまり物言ひさがなき罪避りどころなく。

（こうした面倒な恋話は、ご本人がともかくひた隠しになさっているので、気の毒でこちらも漏らすのを思いとどまっていたのだけれど、「帝の子だからとは言え、どうしてひどく褒めちぎるばかりですの？　実際に会ったことがある人まで」などと言って、作り話と疑う人がいらっしゃいますのでね、ついに暴露してしまいました。あまりにもおしゃべりな私、お咎めは逃れようもなくて……。」

（『源氏物語』「夕顔」巻末）

物語は好評を博した。何より私自身が、光源氏の活躍するこの世界を書き続けたいという意欲を感じた。短編に終わらせず、長編にしよう。ならば光源氏の一代記にならないか。ところがそこで思い至った。私は私の物語で、普通の女たちを縛る「身」、そこでもがく女たちの「心」を見つめ描いた。だが光源氏という主人公、天皇の御子で、若く美しく政治的な後ろ盾もあって、ほとんど何の不平不満もなさそうなこの男についてはどうだったろう。女たちに「身」と「心」があったように、光源氏にも彼なりの現実があり、その中でもがく心があるはずだ。だいたい、この若者はどうしてこんなに過激な恋にばかり奔《はし》ろうとするのか。「光源氏」とあだ名される後ろには、皮肉にも大きな闇があるのではないか。

歴史上、帝の御子で「源氏」であった方々とはどのような方々だったろうか。私は自分の歴史の知識を繙《ひもと》いた。嵯峨《さが》天皇の御子で、仁明《にんみょう》帝から文徳《もんとく》・清和・陽成《ようぜい》帝に仕え最後は左大臣にまで昇った、広大な邸宅河原院《かわらのいん》を造営したことでも知られる源　融《とおる》様。醍醐《だいご》天皇の御子で、朱雀《すざく》・村上・冷泉《れいぜい》帝の三代に仕え、やはり左大臣にまで昇った源高明《たかあきら》　様。二人とも、和歌はもちろん学問・風流・有職故実《ゆうそくこじつ》に通じた最高の貴人だった。だが、母君の身分が低かった。源融様の母は確か大原氏、高明様の母も公卿に至らぬ右大弁源唱の娘で「近江《おうみ》の更衣」と呼ばれた人だ。融様は帝になりたかったと聞く。陽成天皇が廃帝と決まった時、次の帝を決める議定の場で、左大臣だった融様は「近き皇胤《こういん》をたづねば、融らもはべるは（天皇の近親を求めるのならば、この融もいるぞ）」と言ったという（『大鏡』「基経」）。だがその名乗りは退けられた。

　そうだ、「源」の名には「身」があるのだ。母の身の程ゆえに、天皇の後継となり得る「親王」の称号を授けられずに臣下に下ったという現実が。光源氏とは、若くして身分社会の壁に阻まれた青年だった。彼にはそのつらい「身」があって、だからこそ過激な恋という「心」があるのだ。

　自分の創作した架空の人物だというのに、私は光源氏を史実に照らし、それと重ね合わせて肉付けし始めた。こうして私の物語は『源氏の物語』となっていった。

『源氏の物語』の中には、主人公光源氏が物語について語る場面がある。

「その人の上とて、ありのままに言ひ出づることこそなけれ、よきも悪しきも、世に経《ふ》る人のありさまの、見るにも飽かず、聞くにもあまることを、後の世にも言ひ伝へさせまほしき節々を、心に込めがたくて言ひ置き始めたるなり」

（「物語は、『誰誰のことだ』と事実をそのまま伝える訳ではない。しかし、全く事実でない訳でもないのだ。良いことにせよ悪いことにせよ、この世を生きる人の有様には、見ているだけでは我慢できず、聞いてもすぐには聞き流せない事柄というものがある。時代を超えてずっと語り伝えてほしいと感じるような事柄だ。それを人が心にしまっておけなくて伝え始めたもの、それが物語だということだ」）（『源氏物語』「蛍」）

『蜻蛉日記』など実録は、はっきりと事実に依っている。いっぽう物語は、荒唐無稽《むけい》な嘘と言われてきた。だが私は、そうではないと思う。少なくとも私の『源氏の物語』は、ここで光源氏が話しているように、どこかで事実とつながっている。私という作者が、自分が死んでも次の世まで伝えたいと感じ、さらにその次の世にも伝えるべきと感じる事柄を事実の中から精選して、それをもとにして作っているのだ。だから、私が創り上げた世界ではあるが、完全な作り話では決してない。

事実には、帝や后《きさき》にまつわるなど、世の中全体に係わる「史実」というものがある。いっぽう、私のような物の数にも入らぬ存在が体験する、ささやかな出来事もある。帝や后や私たちという身分の垣根を越えた、人にあまねき事柄もある。

私が宣孝に死なれる直前に、時の帝が皇后定子様を喪《うしな》われたのは、本当に悲しい出来事だった。畏《おそ》れながら帝は一人の若い殿方として、定子様を心から愛しておられたと思う。ご実家が没落し、後ろ盾もない定子様へのご寵愛《ちょうあい》は、貴族たちからは白い目で迎えられていた。当然だ、帝のご愛情は皇位の継承に係わる。皇統と国政と貴族社会の安定のために、実家が権力を持つきさきを寵愛して男子を産ませることこそ、帝たる方の務めだ。実際、あの時には帝の男子は定子様が産んだ敦康《あつやす》親王御一人で、貴族たちは大層難儀したではないか。帝ならではのこうした事情もあって、なおさらに定子様へのご愛情は強いものと、私たち下々にも感じられた。

その定子様が亡くなられ、帝の御心やいかにと感じていた時、私は宣孝を喪った。愛する者を喪った時悲嘆にくれる心は、帝も私も同じであろう。その悔しさ。その孤独。絶望。しかしどうしようもなく生きているこの身。私が伝えたいと思い、次の世にもずっと伝えてほしいと願うのは、例えばこうしたことたちだ。

私は長編化した『源氏の物語』の冒頭を、光源氏の父帝と母更衣の愛から始めた。

いづれの御時にか、女御、更衣あまた候ひたまひける中に、いとやむごとなき際にはあらぬが、すぐれて時めきたまふありけり。

〔どの天皇の御代だったろうか。女御《にょうご》・更衣ときさきがあまた居並ばれる中に、そう高い身分ではなくて、しかも抜きんでて御寵愛をうけておられる方がいた。〕

（『源氏物語』「桐壺」冒頭）

この更衣は、帝の愛情ゆえに世間の批判を受け、若くして死ぬ。遺《のこ》されたのが光源氏だ。

帝は更衣を愛した分、彼女に死なれて激しい喪失感に苛《さいな》まれる。いったい愛は、人を幸福にするのか、それとも不幸にするのだろうか。さらに、愛する人を喪った後、人はどう生きるのか。身代わりを立てて愛すれば幾分は癒されるのだろうか。これらは、現実界にあって定子様を喪った帝、そして宣孝を喪った私のみならず、大切な人を喪った人すべての問題だ。

また『源氏の物語』の帝は、溺愛《できあい》する光源氏を、亡母の地位の低さや世間の思惑に配慮して「源氏」に臣籍降下させざるを得ない。これは現実の定子様の御子、敦康親王様の事実からは離れた架空の筋立てだ。だが、人間だれしもが持つ、身分と心の葛《かっ》藤《とう》に係わる。光源氏は身分差を負って生きてゆく。彼は「身」と「心」の問題をどう解決しようというのか。

自分自身の問題、そして人たるもの皆の問題を、私は私の『源氏の物語』の世界に向かって幾度も問いかけた。

# 六　出仕――いま九重ぞ思ひ乱るる

## 女房になる

寛弘《かんこう》二（一〇〇五）年、私は一条天皇の中宮彰子《しょうし》様のもとに、女房として仕えることとなった。

女房になりたかった訳では全くない。それまでの人生で、どこかに出仕したこともない。それは明らかに、落ちぶれた人のすることだと、私は考えていた。

女房とは、内裏《だいり》や後宮や貴族の家に局《つぼね》を与えられ、そこに住み込んで働く侍女を言う。掃除や料理などの下働きはせず、行事に参加して花を添えたり、主人の装束を整えたり、和歌や物語など教養娯楽の相手を務めたりするのが仕事なので、見かけ上はみすぼらしいものではない。だが何と言っても女房は雇われ人である。私は自宅では自ら女房を雇っている身だ。その私が雇われる側になるなど、考えるだけで目の前が暗くなる。

　身分ということを抜きにしても、私は女房という存在自体をずっと心の中で嫌ってきた。女房には一般に、世間ずれしていて下品という印象があったからだ。いや、それは決して印象だけではない。娘や妻として家に収まっているいわゆる「里の女」は、家族以外の人間とはほとんど顔を合わせない。おっとりと構え、一日を几帳《きちよう》の後ろに隠れて過ごせばよい。だが女房は、そうはいかない。主家の人々、主家に出入りするお客、同僚女房など、身分の上下も男女も問わず不特定多数の人々と顔を合わせる。当然おっとりと構えてはいられず、蓮《はす》っ葉になってしまうのだ。世の男性で女房を軽《けい》佻浮薄《ちようふはく》と見る向きは少なくない。

　加えて女房は、主家に住み込むせいだろうか、主家の細かいことに首を突っ込みがちだ。やれ御主人はどんな役職に就いただの、あぶれただの。奥様は漢文を読んだりしてはしたないだの。放っておいてほしいことまでも鋭く観察し、時には批評し、あるいは外に噂をまきちらす。女房とはおおかた、そうした物見高く煩わしい存在なのだ。私の『源氏の物語』には、語り手を始め大勢の女房が登場する。その俗っぽい生態を見れば、私の気持ちも分かるはずだ。

　とはいえ私には、出仕以外の道はなかった。中宮様のご両親である、藤原道長殿と北の方倫子《りんし》様からのたってのご要請と伺っては、断る訳にいかなかったのだ。道長殿は左大臣、時の最高権力者だ。かつて十年間散位だった父を越前守《えちぜんのかみ》に取りたてて下さった恩義もある。倫子様は、私と同じく藤原定方《さだかた》を曾祖父《そうそふ》に持つ、またいとこだ。全くの他人に仕えるよりは、目をかけてもらえるかもしれない。自分自身を振り返ると、娘を抱えた寡婦という現実がある。父や弟も頼りにならない。『源氏の物語』を書いている間は現実を忘れられたが、ふと我に返ればやはり将来が心もとない。

初出仕は十二月二十九日だった。まるで現実感が無くて頭がぼんやりし、ただ夢の中で迷子になったようだった。晴れがましい勤めということは分かっている。が、心は家にいた時と変わらず、いやむしろ鬱屈《うっくつ》の度合いを募らせていた。寡婦という不本意な「身」の上に、今度は女房という「身」まで加わるのか。私は溜息をついた。

　初めて内裏《うち》わたりを見るに、もののあはれなれば
身の憂さは　心の内に　したひ来て　いま九重ぞ　思ひ乱るる
〔初めて内裏を見た時、心の底からしみじみと悲しみがわいて
身の上のつらさは、内裏に来れば忘れられるかと思っていたが、そうではなかった。つらさは心の内に潜んで、ここまで私にまといついて来た。いまここ九重……内裏で、私

は幾重にも心乱れている。」　（『紫式部集』91番）

華やかな内裏にいながら、私は沈んでいた。私を迎えた同僚女房たちにその表情がどのように受け取られるかなど、考えもしなかった。

宮仕え経験のない私が突然中宮彰子様の女房に抜擢《ばってき》されたことには、理由があった。長保《ちょうほう》二（一〇〇〇）年十二月に皇后定子《ていし》様が崩御されて後、一条天皇の后妃は四人となった。最高位の中宮様が、左大臣道長殿の娘の彰子様。その下の女御《にょうご》様が、まず右大臣藤原顕光《あきみつ》様の娘である、承香殿《しょうきょうでん》の女御元子様。また内大臣藤原公季《きんすえ》様の娘である、弘徽殿《こきでん》の女御義子様。そして道長殿の亡くなった兄君藤原道兼《みちかね》様の娘で、「暗戸《くらべ》屋《や》の女御」と呼ばれる尊子様だ。その中で彰子様は、十代もまだ半ばに足らぬ幼さだったが、父上の権力からいって、帝《みかど》の寵愛《ちょうあい》を第一に受けられること間違いないと思われていた。

だが、そこに思ってもみない存在が現れた。亡き定子様の妹君で、「御匣殿《みくしげどの》」と呼ばれた方である（系図9）。定子様から託されて遺児の敦康親王を育てていたことが縁となり、帝の御手がついたという。驚いた道長殿は、この方から敦康親王を引き離

系図9

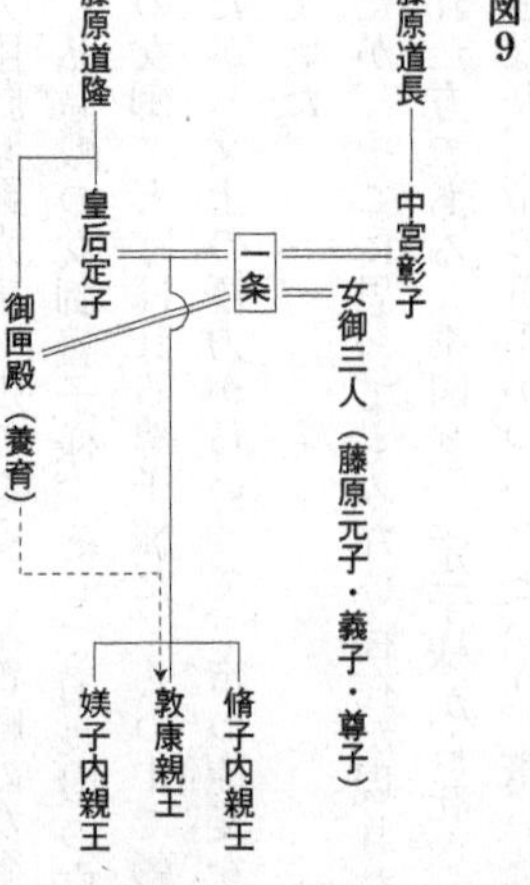


され、彰子様に引き取らせた。帝と御匣殿の仲を割き、彰子様を敦康様の養母として、帝との仲を促そうとされたのだ。その裏には、万が一彰子様が生涯皇子をお産みにならず、敦康親王が後継ぎとなる事態に備えて、彰子様が養母、道長殿は養祖父という後見の立場を確保しておこうという目論見《もくろみ》もあったのだろう。だが道長殿の思惑はあたらず、帝はかえって御匣殿にご執心となって、御匣殿は懐妊された。しかし御匣殿は、出産に至らず亡くなられた。長保四（一〇〇二）年の夏のことだ（『権記』同年六月三日）。本当においたわしい。

その事件後、私が出仕する寛弘二年末までの三年半、帝は彰子様だけを重んじてこられた。だが彰子様は懐妊なさらなかった。長保元（九九九）年の入内《じゅだい》以来六年間、その兆候すら一度もなかった。理由は誰の目にも明らかだった。帝の心は、いまだにあの定子様を偲《しの》んでおられたのだ。御匣殿は定子様の身代わりになれたが、彰子様はそうなれない。表面上は彰子様を第一に立てながら、実質はいつまでも形の得られぬ、帝夫婦の御仲らいだった。

道長殿は、この状況を何とか変えようと思われたのだろう、彰子様の後宮てこ入れ策に着手された。思えば帝はかつて、定子様の後宮をお気に入りだった。そこには清少納言など受領《ずりよう》階級出《で》ながら才芸に長《た》けた女房がいて、活気に満ちていた。ところが彰子様周辺の女房は、母子代々女房などという一握りの熟練女房以外には、道長殿や倫子様のご係累といったお嬢様女房ばかりだった。そこには、道長殿や倫子様の「品格を第一」にという方針があったと拝察する。だがそれでは帝のお気持ちを動かせないと、ようやく道長殿は悟られたのだ。それで、倫子様の遠縁でもあり『源氏の物語』で名のあがっていた私に白羽の矢が立った。

かくして私は、彰子様の後宮を変えるべき最初の女房として抜擢された。しかし私が自分のこうした役割に気づくのは、まだ先のことだった。

## 冷たい同僚たち

初出仕の日は、この年の大晦日《おおみそか》に当たっていた。年末年始の内裏は行事で慌ただしい。しかしそれを尻目に、私は正月早々自宅に戻った。出仕していたのはわずか数日間。その間、私に話しかけてくれた女房は、なぜかほとんどいなかった。歓待されるなどと思い上がっていた訳ではない。が、『源氏の物語』作者という能力を買われて召し出されたことは私にも察しがついていた。だから、女房たちも物語を読んでくれており、それなりの迎え方をしてくれるものという期待が、内心少しはあったかもしれない。ところがそれとは裏腹に、同僚たちの態度はあまりにも冷たいものだった。家に逃げ帰った私は、かろうじて言葉を交わすことのできた女房に手紙を書き、情けを乞《こ》うた。「どうして皆そんなに冷たいのか、どうか仲良くしてほしい」と。

まだいとうひうひしきさまにて古里に帰りてのち、ほのかに語らひける人に

閉ぢたりし　岩間の氷　うち解けば　をだえの水も　影見えじやは

〔まだ右も左も分からぬ状態のまま馴《な》れた家に帰って後、わずかに語り合えた女房

に詠んだ歌。

岩の間を固く閉ざしていた氷が解ければ、途切れていたせせらぎも再び流れ出すでしょう。水面《みなも》には物の影が映るでしょう。そのように、心を固く閉ざしていた皆様がうち解けて下さったなら、一旦途切れた私の宮仕えも再開し、私も姿をお見せします。お願いいたします、もう少し温かく扱って頂けませんか。」

（『紫式部集』92番）

相手は返事をくれた。だがそれは、私の望む内容ではなかった。

深山辺《みやまべ》の　花吹き紛ふ　谷風に　結びし水も　解けざらめやは

〔奥山の花をそよがせる、春の谷風。その暖かい風には氷も解けない訳がありません。さて、内裏の奥深く住む私たち女房という花に、春風のような慈愛をそそいでくれるのは中宮様。そのお心に触れれば、もつれていたあなたの気持ちもほぐれるでしょう。私ではなく中宮様にお願いなさいな。〕

（『紫式部集』93番）

「私たちは氷ではない、花だ。あなたが一人で勝手に凍っているのだ」。彼女の歌はそう言っていた。私たちがあなたにすることは何もない、彰子様に頼るがよい、とも。

私が彼女たちのことを、いきなり「閉ぢたりし氷」などと決めつけてしまったから、怒りを買ったのだろうか。彼女は、すがりついた私の手を振りほどいたのだ。

同僚ではなく中宮様に頼れと言われても、なすすべがない。私は職場に戻れなくなり、そのまま自宅にひきこもった。数日後、自宅に使いがあり「春の歌を詠んで献上せよ」と言う。中宮様におすがりする機会かもしれない。私は歌を詠み送った。

正月十日のほどに「春の歌奉れ」とありければ、まだ出で立ちもせぬ隠れ家にて

み吉野は　春のけしきに　霞めども　結ぼほれたる　雪の下草

〔正月十日頃に「春の歌を献上せよ」と命令があったので、まだ内裏に参上せずにひきこもっていた家で詠んだ歌。

み吉野のような内裏はすっかり春の景色に満ちて、霞《かすみ》も漂っているのでしょう。でも私は凍りついた雪の下草。気がふさぎ、冬の心のまま身をひそめております。〕

（『紫式部集』94番）

中宮様の御前を賛美しつつ、自分の卑小さを詠む。献上歌にはよくある型だが、私は「結ぼほれたる」などと、ことのほか陰鬱《いんうつ》に詠んだ。例の女房の返歌で「結びし水」呼ばわりされたから、同じ言葉を使って中宮様に訴えたのだ。この歌が皆の前で披露されれば、当然何かの沙汰《さた》があるだろう。そう思っていたが、特段のことがないまま日が過ぎた。

私はひきこもりを続けた。同僚たちが原因での私の苦しみを、ひきこもりという形で訴えてやりたかった。しかし私の思いとは裏腹に、中宮様御前の女房からは私を責める声が漏れ伝わってきた。あまりに欠勤が長引いたため、態度が大きいと見られたのだ。私は傷つき、憤慨せずにいられなかった。

かばかりも思ひ屈じぬべき身を「いといたうも上衆《じやうず》めくかな」と人の言ひけるを聞きて

わりなしや　人こそ人と　言はざらめ　自ら身をや　思ひ捨つべき

〔これほど思い悩んでだめになってしまいそうな私なのに、その私のことを女房の一人が「まあたいそう上臈《じょうろう》ぶったこと」と言っていたと聞いて

ひどい。あの人たちは私を人扱いしてくれない。見下して、人間以下と言っている。私

の味方は私だけ。いいわ、自分で自分を見捨てることだけはするまい。」

（『紫式部集』58番）

今にして思えば、確かにひきこもりは長すぎた。出仕したい時にだけ出仕する、上﨟女房風の厚かましい態度とみなされても仕方がなかったかもしれない。だが私は、上﨟が何かもまだよく分からぬ新米だったし、被害者意識のため意固地にもなっていた。私は周りを敵視し、頑《かたく》なに自分を守った。

ひきこもりは五月までも続いた。いつまでもそうしていられるものでもない。やがて優しい声をかけてくれる女房も現れて、私は職場復帰を決めた。だが彰子様御前の女房たちに心を開いた訳ではない。周囲を拒みつつ、我が人生を怨《うら》みつつ、私は宮仕えを再開した。

「惚け痴れ」から「おいらか」へ

私は、同僚たちには慎重に接した。思えば初出仕の時には、内裏に来ても気が晴れないと溜息をついたり、わずかに話せた女房にすがったりと、無防備に自分の心をさらけ出しすぎた。職場では自宅とは別の心構えが必要なのだ。こんな簡単なことを、誰も私には教えてくれなかった。

後のことだが、私は宮仕え回顧録『紫式部日記』を記した際、娘とごく一部の友達だけに宛てて別の一冊をしたためた。回顧録を少し書き換え、更に秘密の消息を付したものだ。消息の内容は、中宮様付き女房としての「女房心得」とでも言うべきか。娘もやがて女房となる。その時に備えて、この職場で女房として生きる方法を伝えたいと思ったのだ。私はその中に、この職場復帰の時期の体験を記した。

私は同僚たちを観察し、いろいろな女房がいることを知った。まず、頭から理解してくれない人。これには何を言っても無駄だ。また、他人と見ればこきおろし「我こそは」と偉ぶるような人も、話しかければ批判が返ってくるだけだから煩わしい。こうした鬱陶《うっとう》しい女房たちとは、できれば付き合いたくない。だが仕事上、顔を突き合わせなくてはならないこともある。その時はどうするか。私はひそかに「惚《ほ》け痴《し》れ」を実行した。問いかけられても、まともに答えないのだ。「さあ、存じませんわ」「私、不調法で」などとかわして、ぼけてものの分からない人間を演じきる。相手は呆《あき》れ、やがて私に構わなくなる。痴れ者と思われても一向に構わない。それは本当の私ではないのだから。私はそうして、惚け痴れ演技で毎日をやり過ごしていた。

ところが、だ。そうした私を見ていた同僚女房たちが、口々にこう言うではないか。

「かうは推しはからざりき。いと艶《えん》に恥づかしく、人見えにくげに、そばそばしきさまして、物語好み、よしめき、歌がちに、人を人とも思はず、ねたげに、見おとさむものとなむ、みな人々言ひ思ひつつ憎みしを、見るには、あやしきまでおいらかに、こと人かとなむおぼゆる」。

〔「あなたがこんな人だなんて、思ってもいませんでしたわ。私たちあなたが来ると聞いて『気取っていて、相手を威圧し、近づきにくくてよそよそしげで、物語好きで思わせぶりで、何かというと歌を詠み、人を人とも思わず憎らしげに見下す人に違いないわ』と、みんなで思ったり言ったりしては、あなたのことを毛嫌いしていたの。それが会ってみたら不思議なほどおっとりしているのですもの、別人じゃないかと思ったわよ」。〕

（『紫式部日記』消息体）

初めて知った。私は『源氏の物語』作者ということで、恐れられていたのだ。文芸の才を恃《たの》んだ高慢な女作家。気難しくて人を寄せ付けない才女。後宮の微温的な秩序をかき乱す存在として、皆が身構えていた。そうした皆の思いも知らずのこのこと初出仕した私は、何と気のつかぬ人間だったことだろう。『源氏の物語』作者だからそれなりに扱ってもらえるかもしれないなどと、たとえ片鱗《へんりん》でも考えたとは、何と愚かだったのだろう。

物語を作る人間ならば、もっと人の心が想像できたはずだ。だのに女房たちの気持ちが分からなかったのは、私に分かろうという気が無かったからだ。宮仕えの要請を受けた時から、私は自分のことしか考えていなかった。女房はおちぶれだとか、俗っぽいとか。初出仕の日も、家にいた時と同様に塞《ふさ》ぐ自分の心ばかり見つめていた。その表情は、女房たちにはさぞかし気難しく苦々しげに映ったことだろう。そうとも考えず打ち解けてほしいなどと、人に求めてばかりいたのだ。復職してからも一部の同僚を「偉そうな人」と避けて、呆《ほう》けた振りを演じつつ心の中では見下していた。傲慢《ごうまん》な私だった。

私は心から恥ずかしくなった。そして冷や汗が出た。「惚け痴れ演技」のお蔭《かげ》で偶然にもみな騙《だま》されてくれたが、同僚たちが告白した私への先入観は、全くの見当違いでもなかったのだ。すべてが分かった今、どうすればよいのだろう。私は娘への秘密の消息に、その時の思いをこう記した。

恥づかしく「人にかうおいらけ者と見落とされにける」とは思ひ侍れど、ただ「これぞわが心」と習ひもてなし侍る有様、宮の御前も、「いとうちとけては見えじとなむ思ひしかど、人よりけにむつまじうなりにたるこそ」

と、のたまはする折々侍り。

くせぐせしく、やさしだち、恥ぢられ奉る人にもそばめたてられで侍らまし。

〔私は身の置き所がないほど恥ずかしくなりました。自分が何にも分かっていなかったことに、です。もちろん「こんな『天然ぼけ』だなどと、低く見られてしまったこと」とは存じました。が、考え方を切り替え「いやいや、これをこそ私の本性にしよう」と思って修練を続けたのです。すると、その姿に中宮様が

「あなたと心を割ってお付き合いできるとは思っていませんでしたけれど、不思議なことにほかの方々よりずっと仲良くなってしまいましたこと」

折に触れ、今ではそんな声をかけて下さったりもするのです。

こうした努力を積んで、一癖あり、優雅で気圧《けお》されてしまうような上臈の方々からも、ちゃんと見ていただけるようにしたいものです。〕

（『紫式部日記』消息体）

私の女房としての一歩は、ここから始まったと言ってもよい。惚け痴れた振りを偶然にも「おいらか」と言われて、それになりきろうと決心したのだ。

「おいらか」は、馬鹿という意味では決してない。それは「おっとりしている」ということだ。同じおっとりしているのでも、ただぼんやりしているせいで大人しく見える「おっとり」もあれば、人の気持ちを思いやった上で穏やかにことを運ぶための「おっとり」もある。もちろん、私が目指すのは後者だ。

私の「惚け痴れ演技」は、女房たちとの人間関係を波立たせなかった。だから、結果的には確かに「おいらか」の一種だったと言える。だがその真実は、先輩女房を疎み、面倒だからと関係を拒絶するための嘘だった。心構えを変えて謙虚になろう。人に配慮を尽くそう。私は自己陶冶《とうや》を積んだ。

そんな私の心は、しおらしいだけではなかった。むしろ狡猾《こうかつ》であったと言ってよい。私は見つけたのだ。自分が中宮彰子後宮で生き延びる秘訣《ひけつ》を。「おいらか」でさえあれば良いのだ。歌を詠んでも、『源氏の物語』を書いてもよい。むしろそれは、才芸の女房として雇われた私の職務だ。ただそれを、気配りしつつ穏やかにやってみせること。その限りにおいては、「おいらか」は私の心の世界を損ねるものでは全くなかった。『源氏の物語』という心の世界を保ちつつ、女房という「身」の居場所を手に入れる。私はそこに向かって努力を続けたのだ。

## つながる心

やがて私には、少しずつ彰子後宮のことが見えてきた。職場の友達もできた。第一の親友になってくれたのは、小少将《こしょうしょう》の君だ。この方は、何と彰子様の従姉妹《いとこ》にあたる（系図10）。父君が道長殿の妻倫子様のきょうだいだったが、出家して亡くなられたため、結局大納言《だいなごん》の君と共に姉妹で彰子様に出仕となった。私は女房をおちぶれた人が就く仕事だと思っていたし、確かに小少将の君も大納言の君も、実家の零落した方だ。しかし倫子様一家と言えば、源氏の左大臣、源雅信《まさのぶ》様の御一家だ。小少将の君と大納言の君姉妹はその孫にあたり、父の時通《ときみち》様が出家なさるまでは、明日を疑うことなど一切なかっただろう。それが今は従姉妹に雇われる身なのだ。彼女の気持ちを考えると、不憫《ふびん》としか言えない。

私は娘に宛てた『紫式部日記』の秘密の消息文に、小少将の君のことをこう記した。

小少将の君は、そこはかとなくあてになまめかしう、二月ばかりのしだり柳の様したり。やうだいいとうつくしげに、もてなし心にくく、心ばへなども、わが心とは思ひとるかたもなきやうに物づつみをし、いと世をはぢらひ、あまり見ぐるしきまで児《こ》めい給へり。腹きたなき人、悪しざまにもてなし言ひつくる人あらば、やがてそれに思ひ入りて、身をも失ひつべく、あえかにわりなきところつい給へるぞ、あまりうしろめたげなる。

〔小少将の君は、どことは言えませんが何となく上品で優雅で、春二月のしだれ柳のような風情です。姿かたちはとても可愛い感じで、ものごしが奥ゆかしいのはよいのですが、気立てがちょっと。自分の意志で何かを決めることができないほど遠慮がちで、人付き合いをひどく恥ずかしがることといったらまるで子供のよう、見ていられないほどいたいけなのです。もしも腹黒で邪険にしたり悪口をいったりする人がいたら、そのままくよくよしてはかなくなってしまいそうな、かよわくてどうしようもない所がおありなのが、あまりにも気にか

系図10

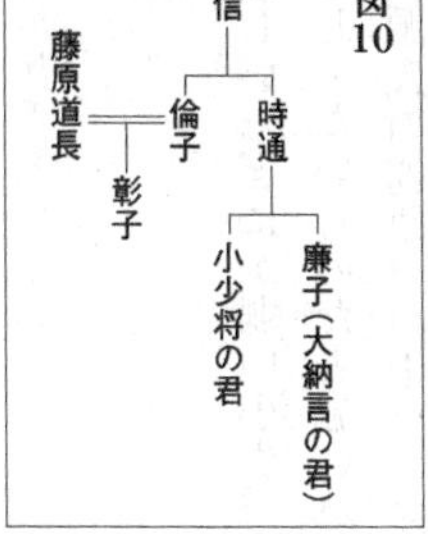

かります。」

（『紫式部日記』消息体）

悲しいほどにか弱い小少将の君。私は自宅の女房しか知らずに、女房とはみな品のよろしくないものだと思い込んでいたが、彼女は芯からお嬢様だった。私は後になって『源氏の物語』の中に、彼女と面影の通う姫君を登場させた。光源氏が准太上天皇《じゅんだいじょうてんのう》の地位を得てから娶《めと》る至高の妻、朱雀院《すざくいん》の内親王の女《おんな》三の宮だ。

ただいとあてやかにをかしく、二月の中の十日ばかりの青柳の、わづかにしだり始めたらむ心地して、鶯の羽風にも乱れぬべくあえかに見えたまふ。桜の細長に、御髪は左右よりこぼれかかりて、柳の糸のさましたり。

〔宮様は、ただとにかく上品で可愛らしく、二月半ばの青柳のわずかに枝垂れ初めた風情にも似て、鶯《うぐいす》の羽風にすら乱れてしまいそうなくらい、か弱くお見えになる。桜襲《がさね》の細長を召され、左右にこぼれかかる髪もまるで柳の糸のようだ。〕（『源氏物語』「若菜下」）

女三の宮は、父朱雀院の計らい一つで人生を決定され、二十歳以上も歳の離れた光源氏の妻となる。女が従わなくてはならない「世」とはそうしたものだ。小少将の君の父は、娘たちを置いて出家し、さらには亡くなってしまった。父に棄てられ従姉妹の女房となる、それもまた「世」だ。

私は、『源氏の物語』に最初に登場させた女、「空蟬《うつせみ》」のことを思う。彼女は以前には中納言の娘で入内の話もあったが、父に死なれて、歳の離れた伊予介《いよのすけ》の後妻となった。現実に阻まれ、不安定な運命を哀れに生きるしかない、女というもの。それを書いた当初、私の念頭にあったのは私自身の運命だった。だがここ雲の上の後宮へ来て、同じように運命に翻弄《ほんろう》された小少将の君に出会った。「世」に阻まれて本意ならぬ人生を生きているのは、私一人ではなかった。身分の上下を問わず、人は「世」に苛《さいな》まれるのだ。

それはまた、小少将の君の姉妹である大納言の君においても同じことだった。この方は源則理《のりまさ》様の妻だったが、夫の足が途絶えてしまったため、やはり彰子様の女房となった。ところがその可愛らしい美貌《びぼう》が道長殿の目にとまり、今は女房ながら愛人という扱いを受けている。倫子様は「身内の娘だから」と大目に見ていらっしゃる(『栄花物語』巻八)様子だが、やはり内心はおもしろくなかろう。だが大納言の君として、望んでそうなったのではない。むしろ、不運な姪《めい》を心配して雇って下さった倫子様に対して恩をあだで返すことになってしまい、彼女は苦しんでいた。これもまた逃れられぬ現実、「世」だ。

二人とは、よく歌を介して気持ちを打ち明け合った。例えば寛弘五（一〇〇八）年の夏。折しも道長様の土御門殿《つちみかどどの》では、毎年恒例の「法華《ほっけ》三十講」が営まれていた。高僧を招いて尊い「法華経」の内容を説法して頂く、大がかりな法会《ほうえ》だ。ちょうど中宮様が里帰りなさったので、私たちも参会することができたのだ。この年は、特に信心を集める第五巻「提婆達多品《だいばだったぼん》」の説法日が、ちょうど巻と数字の合う五月五日にあたっていた。当日の来訪者は、僧俗合わせて百四十三人。もちろん最高の身分の方々ばかりだ（『御堂関白記』同日）。

夜になってもその熱気はさめやらず、仏前の燈明《とうみょう》と庭の篝火《かがりび》が池の水面に映って、辺りは昼よりも明るく輝いていた。そんな中で、大納言の君は自らこう口にされた。

澄める池の　底まで照らす　篝火の　まばゆきまでも　憂き我が身かな

〔澄み切った池の底までも照らすこの篝火は、何と輝かしいのでしょう。でもその光が恥ずかしく、つらくてならない私なのです。〕

（『紫式部集』定家本67番）

法会の篝火は道長殿のご威光そのものだ。その光に照らされ、御一家の繁栄をひしひしと感じながら、いたたまれぬ思いの彼女だったのだ。姿形の美しさも若さも備えて一見何の悩みもなさそうに見えるのに、大納言の君は心の奥深くで思い乱れていた。彼女はそれを、歌で私に打ち明けてくれたのだ。

盛大な法事は明け方まで続いた。辺りが白々とする頃局に引き上げた後も、私は縁側に出てしばらく外を眺め、物思いにふけっていた。それから思い立って隣の局の小少将の君に声をかけ、二人並んで局の下を流れる庭の遣水《やりみず》を眺めた。水面には先ほどまで私一人、今は小少将の君と二人の姿が映っている。私は歌を詠んだ。

影見ても　憂き我が涙　おち添ひて　かごとがましき　滝の音かな

返し

一人ゐて　涙ぐみける　水のおもに　うき添はるらむ　影やいづれぞ

〔水面に映る姿を見ても、つらくて涙がおちてしまう私。すると、まるでそのせいと言わんばかりに、滝が水音を高鳴らせるのです。

小少将の君はこう返して下さった。

一人ぼっちで涙ぐんでいた、水に映る影。その隣にもう一つ、同じように憂いながら寄り添った影。あなたに私が寄り添ったのかしら、それとも私にあなたが寄り添ってくれたのかしら。」

（『紫式部集』定家本68・69番）

私が詠んだのは、ただ自分の愁いに満ちた気持ちだけだった。だのに小少将の君は、私の愁いと彼女自身の愁い、二つを心に入れて詠んでくれた。別々に泣いていた孤独な心同士だが、今は寄り添うことができたと。

勝気なのに内気で自意識ばかり強い私は、もとより決して女房には向いていない。宮仕えは、つらかった。でも私は一人ではなかった。水面に浮かぶ影たちは、同じ心を持っていた。

# 七　本領発揮――楽府といふ書

## 御懐妊

寛弘《かんこう》五（一〇〇八）年春、中宮彰子《しょうし》様は懐妊された。長保《ちょうほう》元（九九九）年十一月の入内《じゅだい》から丸八年余を経て、初めての御懐妊である。道長殿はもちろん大喜びだ。

じっさいこの懐妊に関しては、殿の功績が大きかったのではないだろうか。彰子様は入内された当初こそまだ十二歳と幼かったから、懐妊などまず望みにくく、ましてや帝《みかど》には愛する定子様がいらっしゃって、立て続けに御子《みこ》をお産みになっていた。定子様は帝より三歳年上、いっぽう彰子様は帝の八歳年下である。失礼ながら、帝にとって彰子様は、定子様とは比較にならない、妻というより娘と呼ぶほうがふさわしい存在だったのではないか。だが、入内の一年後に定子様が亡くなられてから帝の寵愛《ちょうあい》を受けた御匣殿《みくしげどの》、定子様の末の妹君は、彰子様とはたった二、三歳の違いしかない。

御匣殿は、不憫《ふびん》にも懐妊中の身で亡くなった時、十七、八歳だった。しかし彰子様は、その年頃になられても一向に懐妊の気配がなく、帝にはむしろ承香殿《しょうきょうでん》の女御《にょうご》元子様のほうに思いをかけていらっしゃるとの噂もあった（『栄花物語』巻六・巻八）。もちろん、元子様とてれっきとした妃《きさき》なのだから、帝が遠慮なさる必要は何一つない。とはいえ、道長殿が彰子様の父である限りそうは言わせぬものがあるはずで、帝も表面上は彰子様を第一に立てていらっしゃった。が、事実として懐妊はなかった。私が初出仕したのはちょうどその頃、彰子様十八歳の年末だった。

　道長殿は、こうした事態を見るに見かねたのではないだろうか、明らかな行動に出られた。彰子様が二十歳の寛弘四（一〇〇七）年八月、大がかりな「御嶽詣《みたけもうで》」を挙行されたのだ。「御嶽詣」といえば、かつて私の亡夫宣孝《のぶたか》が奇矯な恰好《かっこう》で詣でた、あの吉野山金峯山寺《きんぷせんじ》への登拝だ。もちろん殿は装束こそ通常の浄衣《じょうえ》だったが、世が騒ぐこと宣孝の比ではなかった。二月頃から計画に着手（『栄花物語』巻八）、閏《うるう》五月には同道する十六人の方々と共に精進《しょうじん》所に籠《こも》って長期潔斎をなさり、八月二日に京を出発。道中立ち寄った寺々に手厚い布施を喜捨《きしゃ》し、もちろん金峯山寺には僧たちに絹・法服・袈裟《けさ》、寺に米百石を始め数え切れぬ供物を施し、自ら写された法華経《ほけきょう》・弥勒《みろく》経・阿弥陀《あみだ》経・般若心経《はんにゃしんぎょう》等を奉納して十四日に帰京という、盛大なものだった。なかんずく、金峯山に登頂した翌十一日朝、殿が湯浴《ゆあ》みして最初に参拝したのは、山上の「子守三所」だった。この参詣の目的が彰子様の子宝祈願であることを、はっきりと示したのである。同行者の中には公卿《くぎょう》もいて、殿の意向が帝に伝わらぬはずがなかった（『御堂関白記』同年閏五月十七日〜八月十四日）。

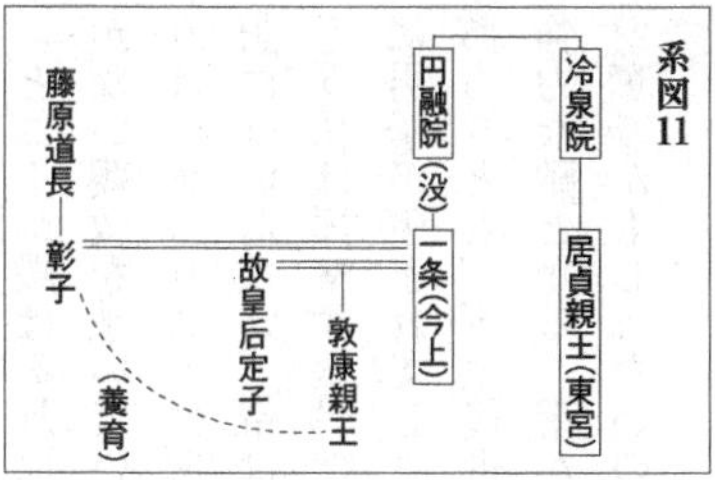


『源氏の物語』の中で天皇や外戚といった政治の駒を微細に動かしている私には、現実の権力関係も、帝や殿のお考えもよく見て取れる。当時の帝はおそらく、定子様の遺《のこ》した敦康《あつやす》親王の将来を、深く心に掛けていらっしゃったのだと思う（系図11）。帝の次に帝位に即《つ》かれるのは、帝の従兄弟《いとこ》で東宮の居貞《いやさだ》親王と決まっていた。だが問題はその次、居貞様即位の暁に決められる東宮だった。このまま彰子様との間に男子がなければ、帝の唯一の男子敦康様がその座に就く。それこそが帝の望みだった。殿は敦康様の養祖父となっていらっしゃるから、やがて敦康様が帝となられても、権力を失う訳ではない。帝は何もしないことによって、事態をずるずると自分の望む方向に持って行こうとされていた。

ところが殿はそれに、御嶽詣という行動でもって、否を唱えられた。帝は摂関を置かない親政を敷いていらっしゃるが、公卿中の最高権力者である殿との関係が悪化すれば、まつりごとに悪い影響が出ることは明らかだ。なにがしか殿の願いを聞かない訳にはいかない。帝はそうお考えになり、彰子様の御懐妊へと事を進められたのだ、そう私は拝察する。ただ、帝にしてみれば、それは大きな賭《か》けだった。もしも彰子様に男子が生まれてしまえば、その子は明らかに道長殿の血を受けた孫である。次男であろうとも、天皇後継候補として殿が擁立に動かないはずがない。とすれば敦康様の強力な敵となる。帝が自身の朝政のために殿に配慮されることが、愛息敦康様の将来を奪うかもしれないのだ。

「日本紀の御局」

その頃、私の耳に嫌な噂が入って来た。内裏《だいり》の女房左衛門《さいもん》の内侍《ないし》が私に「日本紀《にほんぎ》の御局《みつぼね》」なるあだ名を付けて言いふらしているというのだ。以前から私をなぜか目の敵にしていた女房だが、迷惑この上ない。

発端は帝の御言葉だった。畏《おそ》れ多くも帝が『源氏の物語』をお読みになり、感想を口にされたのだ。その事件と、それに引き続いて起こった出来事を、私は『紫式部日記』に付けた秘密の消息にこう書いた。

左衛門の内侍といふ人侍り。あやしう、すずろによからず思ひけるも、え知り侍らぬ心憂きしりうごとの、多う聞こえ侍りし。

うちの上の、源氏の物語人に読ませ給ひつつ聞こしめしけるに、「この人は日本紀をこそ読み給ふべけれ。まことに才《ざえ》あるべし」と、のたまはせけるを、ふと推しはかりに、「いみじうなむ才がある」と、殿上人などに言ひちらして、「日本紀の御局」とぞつけたりける、いとをかしくぞ侍る。この古里の女の前にてだにつつみ侍るものを、さる所にて才さかし出で侍らむよ。

〔左衛門の内侍という人がおります。妙なことに私をひどく目の敵にしていて、こちらには身に覚えのない悪口を、あれこれ言っているとかいうことです。

帝が『源氏の物語』を女房に朗読させてお聞きになりながら、

「この作者は公に日本書紀を講義なさらなくてはならないな。いや実に漢文の素養があるようだ」

そうおっしゃったところ、彼女ときたら鵜呑《うの》みにして「紫式部ときたら、たいそう漢学素養があるそうよ」と殿上人《てんじょうびと》たちに言いふらし、私に「日本書紀講師の女房様」などというあだ名をつけたのですよ。笑止千万でございますわ。家の女房の前ですら漢文は読まないように慎んでおりますのに、誰がそんな日本書紀講義の会などで素養をひけらかすものですか。」　（『紫式部日記』消息体）

左衛門の内侍は、内裏の女官と中宮様付き女房を兼職していた人だ。なぜ私を毛嫌いしていたのかは、分からない。あれこれと陰口をたたかれたが、この時は私の漢学素養を突いて来た。帝が私の素養に驚かれて冗談を口にされたのを、左衛門の内侍は傍にいて聞いていたのだろう。

帝の冗談は、物語から私の歴史への造詣《ぞうけい》を見取られて、私に「朝廷の百官に向けて日本史を講義なさるべき」などというものだった。帝の祖父でいらっしゃる村上天皇の時代までは、三十年に一度程度、朝廷主催で官人たちに向けた『日本書紀』を説く歴史講義「日本紀講書」が行われていたので、その講師にとおっしゃったのだ。次いで私のことを「漢才がある」と言われたのは、『日本書紀』始め正史はすべて漢文で記されているからだ。もちろん講師云々《うんぬん》は戯言《ざれごと》だ。私に敬語まで使われたのだから、たぶん笑いながら口にされたのではないだろうか。女にしてはなかなかのものだ、お見それしたとお戯れになったのだ。だいたい日本紀講書の講師は、文章《もんじょう》博士など第一線の漢学者が務めるものだ。一介の中宮の女房ごときなど、会場に近寄ることすらあり得ない。

だがもしも、と私は思う。もしも帝がおっしゃったのが、私が『源氏の物語』に潜ませた帝御自身の写し絵のことであったなら。帝が『源氏の物語』を読むうちに、光源氏の父帝に御自身を、母更衣に故定子様を感じ取られ、そこにある現実とは別の「もう一つの現代史」という日本史を講義してほしいとおっしゃったのなら、私は慎んでそうさせて頂きたい。だがそれは、何をさておき『源氏の物語』ばかりを思うがゆえの、私の深読みというものだろう。帝のご真意は分からない。

ともあれ、左衛門の内侍は私の尻尾をつかんだように帝の言葉を繰り返し「漢学素養がある」と言いふらした。また帝が冗談でおっしゃったものを、「日本紀講書の講師ですって」と煽《あお》り立てて、私のあだ名にまでしてしまった。「日本紀の御局」、日本書紀講師役女房様という訳だ。私自身は娘時代以来「一」という漢字も書かぬように気をつけているのに、それではまるで私が公の場で漢学素養をひけらかしたがっているかのようではないか。全くあの内侍ときたら。

自分に漢学素養があるのは、事実だから仕方がない。学ぼうとした訳ではないのに、弟が素読するのを聞くうちに、気づいたら修得してしまっていた。だが「日本紀の御局」と言われるのは困る。漢文を得意顔で講釈する女と思われ、人様からどれだけ嫌われることだろう。私はこのあだ名の噂を耳にした時から、中宮様の御前の御屏風《びょうぶ》に書かれた漢字さえ読めぬ振りを装った。ところが事態は思ってもみなかった方向に進み出した。中宮様が私に漢文の講釈を乞《こ》われたのだ。

中宮様は、漢文の素養がおありにならない。御両親が近づけなかったのだ。帝が愛した故皇后定子様は、女官だった母君の薫陶ゆえに、女ながら随分漢文がおできになった。だが道長殿も北の方の倫子《りんし》様も、彰子様を育てるにあたっては、それに倣われなかった。やはり漢文素養など后妃に不似合いだとお考えなのだろう。特にかつてご自身がきさき候補として育てられた倫子様は、漢学素養は才走りすぎて女性らしくないという感覚をお持ちなのかもしれなかった。しかし中宮様は、殿や倫子様の考えとは別に、自ら私に漢学進講を命ぜられた。

宮の、御前《おまへ》にて文集《ぶんしふ》のところどころ読ませ給ひなどして、さるさまのこと知ろしめさまほしげにおぼいたりしかば、いとしのびて、人のさぶらはぬもののひまひまに、おととしの夏頃より、楽府《がふ》といふ書《ふみ》二巻をぞ、しどけなながら教へたてきこえさせて侍る。隠し侍り。宮もしのびさせ給ひしかど、殿もうちもけしきを知らせ給ひて、御書どもをめでたう書かせ給ひてぞ、殿は奉らせ給ふ。

〔中宮様は私を御前にお召しになり、『白氏文集《はくしもんじゆう》』の所々を解説させたりなさるのです。私は『中宮様は漢文方面のことを知りたげでいらっしゃる』と感じました。そこで人のいない合間合間にこっそりと、おととし（寛弘五年）の夏頃からですわ、『白氏文集』の中でも「楽府」という作品二巻を、まぁ拙《つたな》いながら御進講させていただいております。秘密で、ですよ。中宮様も隠していらっしゃったのですが、道長殿も帝も気配をお察しになってしまいました。道長殿は漢籍の豪華本をお誂《あつら》えになって中宮様に献上されましたよ。〕

（『紫式部日記』消息体）

中宮様は、私に『白氏文集』を読ませたりなさる。ただ朗読するのではなく、何が書かれているか教授せよとおっしゃるのだ。漢学関係のことを知りたくていらっしゃる。それは分かったものの、私はすぐには中宮様のご意向を測りかねた。なぜ自ら漢学に近づかれるのだろう。中宮様は今さら故定子様に対抗心を起こされ、ああした知性派のきさきになろうというつもりなのだろうか。美しい装身具のように漢文素養を使いこなした才気煥発《かんぱつ》な定子様に、とって代わろうというのだろうか。

考えるうち、思い当たった。帝だ。あの帝の御言葉、「『源氏の物語』の作者は漢学の素養を持っている」という評価だ。おそらくあの一言が中宮様を動かして、今まで父君母君によって封じられ、自分とは何の縁もないと思っていた世界に興味を抱かせたのだ。

帝は漢学がお好きで、詩作も堪能《たんのう》だ。故定子様とは漢詩の話題で心を通じ合わせておられたと聞く。中宮様は、自分にはその世界に近づくすべもないと思われていたのだろう。ところが今回、ご自分の愛読する『源氏の物語』に漢文素養が盛り込まれていること、そしてすぐ膝もとにいる私が指南役に適任だと、帝御自身の言葉で知った。中宮様は、帝との間を隔てていた固い壁に風穴が開いたように思われたのではないか。私を通じて漢文に触れることで、少しでも帝の世界を覗《のぞ》きたいとお思いになったのではないだろうか。

中宮様は人形のような方だと、私は思っていた。高貴で近寄りがたく、いつも感情を押し殺しておられるからだ。だが、そうではない。中宮様は人で、帝の妻なのだ。

## 「新楽府」進講

中宮様が私に『白氏文集』を読めと言われたのは、それが最も世間一般に知れ渡った漢詩文集だったからだろう。漢文のことを何も知らぬ中宮様でも、『白氏文集』の名はご存じだったというわけだ。作者白居易《はくきょい》は唐代の詩人だが、本人の在世中から作品が日本にも伝わり、人気を博していた。最も有名なのは、実在の玄宗皇帝と楊貴妃《ようきひ》の悲恋を題材にした、幻想的な歴史悲劇「長恨歌」だ。私も『源氏の物語』を書く際、大いに参考にした。また白居易には日常生活を詠んだ美しい詩がたくさんある。友情の詩、田舎暮らしの詩、引退して悠々自適の生活を味わう詩。総じて彼の詩には漢文につきものの堅苦しさが少ない。文章が平易で日本人にも垣根が低いことも、人気の理由だろう。そんな白居易の自選全集が『白氏文集』だ。

だが、中宮様のために私が選んだ教材は、彼の作品にしては多少毛色の違ったものだった。『白氏文集』全七十五巻のうち第三巻と第四巻の二巻を占める連作「新楽府《がふ》」五十首である。白居易はその序で、「この作品は文学のために作ったのではない」と言っている。ならば何のために作ったのか。それは、政治のためだ。白居易の詩は、曲がつけられ歌となって、中国各地で万人に口ずさまれていた。白居易はそれを利用して、民衆の声として役人や皇帝に聞き届けられ、政治を変える詩を作ろうと企てたのだ。だから「新楽府」の内容は政治向きで、大変お堅い。例えば、税金を無駄に使うな。善政で民を天災から救え。胸躍る恋も切々たる感傷も無く、娯楽的とはとても言えず、品格はあるが面白くないとされている。特に、女性向きでは全くないといってよいだろう。

それでも私がこれを中宮様のために選んだのには、理由があった。それは帝だ。帝は内裏でしばしば詩の会を催され、自らも詠まれる。その御好みは、一般の方々とは少し違っていた。そして私は、女の分際でありながら、たまたまそれを知っていた。

帝は即位なさった時にはわずか七歳の幼さだったから、当初は祖父の藤原兼家《かねいえ》様が摂政になられ、全権を掌握された。そしてその後は、兼家様の息子の道隆様へ、また道長殿へと権力がつながれた。だがそれは帝が無力なお飾りだったということではない。特に道長殿が権力の座に就かれてからは、公卿の意見を道長殿がとりまとめ、それを聞いて帝が決定なさるという形での、天皇親政を敷いておられる。政治に取り組まれる姿勢は実にひたむきで、そのことは漢学を学ぶ態度にも表れている。帝は、政

治の思想と制度の先進国である中国に学ぼうとして、漢学にいそしまれているのだ。ある
私はこの話を父から聞き、父は帝の叔父である中務宮具平親王《なかつかさのみやともひら》から聞いた。
時中務宮は、帝のこのような詩を、ひそかに耳にされたのだ。

書中に往事有り　　　　　　御製
閑《しづ》かに典墳《てんぷん》に就きて日を送る裡《うち》
其の中の往事　心情に染《し》む
百王の勝躅《しようちよく》　篇を開けば見え
万代の聖賢　巻を展《の》ぶるに明らかなり
学び得ては　遠く虞《ぐ》帝の化を追ひ
読み来《きた》つては　更に漢文の名に恥づ
多年　稽古　儒墨《じゆぼく》を属《をさ》むれば
底《なに》に縁《よ》りてか　此の時泰平ならざらむ

（書物の中には過ぎ去った日々の出来事がある。　　　　御製（一条天皇）
心静かに古漢籍に向かって日を過ごしていると
書中に書かれた過ぎ去った出来事が心に染み入ってくる。

頁を開けば代々の王達の残した素晴らしい業績が見える。

巻子を展べれば往古からの聖者賢人たちもはっきりとその姿を現す。

遠く虞帝の賢政から学ぶこともできるし
読むにつれてますます漢の文帝の誉れに感じ入り、我が身を恥ずかしく思うこともある。

だが、我も多年読書を重ね、儒者たちや墨子兼愛の学を修めてきた。

このように儒学の本道を志して寛仁の政治を心がけてきたのだから、
どうしてわが国の世の泰平が実現しないでおかれようか。」

（『本朝麗藻』巻下）


漢学を学び、為政者としてこの国を安寧に導きたい。帝はそうした気概を詠まれたのだ。

中務宮は、政治的に強い権限をお持ちではないが、学問によって人望を集めたお方だ。儒学を深く尊び、父のような漢学者を招いては厚く顧みて下さっていた。その傘下の多くは、高い能力を持っているにもかかわらず、縁故が無くて世の人事から取り残されてしまった学者たちだ。本当の意味での漢学とは何か。それは儒学だ。君と臣と民とが心を一つにして社会を整える思想だ。それが国のために役に立つ世こそが、宮や父たち寒家の文人の描く夢だった。今の貴族社会でそれは叶《かな》いそうにない。だが少なくとも、帝の志はそこにあるという。

宮は、帝の漢学とまつりごとに対する真摯《しんし》な姿勢に感銘をうけた。そして自ら帝を称《たた》える詩を作り、帝に贈られた。帝は嬉しく思われたのだろう。あるいは、本音を吐ける味方を得たとお感じになったのだろう。宮に返答の詩を書かれて、またそれに宮が返され、結局やりとりは二往復にもなった（『本朝麗藻』巻下）。儒学に基づき善政を行う意欲に満ちた帝。帝を理解し、支える宮。お二人の詩の往復を、宮家の長年の下僕である父は、しみじみとした思いで聞いたことだろう。私とて同じ気持ちだ。これこそ真の漢学者の求めていたやりとりだ。

帝は『白氏文集』もお好きだ。そして、その中で最も儒学的な作品が「新楽府」だ。民が天子に心を伝えるための詩。天子が民の心を知るための詩、善きまつりごとのための詩だ。もしも中宮様が帝の心に寄り添いたくて漢学に手を伸ばされたのであれば、内容が無骨だろうがおしゃれでなかろうが、この教材こそ最適だ。中宮様は、最初は驚かれるかもしれないが、きっと分かって下さる。私が中宮様の帝への気持ちに気づいたということも含めて、受け入れて下さるだろう。私はそう思って、中宮様に「新楽府」を進講した。果たして中宮様は、その後何年も粘り強く勉学に励まれたのだ。

この漢学進講のことは、中宮様も私も、最初は誰にも知られないように隠していた。

中宮様は目立つのがお好きではないし、私はまして、漢学素養でつつかれたくない。始めたのが、中宮様が御懐妊中で実家に戻られた時のことだから、人の出入りの多い内裏に比べ、こっそりするには都合がよかった。でも中宮様は、ご出産後も勉学をおやめにならなかった。内裏に戻ってもお続けになったので、やがて殿にも帝にも、自然に知られることとなった。道長殿は止めろとは言われず、むしろ豪華な本を仕立てて中宮様を応援なさった。殿も帝のお好きな種類の漢学をご存じなので、「新楽府」によってご夫婦の仲がより近づけば好都合と思われたのだろう。いっぽう帝は、特に反応を示されなかった。中宮様がずっと隠しておられたことに配慮し、その気持ちを重んじられたのではないかと思う。帝は、お付きの女官たちにも漏らされなかった。お蔭《かげ》であの口さがない左衛門の内侍にも知られないでいる。本当に有難いことだ。

## 私にできること

私は不思議に思う。夫を亡くして以来、私は自分を人の数にも入らぬものと思い続けてきた。拙い宿世《すくせ》、前の世に積んだ業《ごう》が知れる人生を送るしかない、つまらない人間だと思ってきた。

私にできることなど何もない。唯一つ、人より秀でていると自ら認める漢文素養は、娘時代に父から嘆かれた。残念だな、お前が息子でないのが私の運の悪さだよと、父は一蹴《いっしゅう》した。加えて誰かが「男ですら、漢文の素養を鼻にかけた人はどうでしょうかねえ。皆ぱっとしないようではありませんか」と言うのを聞きとめてからは、私は人前では「一」という字の横棒すら引くのを控えた。私の漢学素養は、誰からも褒められない。それどころか、むしろ疵《きず》なのだ。異端の女として、父を落胆させ、世の中から後ろ指をさされる。

私が家で夫の遺品の漢籍を開くと、家の女房が集まって陰口をたたく。

「御前はかくおはすれば、御さいはひは少なきなり。なでふ女が真名書《まんなぶみ》は読む。昔は経読むをだに人は制しき」

〔「奥様はこうでいらっしゃるから、ご運が拙いのよ。どうして女が漢文の本なんか読むのだか。昔は女が読むものとくれば、漢字で書いたものは経でさえ人が止めさせたものよ」〕

（『紫式部日記』消息体）

女が漢字を読むと不幸になるというのか。迷信も甚だしい。縁起担ぎが何になる、そんなもののお蔭で長生きした人など見たことがない。そう言い返そうと思うが、本気で相手にするのも幼かろう。それに大体、私には言い返す資格がない。現に夫に死なれたこの身なのだ。漢学好きの不幸な女、その何よりの例ではないか。

それでも私は、漢学を手放せずにきた。漢学を捨てることは心の骨肉を捨てることであり、私にはあり得なかった。私が漢学素養をひけらかさないと言いながら『源氏の物語』にはふんだんに盛り込むのは、どうしてもそれが抑えられないからだ。『源氏の物語』は、何よりも私自身のために、私自身が生きる力を取り戻すために創った世界だ。現実を忘れて没頭するために、私は自分の持てる知識と情熱をすべて注ぎ込んだ。そこだけは人の目を遠慮しない世界だと決めて書いた。そうすると自《おの》ずと、設定にも文章にも夥《おびただ》しいほど漢学素養が現れた。それが私なのだ。自分の心の世界では、私はどこまでものびのびと私らしくいられた。

ところが『源氏の物語』が多くの人の目に触れることを思うや、私は怖くなって身を翻し、「女だから漢文のことは語らない」と書いて逃げたり、男に漢詩を教えて棄てられる女の話を書いたりして、批判を牽制《けんせい》した。漢学こそが私の最も大切な一部分なのに、「世」を相手とすると、たちまち私は漢学素養を疵と認める「身」になり変わってしまう。こんなに臆病な私に、現実の「世」においてできることなど何があろうか。そう思って生きてきた。

ところが気がついてみたら、私はいつの間にか、何よりも私らしいことをして生きている。『源氏の物語』を書き続け、中宮様に「新楽府」を進講している。中宮様の前では、私が私らしくあることが許されている。それどころかむしろ、私らしくあることが求められる。「世」は、私が思うだけのものではなかった。貧家の娘で、夫に死なれ娘を抱え、異能で嫌われ悪口を囁《ささや》かれる私にも、「世」においてできることがあった。生きていれば、こんな居場所があったのだ。

時に思うことがあった。中宮様のこの学びは、どこに続いているのだろうかと。中宮様は帝を見つめて漢学を学び始められた。そして何年もかけて「新楽府」の儒学思想に取り組んでいらっしゃる。この方こそ、誰よりも国の母に相応《ふさわ》しい方なのではないだろうか。いつの日か、もし中宮様のお産みになった御子が即位されたなら、その時こそきっと中宮様は、本来の力量を発揮される。私が教え奉った儒学が、畏れ多くも国のために活《い》かされることもあるかもしれない。

いや、そうした出すぎたことを考えてはならないと否定しながら、私は私の進講が伏流水のようにそこにつながっていくことを思った。

# 八　皇子誕生——秋のけはひ入り立つままに

## お産近づく

私は、中宮様のお産につき諸事を書き留めておくように命ぜられた。もしも皇子が生まれれば、必ずやいつかは即位し、道長家に揺るぎなき栄華をもたらしてくれる存在となろう。その誕生は家にとって二つとない晴事である。記録として残し伝えよとの命令だ。特別な計らいにより他の仕事を免除されて、私は取材と記録に集中した。

寛弘《かんこう》五（一〇〇八）年七月十六日、中宮彰子《しょうし》様はお産に向けて道長殿の邸宅土御門《つちみかど》殿《どの》に入られた。時に懐妊八か月。出産予定は秋の終わりの月、九月である。中宮様を待ち迎えた土御門殿は、草木も季節の色に染まり、お産への臨戦態勢に入っていた。

秋のけはひ入り立つままに、土御門殿のありさま、いはむかたなくをかし。池のわたりの梢ども、遣水《やりみづ》のほとりの草むら、おのがじし色づきわたりつつ、おほかたの空も艶なるにもてはやされて、不断の御《み》読経《どきやう》の声々、あはれまさりけり。やうやう涼しき風のけはひに、例の絶えせぬ水のおとなひ、夜もすがら聞きまがはさる。

「いつの間にか忍び込んだ秋の気配が次第に色濃くなるにつれ、ここ土御門殿のたたずまいは、何とも言えず趣を深めている。池の畔《ほとり》の樹々の梢《こずえ》や流れの岸辺の草むらは、それぞれに見渡す限り色づいて、この季節は空も鮮やかだ。そんな自然に引きたてられて、安産祈願の読経《どきょう》の声々がいっそう胸にしみいる。日が落ちれば涼しい夜風がそよぎだし、風音は絶えることのない庭のせせらぎの音と響きあって、夜通し和音を奏でる。」

（『紫式部日記』寛弘五年初秋）

土御門殿は、東西一町（約109メートル）南北二町の広大な敷地に寝殿や東・西・北の対、廊が整然と並ぶ大邸宅だ。庭には池が作られ、その畔には御堂《みどう》もある。かつてこの邸宅の敷地は北半分だけだったが、源倫子《りんし》様が一族から相続され、倫子様の夫である道長殿の邸宅となってから、二倍の面積に広げられて、ますます綺羅《きら》を増している。

池の周りには背の高い樹がそびえている。見上げればその梢の葉に、秋の色が兆している。また地に目をやれば、南北に遣水《やりみず》が切られて、岸辺の草が秋の気配を宿しているのだ。秋なのだ。中宮様の出産の季節が到来したと、この邸宅の自然たちが告げているのだ。土御門殿だけではない。天さえも、高く青い秋晴れの色に染まっている。やがてその空が濃い夕焼けの色に変われば、これもまた秋ならではの空だ。中宮様の御座所、この邸宅の寝殿を取り囲む自然のすべてが、お産の時期がもうすぐだと言っている。

それに応援されて、道長殿が招集された高僧たちの読経の声が、頼もしく響く。一人一時《いっとき》（二時間）ずつ読んでは交代し、一日中絶えることのない安産祈願の読経の声だ。この者たちは、これから晩秋の出産本番まで、こうして絶やさず経を読み続ける。なんと心強いことだろう。さらに道長殿は、この邸宅をぬかりなく管理されていて、そのことは遣水のせせらぎの音にも表れている。管理の行き届かない家、傾いてしまった家の庭には、雑草や落ち葉が群がる。庭を見れば、その家の勢いが分かるのだ。土御門殿の遣水の音が滞りないことは、道長殿の威勢が滞りないことの証拠だ。

緊張した空気がみなぎる中、最も張りつめた気持ちでいらっしゃるのがお産をする当人の中宮様であることは、誰にも容易に察しが付く。しかし中宮様は、心の乱れなどおくびにも出されない。御体も大儀であろうに、騒ぎ立てることはたしなみの無いことと弁《わきま》えていらっしゃる。私たち女房に無闇に心配をかけてはならないとのご配慮も、むろんお有りなのだろう。そんな中宮様を見ているうち、私は胸が熱くなってくるのを感じた。

御前にも、近う候《さぶら》ふ人々はかなき物語するを聞こしめしつつ、悩ましうおはしますべかめるを、さりげなくもて隠させ給へる御有様などの、いとさらなることなれど、憂き世の慰めには、かかる御前をこそ尋ね参るべかりけれと、現《うつ》し心をばひきたがへ、たとしへなくよろづ忘らるるも、かつはあやし。

〔中宮様にも、おつきの女房たちがとりとめのない話をするのを聞きながら、出産間近でさぞかしと思われるお体のつらさを、さりげなく隠していらっしゃる。そのご様子を拝見していると、今更言うまでもないことではあるけれど、つらい人生の癒しには、求めてでもこのような方にこそお仕えするべきなのだと、日頃沈みがちな私の心さえもすべてを忘れてしまう。それもまた、不思議なことなのだが。〕

（『紫式部日記』寛弘五年初秋）

この方はなんとお強いのだろうか。誰もが知っている。この方の苛酷《かこく》な人生を。彰子様は、帝《みかど》の子供を産んで道長殿を次代の天皇の外戚とするべくこの世に生を受け、わずか十二歳という幼さで入内《じゅだい》した。そこまではいい。だが悲しいことに、帝にはその時、心から愛する定子《ていし》様がいた。加えて入内の六日後、帝が初めて彰子様のもとを訪れて床を共にされるという日の早朝に、定子様は敦康親王を出産された。道長殿は動じることもなく、帝や客の貴族たちを迎えて盛大な宴《うたげ》を開かれたが、帝の内心は定子様や皇子を思って気もそぞろだったのではないか。

だがそうした屈辱はともあれ、問題は長年の不妊だ。彰子様は中宮の称号を授けられ、また定子様が崩御されて名実ともに後宮随一の后《きさき》となられてからも、懐妊されなかった。不妊の時間は入内から丸八年。中宮様にとってどれだけつらい日々だったかは、想像に余りある。また今ようやく懐妊成ってからは、初産《ういざん》の怖さに加え、どうしても男子を産まねばならない重圧がのしかかってきたことだろう。入内以来の人生が、いや生まれて以来の人生のすべてが、このお産で皇子を産むか否かにかかっていると言っても過言ではない。こんな中で、夫である帝が心から寄り添い励ましてくれるならまだしも、この方にはその支えもあるとは言えない。「新楽府《しんがふ》」を進講する私は、人目を忍んで漢文を学ばれる彰子様の心の内に、帝への思いがあることを知っている。だが帝は、中宮様には心を隔てていらっしゃる。

私は、ここにもまた「世」があり「身」があると思った。中宮様は、最高権力者の娘にして今上《きんじょう》天皇の妻という至高の地位にあり、加えて今や懐妊中である。外から見れば、これほど華やかで幸せに満ちた人はいなかろう。だがその内側はどうか。むしろ道長殿の娘、帝の中宮であるからこそ、中宮様はこの苦を負うことになったのだ。生まれた時から決められた苦、それに加えて定子様の存在という巡り合わせが生んだ苦。いずれにせよ中宮様を取り囲んで阻む現実、「世」だ。中宮様はその中で生きざるを得ない「身」だ。「世」と「身」は、誰にも遍《あまね》くある。中宮様のような、身分と権力の頂点にいる方にまでも。人が生きるとはそうしたことなのだ。

ところが、こんなに幾重もの苦を背負っているにもかかわらず、中宮様はわが心を律して、静かに過ごしていらっしゃる。私にはこの若い方こそが、人生を受け入れて粛々と生きる手本のように思える。同じように苦を負う私だが、この方の健気《けなげ》さを見ていると、慰められ励まされる。もちろん、中宮様にお仕えしたとて自分の苦がなくなる訳がない。だが、いつものやりきれない気分とは打って変わって、掃き清められたように心が澄むのを感じるのだ。敬うことができる人との出会いは、これほどに人を支えてくれるものなのか。

## お産始まる

九月九日は重陽《ちょうよう》の節句である。前夜から菊の花の上に綿を置いて香と露を含ませ、朝方それで顔を拭《ふ》いて、老いを拭《ぬぐ》い捨てる。この年、殿の奥様の倫子様は、ご自分のための菊の綿を特別に私にも分けて下さった。

倫子様と私とはまたいとこにあたるが、父上の源雅信様が宇多天皇の孫という高貴な血統のうえ左大臣を務められた方でもあって、倫子様には品格と威厳が備わっている。殿よりも二つ年上で、末子である殿を婿取りしてからは人脈の面でも経済的な面でも支え、さらに彰子様や長男の頼通《よりみち》様を始め次々と御子を産んで、この家の基礎を作ってこられた方だ。すでに四十代半ばでいらっしゃるが、この前年の寛弘四（一〇〇七）年正月には何と四十四歳で末娘の嬉子《きし》様を出産され、女としても殿の妻としても大きな存在感を示された。かつてこの倫子様が、円融天皇か花山天皇のきさき候補として育てられたことは有名だ（『栄花物語』巻三）。だが時機を逸し、それは成らなかった。今、娘の彰子様が中宮となって帝の子を産むことは、倫子様にとって失ったもう一つの人生を生き直すことなのかもしれない。心の中では道長殿以上に強く、皇子誕生を期待なさっているに違いなかった。

晩方、中宮様の前に参ると、皆が月を愛《め》でながら新調の練香《ねりこう》を薫《た》いているところだった。女房たちからは口々に蔦《つた》の葉の色の話題が出た。赤くなるのが待ち遠しい、という。それはそのまま、お産が待ち遠しいということのほのめかしだった。ところがその時、中宮様は、例に無く苦しげな様子を見せられた。出産の兆しだ。

とうとうお産が始まった。子《ね》の刻（午前零時前後）、倫子様が殿にことを知らせ、殿は中宮様の事務方長官である中宮大夫《だいぶ》の藤原斉信《ただのぶ》様や、権大夫の源俊賢《としかた》様に召集をかけられた。聞きつけてほかの公卿《くぎょう》や殿上人《てんじょうびと》も次々とやって来る（『御堂関白記』寛弘五年九月十日）。邸内はにわかに喧騒《けんそう》に満ちてきた。

夜明け前、空が白々とし始めた頃に、寝殿内を模様替えする。家具・調度・装飾を、お産用の白木や白布のものへと取り替えるのだ。殿を始め坊ちゃま方や殿上人も、帷子《かたびら》や敷物を持って右往左往する。中宮様は白一色の御帳台《みちょうだい》に入られ、一日中不安げに過ごされた。

## 物の怪たち

お産が始まると、寝殿の母屋には僧や陰陽師《おんみようじ》が呼び込まれ、それぞれが大騒ぎで物の怪《け》調伏《ちようぶく》に取りかかった。

御物怪《もののけ》どもかりうつし、限りなく騒ぎののしる。月ごろ、そこら候ひつる殿のうちの僧をばさらにもいはず、山々寺々を尋ねて、験者《げんざ》といふ限りは残るなく参り集ひ、三世《みよ》の仏も、いかに翔《かけ》り給ふらむと思ひやらる。陰陽師とて、世にある限り召し集めて、八百万《やほよろづ》の神も耳ふり立てぬはあらじと見えきこゆ。

〔中宮様に憑《つ》いた物の怪どもをかり出して、囮《おとり》の霊媒《よりまし》に移す。この作業で、辺りは大変な騒がしさだ。ここ数か月間邸内に控えていた大勢の僧たちはもちろんのこと、お産にあたって山々寺々から修験者《しゆげんじや》という修験者が一人残らず駆り集められ、その皆が力を合わせて加持するのだから、前世・現世・来世の仏もいかに飛び回って邪霊退治をして下さっていることか。また陰陽師も、世にある限りを召し集めたのだもの、祓《はら》いに耳を傾けぬ神など、八百万の神にひと柱としてあるまい。〕（『紫式部日記』寛弘五年九月十日）

調伏の場は、中宮様のいる御帳台の西側に設営された。験者たちには一人につき一人「よりまし」なる霊媒があてがわれる。これは大方少女たちで、中宮様に取り憑いた物の怪どもを引き離し自分の身に憑かせるのが役目だ。験者たちの術が進むにつれて、少女たちにはそれぞれ、狗《いぬ》や狐や死霊など怪しい何かが乗り移る。すると彼女たちはその様子をなして、体を揺らして鳴きわめいたり、四つん這《ば》いで走り回ったり、また人の名を名乗ったりする。その醜い姿は、屏風《びょうぶ》で周りを囲み出入り口には几帳《きちょう》を置いて、人目から隠されている。だが、屏風囲いから気味の悪い声が漏れるのは止められない。よりましたちが上げる、物の怪たちの叫び声だ。それらはみな、出産をねたんで中宮様に憑いていた物どもなのだ。

道長殿は今の権勢を手に入れられるまでに、多くの死者の恨みを買われた。例えば長兄の道隆様、次兄の道兼様。この方々が亡くなって、末弟の道長様に権力者の座が転がり込んできた。二人の兄君の死の上にこそ今の殿があることは、紛れもない事実だ。殿は常に、この二人の祟《たた》りを恐れていらっしゃる。実際かつて一度、殿は自宅にいて、憑き物に憑かれた女房に摑《つか》み掛かられたことがあるという。その女房とは、かつて道兼様の妻だった、内裏《だいり》女房の藤三位《とうさんみ》だ。彼女は垂れ髪を逆立たせ大声をあげて殿に襲い掛かった。殿は藤三位の両の手をつかんで引き倒し、何とか事なきを得た。

だが時を経てから、あの大声は関白道隆様、あるいは道兼様の叫び声ではなかったかと思い当たられたという（『権記』長保二年十二月十六日）。

殿がこの恐ろしい体験をなさったのは、皇后定子様が亡くなられた当日のことだった。この方については、不思議に誰も忌まわしいことを口にしない。だがもしも彰子様に祟るとすれば、やはりいちばんに定子様ではないか。定子様はその日媄《び》子《し》様をお産みになった直後に、力尽きて亡くなられた。子を産んだ後に、胞衣《えな》を出すためにもう一度いきむことができなかったのだ。お産で死んだ女の霊は成仏できないという言い伝えがある。それが本当ならば、定子様の霊はあれからずっと中有《ちゅうう》を彷徨《さまよ》っていることになる。恐ろしいことには、そうして定子様が我が命と引き換えに遺《のこ》して行かれた媄子様までが、この寛弘五年の五月に亡くなっている（『権記』同年五月二十五日）。死霊となった定子様の悲しみはひとしおだろう。さらにまた、彰子様が男子を産めば、定子様の子である敦康親王の即位に影が差す可能性が高い。彰子様が無事に皇子を出産されるのを誰よりも阻止したがっているのは、定子様の霊に違いない。ご自分が命を喪《うしな》ったのと同じお産の床に現れて、彰子様をも同じ運命に引き込もうとされても、不思議はないのではないか。

私はかつて、このような歌を詠んだ。物の怪とは人の罪悪感が心に引き起こす作用なのではないかと考えたからである。

絵に、物の怪の憑《つ》きたる女の醜き形描《かたか》きたる後《うしろ》に、鬼になりたるもとの妻《め》を、小法師《こぼし》の縛りたる形描きて、男《をとこ》は経読みて、物の怪せめたるところを見て

亡き人に　かごとをかけて　煩ふも　おのが心の　鬼にやはあらぬ

〔絵を見て歌を詠んだ。物の怪が憑いて醜い形相になった女の後ろに、小法師が鬼と化した先妻を捕えて縛っており、夫が経を読んでその先妻の物の怪を調伏している、そんな場面の絵だ。

生きている者たちは、物の怪を亡くなった妻のせいにして手こずっているが、それも実は自分の心にひそむ思い、死者への罪の意識のなせるわざではないのか。〕

（『紫式部集』44番）

物の怪などという実体が本当にいるのかどうか、私は疑わしいと思う。それよりも、自分の幸福の踏み台になった相手や自分に恨みを抱いていると思《おぼ》しい相手などに対する、引け目や罪悪感が人の心に潜んでいて、物の怪めいた何かがあれば、その人のせ

いと考えてしまうのではないだろうか。後ろめたい心が見せる幻、それが物の怪だと、私は考える。ただ、もしそうであったとしても、今この場で道長殿一家が最も後ろめたさを感じて恐れているだろう相手は、やはり定子様なのだ。殿は定子様の生前、彰子様が入内される直前頃から、定子様に強い圧力をかけられた。それはいじめとも呼べるものだったかもしれない。敦康様の出産を控えた定子様が私邸に移られるのを妨害したことは、よく知られている（『小右記』長保元年八月九日）。殿は今、ここに集まり、霊媒《よりまし》たちに汚い声を吐かせている数々の物の怪の中に、定子様の声を聴きとっているのではないか。

中宮様のお産は、最初の兆しから丸一日半が過ぎても終わらなかった。余りの長さに、さしたることでは動じない古株の女房たちでさえ、声を殺して泣き惑った。

## 皇子誕生

殿は中宮様の頭頂部の髪を少しだけ削《そ》ぎ、形ばかりだが出家の儀式を施された。万が一産褥死《さんじょくし》しても、極楽往生できるようにということだ。中宮様は、定子様と同じようにこのまま亡くなるのではないか。重苦しい空気が垂れ込める中、寛弘五年九月十一日正午頃、中宮様はようやく御子を産み落とされた（『御堂関白記』同日）。だがまだ油断はできない。胎衣が出るまでは。定子様はこれで亡くなられたのだ。緊張が走り、土御門殿の広い寝殿の端から端までひしめいた僧も女房も官人も、もちろん道長殿一家も、いま一度どよめいて額を床にこすりつける。

人々の祈りはかなった。中宮様はご無事に出産を終えられた。しかも、生まれた御子は男子だった。

午《むま》の時に、空晴れて朝日さし出でたる心地す。平らかにおはします嬉しさの類ひも無きに、男にさへおはしましける喜び、いかがはなのめならむ。

〔正午に、空が晴れ朝日がぱっと差したような気がした。安産でいらっしゃった嬉しさは何物にも比べ難いが、その上生まれたのが男子とは、いやもうどうして普通の喜びようでいられようか。〕

（『紫式部日記』寛弘五年九月十一日）

道長殿と倫子様の、ほっとされたご様子。お二人は早速別室に赴かれ、大役を果たした僧・医師・陰陽師どもに褒美を渡される。

系図12

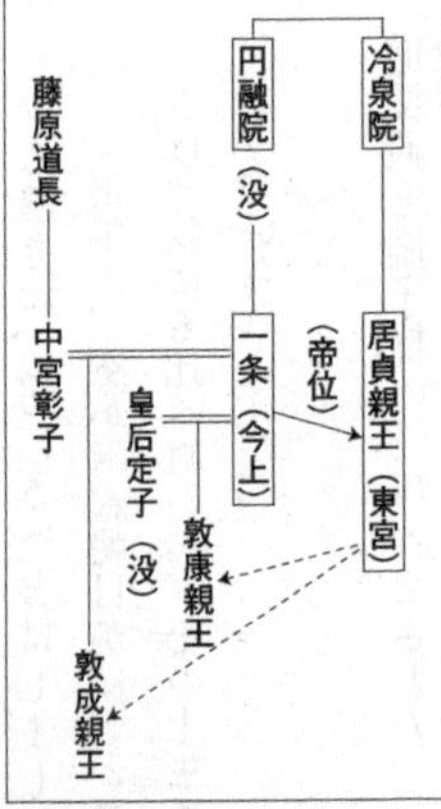


それにしても何と強運の道長殿であろうか。今や殿を外戚とする、血のつながった皇子が誕生したのだ。これでようやく、摂政という天に続く梯子《はしご》が見え始めたと言ってよい。登りつめるまでに必要なことは、一つだけだ。この御子を、いまだ元服前、つまり自ら政治を執れるようになる前に、幼帝として即位させることだ。その時こそ道長殿は、孫天皇の後見たる摂政として、天皇に成り代わり政治の全権を掌握できる。

だがそのためには、今上帝が早々に位を降り、現東宮の居貞《いやさだ》親王に世を譲らなくてはならない（系図12）。そうして空く東宮位に、長男敦康親王を飛び越えてこの若宮が就かなくてはならない。さらに居貞親王の世が短く終わらなくてはならない。まだ道長殿が勝ちを決めたわけでは決してない。が、勝利への段取りははっきりした。若宮誕生は、殿にとってそうした意味を持っていた。

中宮様は、その後ひと月の間、御帳台で体を休められた。御湯殿の儀、それに次ぐ産養《うぶやしない》と、儀式と宴を繰り返して賑《にぎ》わう邸内をよそに、こんこんと眠られた。一人の人間であることを超えて地位ばかりが高まる中宮様。十三歳の年には歴史上最も若くして中宮の位に就き、今は皇子の将来が囁《ささや》かれてすっかり「国の母」、帝の母扱いだ。だが、この人はただの産婦でもある。私は畏《おそ》れ多くもその寝顔に見入った。

御帳のうちを覗きまゐりたれば、かく国の親ともて騒がれ給ひ、うるはしき御けしきにも見えさせ給はず、すこしうち悩み、面やせて、おほとのごもれる御有様、常よりもあえかに、若くうつくしげなり。小さき灯炉《とうろ》を、御帳のうちにかけたれば、くまもなきに、いとどしき御色あひの、そこひもしらずきよらなるに、こちたき御ぐしは、結ひてまさらせ給ふわざなりけりと思ふ。かけまくもいとさらなれば、えぞかきつづけ侍らぬ。

「私が御帳台のなかを覗《のぞ》き込むと、中宮様はこのように「国の母」と騒がれるような押しも押されもしないご様子とは全然見受けられない。少しご気分が悪そうで、面やつれしてお休みだ。その姿はいつもより弱々しく、若く、愛らしげだ。小さな灯《あか》りを帳台の中に掛けてあるので、それに照らされた肌色は美しく、底知れぬ透明感を漂わせている。また髪の豊かさが、床姿の結髪ではいっそう目立つものなのだと感じられる。あらためて口にするのも今更のことですし、もう書き続けられませんわ。」
（『紫式部日記』寛弘五年九月十七日）

いたいけな、そしてことのほか健気な産婦の、中宮様。作らぬ寝姿のあどけなさは、だからこそ私には、ひときわの輝きを帯びて感じられた。

# 九　違和感――我も浮きたる世を過ぐしつつ

## 水鳥たち

実を言えば、中宮様のもとで能力を認められていると感じ、中宮様を支えたいという気持ちになってからも、私は長くこの女房という仕事に違和感を抱いていた。理由は、一つにはその見かけの派手さ、また実に落ち着きがなく人目にも晒《さら》されている仕事であること、そして最後には、角《つの》を突き合わすこともある人間関係である。

中宮様のご出産を受けて帝《みかど》が土御門殿《つちみかどどの》に行幸《みゆき》なさることになり、道長殿は邸内に目もあやな菊の園を作られた。菊は中国で仙境に咲くと言われる。その花で若宮と帝の長寿をことほぐ意を表そうという、道長殿の目論見《もくろみ》だった。黄菊、白菊はもちろん、白から紫へととりどりに色の変わっているのもある。朝霧の絶え間に見渡すその光景は、見事の一言だった。

しかし私は、そうしたきらびやかなものを目にすると、逆に気分が塞《ふさ》いでしまう。どうしてだろうか、素敵であること、素晴らしいということは重々分かるのに、そうしたものに触れるやいなや、いつも私の心を支配している例の厭世《えんせい》観が頭をもたげだすのだ。胸に募る、憂鬱《ゆううつ》と不如意《ふにょい》の思い。私は自分の暗く重い殻に引きずりこまれ、溜息をつく。本当にいやだ、苦しい。もういいから、何もかも忘れてしまいたい。いや、忘れてしまおう。こんなことばかり考えていても仕方が無い。思い切ろうとする心の隅に、たぶん忘れることなどできないと気弱に言い返す自分がいる。

心が堂々巡りを繰り返すうちに、霧はすっかり晴れてしまっている。ふと、庭の池で水鳥たちが無心に戯れているのが目に入った。私は思わず独りごちた。

水鳥を　水の上とや　よそに見む　我も浮きたる　世を過ぐしつつ

かれも、さこそ心をやりて遊ぶと見ゆれど、身はいと苦しかんなりと、思ひよそへらる。

［水鳥の戯れは、水の上という世界のこと？　いや、私にはとても他人事《ひとごと》とは思えない。だって私も水鳥と同じ、浮ついた世、また一方では不安定で憂いに満ちた世を生きているのだもの。

水鳥も、ああして屈託無く遊んでいると見えて、その実とても苦しいのだろう。今の私には、我が身に引きつけてそう感じられてしまうのだ。」（『紫式部日記』寛弘五年十月）

水鳥たちが遊ぶ姿は外から見れば楽しげで、悩み事など何ひとつ無さそうだ。だが、実際にはどうだろうか。水面《みなも》に浮かぶ生活は、浮遊し留《とど》まるところを知らぬ不安定な生活ではないか。水鳥には水鳥なりに、餌を獲《と》る苦労も子を育てる苦労もあろう。「浮いた世」とは、浮ついた世であると同時に地に足の着かぬ世であり、憂いに満ちた世なのだ。

私も女房になったからには、浮かれた生活を送っていると見られているに違いない。美しい装束を纏《まと》い、華やかな儀式に彩《いろどり》を添える女房。主人と和歌を詠み恋の話をし、楽しげに暮らす女房。外からは、浮き浮きと弾む心しか推し量ることができまい。だがその現実は、今日は土御門殿、明日は内裏《だいり》と、一箇所に所を定めずふらふらと彷徨《さまよ》う毎日。主家の浮沈と運命を同じうし、明日知れぬ政治の流れに身を任せながら生きる人生ではないか。それは幸福なのだろうか。少なくとも私にはそうではない。苦しい。

私は水鳥の、水の下でもがいている足を思う。水面より上では取り澄まして優雅に振舞いながら、見えない部分では必死に水を掻《か》いている。水鳥も水鳥なりの現実、「世」を引き受けて、それに縛られた自分、「身」として生きている。「世」と「身」とは、かくも遍在するものなのだ。

## 変わってゆく私

女房という仕事に対して、嫌悪感を抱き続けるのか、覚悟を決めるのか。私は揺れていた。

帝が土御門殿に行幸された時には、豪華な輿《こし》から帝がお出ましになる姿よりも、輿を肩に担いで苦しげに突っ伏す駕輿丁《かよちょう》の姿に目がひきつけられた。

『何の異ごとなる、貴きまじらひも、身の程限りあるに、いと安げなしかし』

(『何が違おう。私もあの担ぎ手と同じだ。女房という高級な仕事でも、この身なりに従わなくてはならない決まりがあって、ちっとも安穏としていられないのだもの』)

(『紫式部日記』寛弘五年十月十六日)

中宮様と共に土御門殿から御所に戻る時には、同車した同僚女房の馬の中将から露骨に嫌な顔をされた。彼女は父親が道長殿の従兄弟《いとこ》にあたる。叔母《おば》は道長殿の故兄の道兼様の正妻で、現在は再婚して右大臣藤原顕光様の妻となっている。私と同車させられ「こんな下々の者と同列に扱われた」と思ったのだろう。こちらのほうこそ不愉快でしょうがない。さらに車を降りれば、月が皓々《こうこう》と照る中、官人たちの目に晒されつつ歩かなくてはならない。曲がりなりにも貴族の端くれの妻として里にいた時には味わわなかった恥辱だ。前を行く馬の中将の不恰好《ぶかっこう》なこと。だが私の後姿も、男たちが好奇の目で値踏みしているに違いない。女房とはなんて嫌な仕事なのだろう（『紫式部日記』寛弘五年十一月十七日）。

新嘗祭《にいなめさい》で五節《ごせち》の童女たちを見た時にも、その可愛らしさに心が奪われることはなかった。童女たちは衆目を浴びつつ歩み出《い》でて帝に謁見する。それを見るうちに心が留守になって、私はいつのまにか自分のことを考えていた。私があのように歩み出よと言われたら、恥ずかしくてまごつくばかりだろう。だが、考えてみれば私も、里の女時代に比べれば随分図太くなっている。このまま恥じらいを無くし、どんどん蓮っ葉になって、顔を丸出しにしても平気になってゆくのかもしれない。そんな下品なことが大嫌いな私だったのに。これから私は、どんな嫌な私になってゆくのだろう。暗い底なしの淵《ふち》を覗《のぞ》き込むような気がする（同　寛弘五年十一月二十二日）。

だが、私にはもう帰るところが無い。里居時代の友はもう私を迎えてはくれないだろう。つかのま自宅に戻った日に初雪が降った時には、「土御門殿で初雪が見たかった。こんなみすぼらしい家で見ても」と落胆する自分がいて、愕然《がくぜん》とした。夫を亡くしてから数年、この家で私は過ごし、物語を読み、書き、友たちに見せ、心の痛手を癒した。あの頃ここには、私を傷つけるものは何もなかった。公卿《くぎょう》の豪邸も内裏も見たことはなかったけれど、この繭のような小世界で、私は私の物語を紡ぎ、悦に入っていた。だが今や私は、土御門殿も一条院内裏も知ってしまった。その目はもう、築七十五年を超えたここ堤中納言《つつみちゅうなごん》邸を、「見所もない家」と見ることしかできない。

私はこわごわと物語を手に取った。

試みに、物語をとりて見れど、見しやうにもおぼえず、あさましく、あはれなりし人の語らひしあたりも、われをいかに面《おも》なく心浅きものと思ひ落とすらむと推し量るに、それさへいと恥づかしくて、えおとづれやらず。

〔試しに物語を手に取って見たが、昔のような感動は全く湧きおこらない。私はあっけにとられた。私は何と変わってしまったのだろう。しみじみと心を触れ合わせ、言葉を交わし合った友達あたりも、私が女房勤めに出てしまった今となっては、私のことをどれほど恥知らずで浅はかなものと思い軽蔑《けいべつ》していることだろう。……いけない、そんなふうに思うなんて。宮仕えに出たのも恥ずかしいことだけれど、友達の気持ちを邪推するのも恥ずかしいことだ。そう思うとこちらから連絡も取れない。

（『紫式部日記』寛弘五年十一月中旬）

昔の私はこんなにつまらないものを読んだり書いたりしていたのだ。あきれると同時に、私はこれを共に楽しんでくれた友人たちを思った。もう長く連絡を取り合っていない。友人たちは里の女だ。以前に私が里の女だった時にそうしたように、女房を軽蔑しているだろう。女房に身を落とした私を、恥知らずと思っているに違いない。嫌な想像ばかりが進み、そんな自分に嫌悪感さえ湧いて、私の心は勝手に縮こまる。手紙をくれなくなった人もいる。女房の世界はがさつで、手紙など盗み読みされてしまうと思っているのだろう。そんな人、こちらから絶交だ。私がたまさか帰宅しても、私を訪《と》うてくれる人など滅多にいない。私の居所が定まらないのだもの、これは仕方がない。でも寂しい。私は自宅の部屋を見回した。ここはどこなのだろう。これが私の慣れ親しんだ家なのか。見知らぬ世界に来たような気がして、私は深い溜息を吐《つ》いた。

ただ、えさらずうち語らひ、少しも心とめて思ふ、こまやかにものを言ひ通ふ、さしあたりておのづからむつび語らふ人ばかりを、少しもなつかしく思ふぞ、ものはかなきや。

［こうなっては、ただ仕事上いつもそばにいて語り合い、多少とも気にとめて思いやったり、あれこれ言葉を交わしたりする人たち、さしあたって自然に仲良くしおしゃべりしている女房仲間ばかりが何だか慕わしく思えてくる。本当に現金な私だこと。］

（『紫式部日記』寛弘五年十一月中旬）

寡婦であった時には寡婦の「身」のつらさがあった。女房となれば女房の「身」のつらさがある。それだけではなく、女房生活によって私は否応なく価値観を塗り替えさせられた。「本当の私」だと思っていた私が、内側から変わってゆく。私の本当の居場所は、どこなのだろう。

そんな気持ちでいた寛弘五年の、大晦日《おおみそか》のことだった。私は内裏で思わぬ事件に遭遇した。思えばそれが、私が女房たる自分を自覚した最初のきっかけだったかもしれない。

## 内裏の盗賊事件

その夜、大晦日恒例の邪気払いの儀式「追儺《ついな》」が早めに終わり、私は局《つぼね》に下がってお歯黒をつけるなどちょっとした身づくろいをして、寛《くつろ》いでいた。同じ室内では、弁の内侍《ないし》が寝息をたて、女蔵人《にょくろうど》の内匠《たくみ》が女童《めのわらわ》のあてきに仕立物を教えている。内裏は一年のすべての行事を完了した静けさに包まれていた。

その時だ。中宮様のお部屋のほうからものすごい叫び声が聞こえた。私は弁の内侍を起こした。が、なかなか起きてくれない。叫び声は人の泣きわめく声に変わった。火事か？　いや、そうではなさそうだ。凶々《まがまが》しい気配に、どうしてよいか分からなくなる。だがともかく、行かなくては。

「内匠の君いざいざ」

と先におしたてて、

「ともかうも、宮、下におはします、先《ま》づ参りて見奉らむ」

と、内侍を荒らかにつき驚かして、三人震ふ震ふ、足も空にて参りたれば、裸なる人ぞ二人ゐたる。靫負《ゆげひ》・小兵部なりけり。かくなりけりと見るに、いよいよむくつけし。

〔「内匠さん、さあさあ」

私は無理やり彼女を先に立てて、

「何はともあれ、中宮様がお部屋にいらっしゃる。まず御前にあがってご様子を確認致しましょう」

乱暴に弁の内侍をたたき起こすと、三人してぶるぶる震えつつ、宙を踏むような心地で声のほうに行ってみた。と、裸の女性が二人、うずくまっている。中宮様付きの女蔵人、靫負《ゆげい》と若い小兵部だった。こういうことだったのだ……盗賊。ますます背筋がぞっとする。〕

(『紫式部日記』寛弘五年十二月三十日)

内裏に盗賊が押し入ることは、そう珍しくはない。だが実際に遭遇したことは初めてだったし、何よりも同僚女房の裸に身の毛がよだつ。装束を身ぐるみ剝《は》がれたのだ。

幸い怪我はなさそうだ。いったい男たちはどうしているのか。周りを見回すが、いるはずの食膳《しょくぜん》係がいない。警備役の中宮様付きの侍も滝口《たきぐち》の者たちも、鬼やらいが終わるや皆帰ってしまったらしい。私は手を叩《たた》き、大声で人を呼んだ。だが誰も答えない。かろうじて顔を出したのは配膳室の女官だった。普段はこうした端女《はしため》に中宮付き女房が直接声をかけてはならないのだが、ままよ、今は構わない。

「殿上に兵部丞《じょう》といふ蔵人、呼べ呼べ」

と、恥も忘れて口づから言ひたれば、たづねけれど、まかでにけり。つらきこと限りなし。式部丞資業《すけなり》ぞ参りて、所々のさし油ども、ただ一人さし入れられてありく。人々、ものおぼえず向かひゐたるもあり。うへより御使などあり。いみじうおそろしうこそ侍りしか。

〔「殿上の間に『兵部丞』という蔵人がいるから、呼んで、呼んで！」

私は女房のたしなみも忘れて直接に命じた。女官は探したが、退出したという。弟ときたら肝心な時に、何と恨めしい。やがて式部丞の資業が駆けつけて、あちこちの灯火《ともしび》を一人で点《つ》けて回る。明かりの中で見ると、女房たちは茫然《ぼうぜん》として、顔を見合わせているのもいる。天皇から中宮様へのお見舞いの使いも来る。……本当に恐ろしいことでございました。」

（『紫式部日記』寛弘五年十二月三十日）

弟の惟規《のぶのり》が、この前年の寛弘四（一〇〇七）年から蔵人になっていた。詰め所である、清涼殿の殿上の間にいるはずだ。とっさにそれが浮かんだのだが、何と弟は家に帰ってしまっていた。まったく大切な時に頼りにならない弟だ。せっかく手柄を立てる好機だというのに。だいたいあの子が帝の側付きの役である蔵人になった時、一部には不審の声もあがったと聞く。だが今の蔵人は若いもの揃いだから年齢の高いものもほしいと道長殿がかばって下さって、就任が認められたのだ（『御堂関白記』寛弘四年正月十三日）。だというのに人一倍働くでもない。私は歯嚙《はが》みした。やがてやって来たのは、誰かと思えば藤原資業ではないか。弟の一年後、この年の正月に蔵人になったばかりの二十一歳だ。この若者がかいがいしく灯《あか》りを点けて回ると、真っ暗な廊にも奥の中宮様の御所にも光が戻り、女房たちの恐怖にこわばった顔が照らし出された。

裸にされた二人には中宮様が納殿《おさめどの》の装束を下賜されて、とりあえずことは収まった。だが私の心は数日の間沸き立っていた。非日常的な出来事に遭った興奮だけではない。あの夜の自分の行動について考えずにいられなかったのだ。中宮様のお部屋のほうから叫び声が聞こえた時、私はすぐに「中宮様のご様子を確認しなくては」と、同室の女房たちに声をかけた。局を出て暗闇の中を、足をがたがた震わせながら参上した。普段は女房が性《しょう》に合わないとこぼしてばかりいる私なのに、いざとなれば体が動いてしまった。なぜなのだろう。自分をさておき、中宮様を考える。私の心の根元が女房になったということではないか。

そう思う側から腹が立つのは弟のふがいなさ、そして藤原資業の如才なさだ。資業は藤原有国《ありくに》の子。有国は私の父と同じ文章道《もんじょうどう》出身で、しかも師も菅原文時と、同門の先輩だ。出自は、藤原でも真夏系だから完全な傍流でしかない。しかし彼は、文人にしては珍しく処世に長《た》け、国司を歴任した。その有国が四十を過ぎて再婚した相手が、内裏女房の橘三位《きつさんみ》。資業の母だ。橘三位は本名を橘徳子という。叩き上げ女房ながら、今上《きんじょう》帝の幼少時に乳母を務めた褒賞として、女官の実質元締めといえる「典侍《ないしのすけ》」の地位に加え従三位の位さえ授かるという最高の栄誉を得た、女官中の女官だ。今に至るまで、長く隠然とした力を持っている。結婚の効果はてきめんだった。程無くして有国は帝の蔵人頭となり、やがて従三位を与えられ、なんと公卿の仲間入りを果たした。貧しい文人仲間は彼を、一人だけ出世した狡猾《こうかつ》な男と見て嫌っている。

確かに有国は狡猾だし、好感は持てない。だが、今度のことで私は知った。有国の息子である資業は、人に仕えるということがどういうことであるかを知っている。そしてそれを実行している。だが私の父と弟、藤原為時と惟規は、おそらくそれを知らない人間なのだ。堤中納言藤原兼輔《かねすけ》の子孫という血に頼り、人に頭を下げたり主《あるじ》のために走り回ったりすることを蔑《さげす》んで、漢詩文や和歌といった自分の得意の埒内《らち》で遊ぶばかりの、気位が高くてきまぐれな風流人。かつては私もそうだった。だが私は、今や働くことを知りかけている。私は父や弟とは別の世界に足を踏み込み、そこで生きてゆこうとしているのだ。

# 十　女房――ものの飾りにはあらず

## 『源氏の物語』の誉れ

思い返せば、寛弘《かんこう》五（一〇〇八）年は『源氏の物語』にとっても特別な年だった。あの藤原公任《きんとう》様から、読者であるということをほのめかされたのだ。十一月一日、中宮様のお産みになった皇子、敦成《あつひら》親王の誕生五十日《いか》の儀の宴《うたげ》でのことだ。

日没頃から始まった儀には、お産の時と同様に多くの公卿《くぎょう》たちがつめかけた。それぞれ帝《みかど》に自分の娘を入内《じゅだい》させている、右大臣の藤原顕光《あきみつ》様と内大臣の藤原公季《きんすえ》様までが参上なさったのだから、どちらも道長殿と中宮様の前に負けを認めたということではないか。公卿方は祝いの酒を振舞われ、夜も更けて中宮様の御前に召される頃には、すっかりできあがっていた。御簾《みす》が巻き上げられると、右大臣はいつもの酒癖の悪さを発揮して女房たちに歩み寄り、几帳《きちょう》の垂れ布の綴《と》じ目を引きちぎって、身を隠していた女房に戯れかかった。「年甲斐《がい》もなく」と女房たちはつつき合う。本当に愚かな人だ。だがその愚かさが、道長殿にとっては安心材料と言える。もしもこの地位にいるのが、故定子《ていし》様の兄君の伊周《これちか》様だったら、道長殿もうかうかできなかったかもしれない。いっぽう内大臣は、息子の実成《さねなり》様が作法を守って下座から歩み出ると、それを見て涙ぐんでいる。微笑ましい子煩悩とも言えるが、はっきり申して大甘《おおあま》のご様子だ。実成様はもう三十四歳、一人前に振舞って当然ではないか。

そんな時だった。簀子《すのこ》敷から公任様が廂《ひさし》の間《ま》を覗《のぞ》き込まれ、私の『源氏の物語』の女主人公の名前を口にされた。

左衛門の督《かみ》、「あなかしこ、このわたりに若紫やさぶらふ」とうかがひ給ふ。源氏に似るべき人も見え給はぬに、かの上はまいていかでものし給はんと、聞き居たり。

〔左衛門督藤原公任様が「失礼。この辺りに若紫さんはお控えかな」と中を覗かれる。ここには光源氏に似ていそうな方もお見えでないのに、まして紫の上などいるはずもないではないか。私は存じませんことよ、と聞くだけは聞いたが応《こた》えないでおく。〕

（『紫式部日記』寛弘五年十一月一日）

公任様は『源氏の物語』を読んでおられた。そのことを知らせるために、わざわざ私のことを「若紫」と、光源氏の妻の名前で呼ばれたのだ。もちろんそれは、中宮様への点数稼ぎでもあったろう。公任様は私の伯父の為頼が世話になっていた関白藤原頼忠様の御子で、むしろ道長殿よりも藤原嫡流の生まれだ。が、不思議に摂関家は能力も運も長男筋より弟筋に味方することが多く、今や公任様は道長殿の後塵《こうじん》を拝するしかない。あの寛弘五年当時、公任様は中納言《ちゅうなごん》。いつか大臣となることが人生の悲願だったろう。そのためには、道長殿に従うしかない。漢詩・和歌・管弦のすべてに長《た》け有職故実《ゆうそくこじつ》にも通じていらっしゃる公任様が、中宮様の一女房にすぎない私の、しかも和歌や日記よりずっと格式の劣る物語などというものの登場人物名を口にされたことには、そんな下心があったはずだ。

見え透いたおだてに乗るものですか。意地悪な心が起こって、私は公任様を黙殺した。勝手に光源氏を気取っていらっしゃるおつもりなのだろうが、私に言わせれば、「花の傍らの深山木」とはこのこと、気の毒ながら似た所すらおありにならない。ましてや私があの紫の上だなんて、とんでもない。呼ばれてうかうかと名乗り出でもしようものなら、思い上がりもいいところ、それこそ笑いものではないか。それに、私自身にとっても紫の上は、現実の誰にも代え難い大切な存在だ。私などと一緒にしてほしくない。額に手をかざして私を探す公任様を横目に、私は格下の文芸の作者が正道の文化の重鎮を袖《そで》にする小気味よさと、また中宮女房ならではの、中宮様の権力を笠《かさ》に着る快感とに、ほくそ笑んだ。

だがいっぽうで、私は深い喜びを禁じ得なかった。公任様が言われた「あなかしこ、このわたりに若紫やさぶらふ」という言葉は、中国唐代の伝奇小説『遊仙窟《ゆうせんくつ》』の一場面に倣ったものなのだ。主人公である張文成が、神仙の窟宅《いわや》の在りかを尋ねる場面だ。彼はやがて、その仙境で美女と出会い、恋に落ちる。私はこの、山中で運命の女と出会うという設定を『源氏の物語』に取り込み、光源氏が北山で若紫と出会う場面を作った。公任様が『遊仙窟』の言葉を使って私に呼びかけられたのは、それに気がついたということなのだ。公任様はご自分の著書『和漢朗詠集』に『遊仙窟』の一節を採っておられ、あの伝奇には詳しい。だから『源氏の物語』での密《ひそ》かな引用にも気がついて、「若紫の巻で、かの『遊仙窟』をうまく使いましたね。私は分かっていますよ」とほのめかして下さったのだ。

自分が知の限りを注ぎ込んで成したものが、しかるべき人にきちんと理解されている。それを知った喜びは、まさに物語作者としての手ごたえ以外の何物でもなかった。

その年には、中宮様が発案なさって『源氏の物語』の豪華本が制作されるということもあった。十一月中旬に中宮様が土御門殿から一条院内裏《だいり》に戻られる直前のことである。中宮様は、長くおそばを離れていらっしゃった帝のために、内裏還御《かんぎょ》の土産物として『源氏の物語』新本を作ることを思い立たれたのだ。帝は以前に、この物語をお読みになり、私へのお褒めの言葉を口にされたことがあった。中宮様はそれを思い出されて、続きをお見せすれば必ずや帝を楽しませることができると、お考えになったのだろう。

入らせ給ふべきことも近うなりぬれど、人々はうちつぎつつ心のどかならぬに、御前には御冊子作り営ませ給ふとて、明けたてば先づ向かひさぶらひて、色々の紙選《え》り整へて、物語の本ども添へつつ、所々にふみ書き配る。かつは、綴《と》ぢ集めしたたむるを役にて、明かし暮らす。

〔中宮様の内裏へのお帰りが近づき、女房たちはその準備続きで慌ただしいというのに、中宮様は御本作りをなさるという。そこで夜が明けると真っ先に中宮様の御前に上がり、差し向かいで作業にあたる。色とりどりの料紙を選び整え、物語の原稿を添えて、清書の依頼状と共にあちこちに配るのだ。そのいっぽうでは、清書の終わった分を綴じ集め整える。これを仕事にして、夜を明かし日を暮らす。」

（『紫式部日記』寛弘五年十一月上旬）

中宮様は早朝から私を待ち受け、作業の一部始終を見守られた。ご出産からまだ二月の御体で、しかも底冷えのする霜月である。道長殿も「冷たい時節に、子供を産んだばかりでこんなことをする母親がどこにいる」とお叱りになるが、中宮様は耳も傾けられない。その熱意を私は微笑ましく拝見する。

私には分かる。この『源氏の物語』は、中宮様と帝の間を取り持つ仲立ちになるのだ。おそらく中宮様は、それとなく、『源氏の物語』の続きの新本が中宮様の手元にあることを漏らされる。帝は足を運ばれる。中宮様は御冊子作りの作業の中で、もう物語を読んでいらっしゃるから、余裕をもって帝とともに楽しむことができる。読み終えた後には、お二人で感想を述べ合うこともあるだろう。一つの文芸を分かち合うことがどれだけ人と人の心を触れ合わせるか、友達と物語を分かち合うことで宣孝《のぶたか》の死を乗り越えた私は、よく知っている。中宮様が述べられる感想や意見の中に、帝は中宮様の人柄を垣間見《かいま》るだろう。帝と初めて出会った時の、十二歳の少女とはもう違うことに、遅まきながら気づかれることだろう。定子様を喪《うしな》われた悲歎と孤独のために、長く中宮様に目をお向けになることのなかった帝が、大人の女に成長した中宮様を知る、よい機会になるのではないだろうか。道長殿も薄々そのことに気づいていらっしゃるようで、中宮様を本気で止められはしない。むしろ豪勢に墨や筆などを贈られて、中宮様を応援なさった。

物語は、俗で軽い文芸だ。格式の高い漢籍や和歌集ならばさておき、この時『源氏の物語』が中宮の命によって制作されたなどという些事《さじ》を、歴史の表だった記録に記し置く者はいないだろう。ましてやこの、ささやかな存在である物語が、帝と中宮の心の懸け橋になるなどとは、誰も考えはしまい。だが、きっとそうなるのだ。『源氏の物語』はその役をやり遂げる。私はそうした『源氏の物語』の作者であることに、胸を張る。

## 政敵死す

寛弘六（一〇〇九）年十一月二十五日、中宮様は第二子の敦良《あつなが》親王をお産みになった。前年に引き続いてのご出産、しかもこの度も男子とのことで、殿の周辺は喜びに沸いた。先の敦成《あつひら》親王の際に私が仰せつかった御生誕記録は、もうとうに書き整えて道長殿に献上していたが、私はとりあえずこの度も、こまごましたことを取材し書き留めた。

敦良親王の誕生五十日の儀が、内裏が変わって枇杷《びわ》院で賑々《にぎにぎ》しく行われたのは、年が明けて正月十五日のことだった。そしてそれからほどない二十八日、藤原伊周様が亡くなった（『日本紀略』同日）。本当にこの一家は、何と早世される方の多いことか。挙げてみれば、父の道隆様が長徳元（九九五）年に四十三歳の壮年で亡くなられたのが始まりで、翌年、母の貴子様も身まかられた。詳しい御歳は知らぬが道隆様よりもお若かったのではないか。妹の定子様は長保二（一〇〇〇）年に二十四歳で、その末の妹の御匣殿《みくしげどの》は長保四（一〇〇二）年に十七、八歳で逝《ゆ》かれた。この二人はお産が原因だから仕方がないとは言え、それからわずか二か月後には、定子様のすぐ下の妹で東宮妃であった原子様までが、二十二、三歳という若さで亡くなられた。病気の気配もなかったのに、鼻や口から血を吐いて、見る間に亡くなるという恐ろしい死にざまであったと聞く（『栄花物語』巻七）。前世の業《ごう》や因縁といった凶々《まがまが》しいことを想像せずにはいられない。この度の伊周様にしても、享年わずか三十七である。長く飲水病で臥《ふ》せっておられるとは聞いていたが、哀れなことだ。

だがこれをただ哀れという感慨だけで受け取るものは、貴族社会には誰もいないだろう。伊周様の死によって、帝の後継問題は大きく一歩動いたからだ。定子様が遺《のこ》されたご長男の敦康《あつやす》様は、大切な後ろ盾を失った。伊周様は敦康様の伯父、長徳の政変で大宰府《だざいふ》に流される以前には道長殿を凌《しの》いで内大臣という高い地位にあった方でもある。政変後一年で都に戻り、政治の場には長らく顔を出されなかったものの、虎視《こし》眈々《たんたん》と復権の機会を狙っておられた。しかも常に油断ならぬ様子でだ。

例えば中宮様が敦成様を産む前年、殿が金峯山《きんぶせん》に参られた時には、伊周様は武士の平致頼《むねより》を語らって殿の殺害を企てられたと伝えられる（『小右記』「編年小記目録」寛弘四年八月九日）。致頼と言えば過去に伊勢の国で平氏同士の闘乱騒動を起こし、隠《お》岐《き》に流された前科を持つ荒くれだ。そうかと思うと、敦成様の誕生百日《ももか》の儀には、頼まれもしないのに、公卿方が詠む和歌の序文をしたためて一座を驚かせた。予《あらかじ》め殿に命ぜられていた能筆の藤原行成様から、唐突にその役を取り上げたのだ（『権記』寛弘五年十二月二十日）。そうして書いた序の一言目が「第二皇子百日」。敦成様が次男であることを殊更に強調し、第一皇子敦康様の存在を主張する書き出しだ（『本朝文粋』十二）。また寛弘六年の正月には、一条院内裏に呪いの具が埋められているのが発見された。伊周様の母方のおばの高階光子らによる、敦成様と中宮様と道長殿への呪詛《じゅそ》事件だった。伊周様は関与を疑われ、帝から謹慎を命ぜられた。伊周様が亡くなるとは、このように事あるごとに道長殿に楯突《たてつ》き、敦康様を担ごうという動きをあらわにしていた一派の中心人物が、いなくなったということなのだ。しかも、殿が指一つ動かさぬうちに。

敦成様の東宮擁立を邪魔立てするものは消えた。殿はやがて動きだされるだろう。機が熟しつつあることは、一女房の私にすら身に迫って感じ取れた。ならば私たちも、覚悟しなくてはならない。

## 女房とは何か

寛弘七年夏、私は筆を執った。先に敦成様御生誕の記として記した『紫式部日記』に、新たな書き加えを行わなくてはならない。そう強く感じたからだ。とはいえ、御生誕の記はもう献上してしまっている。今度の新しい『紫式部日記』は、道長殿や中宮様に捧《ささ》げるものとして書くのではなく、私が自分の意志で書くものだ。内容は、

「女房とは何か」。誰かにこれを訴えずにいられない、矢も楯もたまらぬ気持ちが私を突き動かした。

中宮様の御子の敦成様が次期皇太子となるか、それとも兄弟順を尊重して、故定子様の御子の敦康様がその地位に就くか。主家が正念場にある今、私たち女房も万全の態勢で中宮様を盛り上げなくてはならない。少なくとも足を引っ張るなどということがあっては絶対にならない。だが私の見たところ、中宮様付き女房たちは必ずしもその自覚をもって行動しているわけではなかった。

例えば、接遇という基本業務だ。中宮様は公人でいらっしゃるので、公卿や殿上人《てんじょうびと》などが様々の用事でお見えになる。女房はその方々が気持ちよく御用を済ませられるように、応対をしなくてはならない。ところが、それができていないのだ。私に言わせれば全くたるんでいるとしか思えない。

内裏わたりにて、明け暮れ見ならし、きしろひ給ふ女御・后《きさい》おはせず、その御かた、かの細殿と言ひ並ぶる御あたりもなく、男も女も、いどましきこともなきにうちとけ、宮のやうとして、色めかしきをば、いとあはあはしとおぼしめいたれば、少しよろしからむと思ふ人は、おぼろけにて出でゐ侍らず。

〔中宮様付き女房たちが働く場所は、内裏という男性にとっても日頃見慣れて特に刺激もない所。加えて競い合う女御《にょうご》や后《きさき》もいらっしゃらず、その御殿の御方・あの細殿の御方と数え挙げるような好敵手も不在という無競争状態のため、男も女も緊張感を持っていません。さらに、中宮様が色ごとを軽薄として嫌うご気性でいらっしゃるものですから、少しでもそれに合わせてうまくやろうという女房は、おいそれと男性の前に出て参りません。〕

（『紫式部日記』消息体）

もともと後宮女房の仕事場は、斎院が住まわれる野趣あふれる郊外や、道長殿など貴族の方々の贅《ぜい》を尽くした豪邸に比べれば、何のときめく場所でもない内裏だ。最初からこうした不利な条件にあるのだから、それを克服して余るような工夫をして当然なのだ。それにもかかわらず、中宮様付きの女房たちは中宮様の御威光に胡坐《あぐら》をかき、油断している。困った女房になると、品よくあろうとして人前に出てこない。それでは本末転倒、中宮様の価値観に合わせているつもりなのだろうが、女房の仕事になっていない。自分をお姫様と勘違いしてはならない。

中宮様のところにも、ものおじしない女房はいる。そうした女房たちはどちらかと言えば庶民派で、気軽に応対に出、男性方からあれこれ噂されたりすることも厭《いと》わない。いきおい接遇は彼女たちの担当ということになっているが、それでいいのか。これは、中宮様付き女房の看板の問題なのだ。言い方は悪いが格下の蓮《はす》っ葉な者たちにそれを務めさせるから、当然貴族方から不評を買うことになる。

「中宮の人埋もれたり」もしは「用意なし」なども言ひ侍るなるべし。上臈・中臈のほどぞ、あまりひき入りざうずめきてのみ侍るめる。さのみして、宮の御ため、ものの飾りにはあらず、見苦しとも見侍り。

〔殿方は一方を評して「中宮女房は出てこないね」と言い、あるいはまた一方を評して「おつむが軽いね」などと噂しているようでございますね。つまりは中宮様付き女房の上《じょう》臈《ろう》・中臈が、あまりにも引っ込みがちでお嬢さんめかしてばかりなのです。そんな仕え方ばかりしていて、中宮様のために、ご大層なお飾りでもあるまいに、見苦しいとも拝察いたします。〕

（『紫式部日記』消息体）

そうだ、女房は飾りではない。女房は中宮様の戦いの最前線を守る実動部隊なのだ。書き始めたら筆が止まらない。普段職場にいて気がついたこと、ため込んだ思いなどが一気にあふれて、抑えられなかった。同僚たちには危機感がなさすぎる。私がそのことに気づき、古くからの中宮様付き女房である上﨟・中﨟がそうでないのは、逆にその勤続年数の浅さゆえかもしれない。

中宮様は何かと控えめなご気性で、女房にものを命じることがあまりない。それは自分を抑える奥ゆかしい習いでもあるが、そればかりではない。女房に何かさせて失敗されては困るという、ご懸念ゆえでもあるのだ。「主人が恥をかかないよう、安心して仕事を任せることができる女房など滅多にいない」と、中宮様は思っておいでなのだ。女房不信とも言ってよかろう。そうお思いになるほどに、中宮様はずっと有能な女房に恵まれず、女房への期待はもちろん信頼も抱けないままで来られた。実に不幸なことではないか。

中宮様はまだ幼い頃に、嫌な経験をお持ちなのだという。これは私が古参の女房から聞いた話だ。ちゃんとしたわきまえもないくせに同僚内で我が物顔に振舞っていた女房がいて、大切な折に間違いをしでかしてしまったことがあった。その頃まだお小さくていらっしゃった中宮様は、「これほど見苦しいことはない」と骨身にしみてお感じになった。それで、「でしゃばるよりは大過なくやりすごすのが安心」と考える癖がついてしまわれたというのだ。おかわいそうに、繊細で完璧主義の中宮様の、守りに入ってしまったお気持ちはよく分かる。傷つくのは誰しも避けたいものだ。ところで中宮様の周りの女房さんは、当時からみな子供子供したお嬢様揃いで、中宮様のこうした価値観にはぴったりだった。そのため、「何もしない」という消極的気風が自然にでき、今に至ってしまったのだ。だが、それでいいのか。中宮様に合わせると言いながら、結局女房たちは楽をしているだけではないのか。その証拠に、今や中宮様は別のお考えをお持ちだというのに、女房たちはそれに従っていないではないか。

今はやうやう大人びさせ給ふままに、世のあべきさま、人の心の善きも悪しきも、過ぎたるもおくれたるも、みな御覧じ知りて、この宮わたりのことを殿上人も何も目慣れて、「ことにをかしきことなし」と思ひ言ふべかめりと、みなしろしめいたり。

〔今は中宮様も、だんだん大人びて来られるにしたがって、後宮のあるべき姿、女房たちの気性の長所や短所、出すぎたところや不足なところも全部見抜いておいでです。またこの後宮が新鮮味を感じさせず、殿上人や誰彼から「特に素敵でもない」と囁《ささや》かれているらしいことも、みなご存じです。〕

（『紫式部日記』消息体）

中宮様はすべてご承知の上で、もう少し女房たちに動いてほしいと思われ、時にはそれを口に出しておっしゃりもするほどに、成長していらっしゃる。帝の随一の后である自覚をお持ちになり、この女房集団こそが文化の面でも品位の面でも都の女房集団を領導しなくてはならないとお考えなのだ。だが、残念なことに私たちへの世評は低い。それを何とかしなくてはならないというのが中宮様の思いならば、私たちは率先して変わらなくてはならない。それができないとは、なんと歯がゆい同僚たちだろう。公卿や殿上人たちが何と言っているか、みな知っているのだろうか。

ただごとをも聞き寄せ、うち言ひ、もしはをかしきことをも言ひかけられていらへ恥なからずすべき人なむ、世に難くなりにたるをぞ、人々は言ひ侍るめる。みづからえ見侍らぬことなれば、え知らずかし。

〔どなた様も「ただの会話を小耳に挟んでも気の利いた言葉で返したり、風流を挑まれてしっかりと風流な答えができたりという女房は、実に少なくなったものよ」と言っているようでございますわね。まあ、わたくしは昔のことを見ておりませんから、そんなこと本当かどうか存じませんけれど。〕

（『紫式部日記』消息体）

有能な女房が少なくなったとは、昔はもっといたということではないか。どこにいたというのだ。答えは一つ、それは故定子様の後宮だ。皆はまだ、清少納言を始めとしたあの後宮の女房たちを忘れていないのだ。

## 『枕草子』の力

私には分かっていた。故定子様が亡くなられてもう十年の歳月が流れるのに、なぜ帝お一人のみならず誰しもが定子様を忘れず、それどころかいつまでも懐かしむのか。故定子様があれほどまでに悲劇的な境遇にあったにもかかわらず、なぜあの方の後宮には、楽しい印象ばかりが遺っているのか。故定子様がこの世に恨みを遺すような亡くなり方をしたのに、定子様の怨霊《おんりょう》については、なぜ誰も想像すらしないのか。

それは『枕草子《まくらのそうし》』の力だ。清少納言は定子様の死後、『枕草子』に定子様懐古の章段を次々と書き加えては、世に流した。優しかった定子様、才気煥発《かんぱつ》だった定子様、よく笑われた定子様。『枕草子』を読むたびに、人々は生きていた時そのままの定子様に会うことができる。いや、そうではない、生きていた時以上に素晴らしい定子様に会うことができるのだ。次のような段を読んでみるがよい。

雪のいと高う降りたるを、例ならず御格子まゐりて、炭櫃に火おこして、物語などしてあつまりさぶらふに、「少納言よ、香炉峰の雪いかならむ」と仰せらるれば、御格子上げさせて、御簾を高く上げたれば、笑はせたまふ。人々も、「さることは知り、歌などにさへうたへど、思ひこそよらざりつれ。なほこの宮の人にはさべきなめり」と言ふ。

〈雪がずいぶん沢山降った日のこと。外は風流な眺めだというのに、中宮定子様の御前では、いつになく無粋《ぶすい》にも蔀戸《しとみど》を下ろしていた。寒いので戸を締め切り火鉢に火をおこし、周りに集まっておしゃべりなどに興じていたのだ。するとその時、定子様が「少納言よ、香炉峰《こうろほう》の雪はどんなかしら」と、私に仰せになった。そこで私が、蔀戸を上げさせ御簾を自分の手で高く上げて、中宮様に外の雪景色をお見せすると、中宮様はにっこりと笑って下さった。

その場にいた同僚女房たちも『『香炉峰の雪は』と来れば、詩の一節で、続きは『御簾をかかげて見る』でしょう？　そんな文句ならもとから知っているし、節をつけて歌にまで歌っているくらいだわ。でも、清少納言のようにしようとは思い付きもしなかった。やはり、この中宮様の女房としてお仕えする人は、ああでないといけないわね」と言っ

（『枕草子』「雪のいと高う降りたるを、例ならず御格子まゐりて」）

てくれた。」

先《ま》ず書き出しからして、定子様の後宮では雪の日には大方雪見を欠かさなかったかのように、後宮の風流ぶりをほのめかしている。だがこの時はたまたま女房たちが寒がったか、例に無く風流を怠けていたのだが、それでも定子様は叱責《しっせき》しない。雪が見たいことを清少納言に婉曲《えんきょく》に伝え、あくまでやんわりと格子を開けさせて、女房たちが自ら反省するように持ってゆく。しかもその、清少納言への伝え方が「香炉峰の雪」、白居易の詩の一節だ。

日高く　睡り足りて　猶ほ起くるに慵《ものう》し
小閣、衾《ふすま》を重ねて　寒きを怕《おそ》れず
遺愛寺の鐘は　枕に欹《そばだ》ちて聴き
香炉峰の雪は　簾を撥《かか》げて看る

〔陽はもう高いし、十分眠ったけれど、まだぐずぐずしていたい。
草堂の小さな部屋、寝具を何枚も重ねているから、寒くはない。
遺愛寺の鐘の音は、枕をあてがって体を半身に起こしながら聴き香炉峰の雪は簾《すだれ》をぽんと撥《は》ね上げて看る。」
（『白氏文集』巻十六978「香炉峰下、新たに山居を卜し、草堂初めて成る。偶《たま》たま東壁に題す五首　重ねて題す　其の三」）

定子様はただ「雪が見たい」と言いたかっただけだ。だがその気持ちを、この白居易の名高い詩の一節を使って清少納言に伝えた。清少納言は「定子様は雪が見たくていらっしゃるのだ」と即座に理解して、御簾を上げた。何、詩句自体は藤原公任様撰《せん》の『和漢朗詠集』にも入っているように、殿方がしょっちゅう口ずさまれているものだ。清少納言も他の女房に「そんな文句なら知っている」「歌にまで歌っている」と言わせている。彼女も、これしきの知識で鼻を高くしている訳ではないのだ。清少納言がこの段で主張しているのは、女房仕えの心得だ。「定子様は何をしてほしいと思っていらっしゃるのか」を常に心に置いていたこと、あくまでそれが自分の手柄だというのだ。他の女房たちは定子様の言葉を聞いて、和漢詩歌の謎かけと受け取り、大急ぎで自らの知識を繙《ひもと》いたようだ。だが一人清少納言は、この一節での白居易の「暖かい部屋にいて、でも美しい雪を見たい」という気持ちこそが、定子様の今なさりたいことであると悟った。見上げたものだ。清少納言はいつも定子様のご意向を一番に考えていたのだ。

とはいえやはりこの段を読む人は、定子様も清少納言も、また他の女房たちも白居易の詩を当たり前にそらんじていたのだと、改めてその知性に感心するに違いない。風流を好む定子様、思いやりのある定子様、微笑む定子様。定子様の心を汲《く》む清少納言、そして知的であることが当たり前の女房たち。心地よい緊張感が流れる、実に魅力的な後宮だ。こうした後宮がかつてあったことを、誰もが生き生きと思い出し懐かしむ。これが『枕草子』の力だ。何とあっぱれな作品ではないか。だが、だからこそ『枕草子』は、中宮彰子様と私たちの前に立ちはだかる壁でもあるのだ。

私は世の人に言いたい。『枕草子』に引きずられないでほしいと。清少納言が必ずしも正しくはないことを、私は世間の人々にきちんと分かってほしい。

清少納言こそ、したり顔にいみじう侍りける人。さばかりさかしだち、真名《まな》書き散らして侍るほども、よく見れば、まだいと足らぬこと多かり。

〔清少納言ときたら、得意顔でとんでもない人だったようでございますね。あそこまで利巧ぶって漢字を書き散らしていますけれど、その学識の程度も、よく見ればまだまだ足りない点だらけです。〕

（『紫式部日記』消息体）

例えば先の「香炉峰の雪」の段にも、私に言わせれば間違いがある。よくそれは、白居易の原詩には「簾を撥げて」と記されており、「撥」は手でぽんと弾《はじ》くことを意味するのに、清少納言は御簾を高々と上げている点にあると言われるが、そうしたことは大きな問題ではない。そもそも定子様は清少納言に「白居易のしたとおりにして見せよ」と命じた訳ではない。清少納言は、ただ定子様に雪を見せればそれでよかったのだ。だが、私が間違いというのは、まさにその雪云々の点にある。この詩を「雪が見たい」程度のやりとりに使ってはならない。それでは白居易の気持ちが全く分かっていないと、私は思う。

この詩は白居易が江州に左遷された時の詩だ。彼は長安で「新楽府」のような政策的な詩を作り、煙たがられていた。そのため、足をすくわれる。ある事件をめぐって天子に文書を送ったことが越権行為と見做《みな》されて、降格の上、田舎に追いやられてしまうのだ。国と民のためを思ってしたことが処罰の対象となり、白居易は深く悩んだ。悩んだ末、一つの答えにたどり着く。孟子の教えによる理《ことわり》、「窮すれば則《すなわ》ち独り其《そ》の身を善くし、達すれば則ち兼ねて天下を済《すく》う（『白氏文集』巻二十八1486「元九に与ふる書」）」。不遇の時は粛々と、独りで自分を磨けばよい。高い地位を得た時にこそ、天下をなべて救済せよ、という意味だ。白居易はこれを「独善」と「兼済」と呼ぶ。「身」が心のままにならぬ時は「独善」、つまり一人で修養するしかない。あの詩で彼が香炉峰の麓《ふもと》に草堂を作ったと言っているのも、そこでぬくぬくと暖まり床から出ないなどと言っているのも、彼流の「独善」だ。無理してでも閑居を楽しもう、そうして自己を回復しようと。それは結局、都で働きたくてたまらない本心の裏返しなのだ。

あの詩のこうした深い意味に、清少納言は全く触れていない。詩の字面しか理解していないということではないか。それでは、苟《いやしく》も一国の后に仕える文才の女房として、知識不足としか言えまい。先ずはそのことを、私は「まだいと足らぬこと」と言いたいのだ。故定子様にとって、漢詩文は風流な装飾品だった。本来の儒学の精神など抜きにして、知的なおしゃれとして身にまとうだけのものだった。もちろんそんなやり方は男性も含めて当時の流行だったし、伊周様もしばしば同様のことをなさったと聞く。それを言えば道長殿も、今に至るまで似たり寄ったりの漢学観しか持っていらっしゃらない。だが、帝はどうか。帝は違う。当時からずっと、国のための漢学、民のための政治を考え続けていらっしゃる。そして中宮彰子様は、そんな帝に心を寄せて「新楽府」を学んでいらっしゃる。彰子様がどれだけ国の母としてふさわしいか、明らかではないか。

『枕草子』の清少納言は、知識不足だったばかりではない。個性的な風流を強調するがあまりに、定子様がどんなすさまじい状況にあった段でも「をかし」「めでたし」を連発している。だがそれには首をかしげずにいられない。

艶になりぬる人は、いとすごうすずろなる折も、もののあはれにすすみ、をかしきことも見過ぐさぬほどに、おのづから、さるまじくあだなるさまにもなるに侍るべし。そのあだになりぬる人の果て、いかでかはよく侍らむ。

〔清少納言は風流を気取り切り、それで個性を出そうとしますので、寒々として風流にほど遠いような折にまでも「ああ」と感動し「素敵」と感じることを見逃しません。そうこうするうち、自《おの》ずと世間一般の感覚とはかけ離れて、的外れで実の無いものばかりになってしまうことでございましょう。そのように嘘だらけの人の成れの果てが、どうして良いものでございましょうか。〕

（『紫式部日記』消息体）

例えば『枕草子』には、長保元（九九九）年の八月に、故定子様が敦康様ご出産に向けて内裏を退出し、平生昌《なりまさ》宅に移った際のことを記す段がある。この日、道長殿は定子様に圧力をかけるために、この家移りを妨害なさった。よく知られたことだ。公卿方を一泊の宇治《うじ》遊興に誘われ、定子様の転居に随行させないように画策されたのだ。公卿の随行無しでは転居はできない。帝は八方手を尽くされ、ようやっと事を運ばれたと聞く（『小右記』『権記』同年八月九日）。だが『枕草子』は、そうした段にさえも、定子様は何度も笑っておられたとか「めでたし」の様子であったなどと記している。そんなことは、まさかあるまい。定子様はおつらかったと考えるのが常識だ。それを「めでたし」とは、空虚な嘘としか思えない。あるいは、定子様をことさらに美化するための欺瞞《ぎまん》だ。

書くほどに筆は奔《はし》った。清少納言への批評は、最後には彼女の行く末を憂える呪いのごときものにまで至ってしまった。

## 伝えたい相手

何とまあ、私はこれを誰に読ませようとしているのだろうか。同僚女房を批判した箇所は、当の同僚たちには到底見せられない。中宮様に対してもずいぶんあからさまな物言いをしているから、ご覧に入れることはできない。清少納言をこきおろした部分にしても、書いて胸のすく思いはしたものの、これを実際に世に広めるや、言いすぎだと白い目を向けられるのは私のほうだろう。いつもは同僚たちの中にあって「おいらか」に努めている私なのに、こうした歯に衣着《きぬ》せぬ文章は、その正反対以外の何物でもない。今までかかってようやっと同僚たちの間で確保した居場所が失われる。それどころか、中宮様の信頼も失って、私は宮仕えを解かれてしまうやもしれない。だがこれは、すべて私の本音だ。そして何のためでもない、ただ主家の安泰と発展のために、真髄まで女房として書いたものだ。

書きながら、私は気づきつつあった。これを読んでも決して私を非難せず、秘密を外に漏らすこともなく、ただ私の意のとおり彰子様の後宮のために役立ててくれる存在が、一人だけいる。私の娘だ。この寛弘七（一〇一〇）年には、まだようやく裳着《もぎ》を迎えるか迎えないかの少女だった。だが娘の将来はもうほぼ見えていた。私と同じ女房になるのだ。

中宮様に仕え始めて四、五年、この時すでに私は、努力と『源氏の物語』によって女房中でもそれなりの位置を占めていた。その私の顔で、娘には宮仕えが認められる。私が娘の道を拓《ひら》いたと言えるだろう。いや、本当ならば女房になどさせないですぐに殿方に縁づかせたいのだが、私は勤めのために傍にいつもいてやれないから、それも難しい。父親もいないし、大した殿方が結婚を申し込んでくれるわけでもあるまい。娘時代の私がそうしたように、家族との小さな世界を漫然と生きながら、ただ誰かが自分を見つけてくれるのを待ち、それで結局は平凡な男の妻になるだけ、いや悪くすればそれにもなれないとかいうことでは、あの子のためにどうなのだろうか。第一、明日の命をも知れぬ無常の世の中だ、私がいつまでもあの子を守ってやれるかどうかさえ危うい。私が地位を築いた中宮様の後宮で、共に仕えるのが一番だ。そしてその日は、すぐそこまで来ている。

ならば、娘にすべて伝えてやりたい。中宮様付き女房一人一人の性格、女房としての長所と短所。誰がどのように手本になるか、誰は警戒すべきか。中宮様、また道長殿が帝の後継争いで正念場にさしかかっていることも、私たち女房が今何をなすべきなのかも。そのために清少納言と『枕草子』がどれだけ困った存在であるかも。

それだけではない。娘のために書き伝えたいことは、ほかにもたくさんある。私はどのように苦労したか、どうして切り抜けてきたか。そうだ、つらかったことも伝えたい。もともと女房など性に合わなかった私なのだ。中宮様のお産の前後にも、中宮様と内裏に戻った際にも、華やかな場に身を置きたくないと泣いたことがしばしばだった。だがあの盗賊事件があって、女房になった自分を知ったのだ。娘にはそんな私の足跡を分かってほしい。

私は中宮様のお産記録のほうも、大きく書き直すことにした。中宮様と道長殿に献上したものの手控えに手を加え、私がその時感じた思い、苦悩や憂いを所々書き込む。日々の記録は盗賊事件辺りで切ってよいだろう。その後に、今しがた書いていたものを付けよう。お産記録を「女房業務実践例」とすれば、こちらはつまり、中宮様付き女房としての「女房心得」とでも言うべきか。娘にしか見せないのだもの、体裁など二の次だ。『源氏の物語』のように文章に凝る必要もない。ともあれ早く書かなくては。

私は手紙のような文章で、娘に直接語りかけるように書いた。私の肉声を響かせるように、女房として生きる私の、心の一部始終を吐露した。ああ、ならば道長殿との間にあったことも、やはり娘には言っておきたい。

# 十一「御堂関白道長妾」――戸を叩く人

## 好きもの

あれは確か、寛弘《かんこう》五（一〇〇八）年のことだったと記憶している。最初は中宮様の御前でのやりとりだった。折しも道長殿のお屋敷に帰っておられた中宮様の前には、ご懐妊中ということで甘い香りの梅の実が出されていた。そして『源氏の物語』も、そこにあった。

源氏の物語、御前にあるを、殿の御覧じて、例のすずろごとども出できたるついでに、梅の下に敷かれたる紙に書かせ給へる、
すきものと　名にし立てれば　見る人の　折らで過ぐるは　あらじとぞ思ふ
給はせたれば、

「人にまだ　折られぬものを　誰かこの　すきものぞとは　口ならしけむ
めざましう」

と聞こゆ。

〔『源氏の物語』が中宮様の御前に置かれていた。殿はそれを御覧になり、いつもの軽口が出てきたついでに、梅の実の敷き紙を手にとってこのような歌をお書きになった。

「梅の実は酸っぱくて美味なこと（酸《す》きもの）で知られるから、手折《た》らずに見逃すものはいない。さて『源氏の物語』の作者のお前は『好きもの』と評判だ。口説かずに見過ごす男はおるまいと思うが、どうかな？」

これを私に下さるので、

「まあ、私には殿方の経験などまだございませんのに。どなたが『好きもの』などと噂しているのでしょうか？

心外ですこと。」

私はそう申し上げた。〕

（『紫式部日記』年次不明記事）


『源氏の物語』には光源氏の数々の恋の逸話が盛り込まれている。帝《みかど》の愛妃藤壺との禁断の恋、年上の愛人御息所《みやすどころ》との濃厚な関係、中年に至りかつての恋人夕顔の娘を養女にして擦り寄る恋。中には人妻空蟬《うつせみ》との一夜の逢瀬《おうせ》や、兄東宮の許婚《いいなずけ》と弘徽殿《こきでん》の細殿で交わした契りなど、艶《つや》っぽくきわどい興味をそそるようなものもある。これだけ幾つもの恋を思いつく私は、よほど自分自身でも恋を知っているものと、特に殿方からは思われているのだろう。そんな方々は、私がもとより色事好きだからこうした物語を思いつくのだと想像するらしい。殿の歌は、まさにそこを突いてこられたのだった。お前は「好きもの」で有名だぞ。どの男からも色目を使われ、経験も豊富なのだろう、と。

こうしたからかいには、奥に必ずや「私とお手合わせしてみないか？」との挑みかけがある。女としては、それを含んだ上で答えなくてはならない。大方は、冗談としていなすか、相手の浮ついた点を突いて切り返すか。私は冗談としていなすほうをとった。特にこの場は中宮様の前、たとえ和歌の上のことでも、私までが色めいてしまってはならない。「人にまだ折られぬものを」、まだ男の方に手折《た》られたことのない乙女ですのにと、私はしゃあしゃあと詠み返した。もちろん殿も中宮様も、私が宣孝《のぶたか》の妻だったことも娘がいることもご存じだから、苦笑なさる。そして「私を『好きもの』だなんてひどい言いよう。どなたがそんな噂を？」という部分では、言外に「さては殿ですわね、へんな噂をたてないで下さいな」という意を込めて、しなを作りながら詰《なじ》る。
歌の世界には定石というものがあって、夫婦でない男女の場合、男は熱く迫り、女は冷たく返す。二人の関係が真実どうであるかは別にして、演技でやりとりをする部分がある。殿が私を「好きもの」呼ばわりする歌に、私は「心外ですわ」とまで付け加えて怒った風を装ったが、もちろん心から怒ってなどいない。怒るなどばかばかしいことだ。だが、「好きもの」呼ばわりは別として、『源氏の物語』が面白おかしい色恋の物語としか読まれていないことには、少しだけ落胆する。所詮《しょせん》殿方からはそうした目で見られてしまうのか。

道長殿は冗談好きで、女房相手にしょっちゅうこうした戯れをなさる。例えば、和泉式部へのいたずらだ。歌人として名高い彼女だが、色恋沙汰《ざた》ではけしからぬ所があって、橘 道貞《たちばなのみちさだ》という夫のある身でありながら為尊《ためたか》親王とただならぬ関係になり、さらにその弟の敦道《あつみち》親王とも恋に落ちたことで知られる。いわゆる「恋多き女」というのが、彼女についてまわる名だった。そんな彼女が中宮様のもとに仕えるようになったある日、殿は彼女の扇に「浮かれ女《め》の扇」といたずら書きをされたのだ。私を「好きもの」と呼んだのと同じだ。この扇の主和泉式部、お前は遊女も同然と評判だぞ、誰でも相手にするのだろう、という色めいた冗談だ。もちろん奥には「私とどうだ？」との誘いかけがある。和泉式部は、殿のいたずら書きの隣にさらりと書きつけた。

越えもせむ　越さずもあらむ　逢坂の　関守ならぬ　人なとがめそ

〔私は殿方と一線を越えもするでしょう、越さないこともあるでしょう。私は私の好きにいたしますわ。私の逢瀬の管理人でもない方が、咎《とが》めだてしないで下さいな。それとも殿は、私の管理人になって下さるとおっしゃるのかしら？〕

（『和泉式部集』225）

見事な切り返しだ。和泉式部以外の人にはとても詠めまい。「浮かれ女」という不《ぶ》躾《しつけ》な名を堂々と受け止めて、「遊女かどうかは知らぬが、誰と寝ようが私の自由だ」と胸を張る。さらに「逢坂の関守ならぬ人」、その秘め事に関わるわけでもない人が口を出すなと、相手が殿と分かりながらぴしゃりと言ってのける。とはいえ強い口調には裏返しの意味が秘められていて、「関守ならば咎めても当然」ということ。つまり殿に向かって「私の男になるつもりがおありだから、口出しなさるのかしら」と、ほくそ笑むような誘いかけでもある。

和泉式部は天才だと、私は思う。

和泉式部といふ人こそ、おもしろう書きかはしける。されど、和泉はけしからぬかたこそあれ、うちとけて文《ふみ》走り書きたるに、そのかたの才《ざえ》ある人、はかない言葉のにほひも見え侍るめり。歌は、いとをかしきこと。ものおぼえ、歌のことわり、まことの歌よみざまにこそ侍らざめれ、口にまかせたる言どもに、必ずをかしき一ふしの目にとまる詠み添へ侍り。それだに、人の詠みたらむ歌難じことわりゐたらむは、「いでやさまで心は得じ。口にいと歌の詠まるるなめり」とぞ見えたるすぢに侍るかし。「恥づかしげの歌よみや」とはおぼえ侍らず。

〈和泉式部という人こそ、おしゃれな恋文の名手だったこと。ちょっと感心できないところもあるけれど、くつろいだ手紙の走り書きに即興の才がある人で、何気ない言葉が香り立つようでございますね。歌は、本当にお見事。和歌の知識や理論、本格派歌人の風格こそ見て取れないものの、何の気なしに口にする言葉の中に、必ずはっとさせる一言が添えられています。とはいえね、彼女が人の歌を批判したり批評したりしているのを見ますと、「はてさて、さほど和歌を頭で分かっているのではないらしい。天才型で、考えずとも口をついて歌が出るほうね」とお見受けしますね。ですから「頭の下がるような歌人だわ」とは私は存じません。〉

（『紫式部日記』消息体）

和歌は人を表す。詠み手の力量や置かれた状況のみならず、人柄や生き方までもが映し出される。『源氏の物語』中の七百九十五首に上る歌々を、私はその考えのもとに詠んだ。和泉式部の歌は、彼女の放埒《ほうらつ》としか言えない恋の経験をおのずと含んでいるように思う。それは一人の天才歌人和泉式部の和歌としては十二分に鑑賞に堪えるし、感心する。だが、中宮様付きの女房の作としては、やはり格式という点で劣る。妖艶《ようえん》さばかりを振りまいてもらっては困るのだ。やはり中宮様のお人柄に見合った、品格を保ち抑制の効いた歌こそが、この後宮の看板であるべきだ。娘に与える中宮様付き女房心得の書で、私が彼女を最大限に評価しなかったのは、そうした理由による。しかしその上で、否、だからこそ、殿の落書きに真正面から応《こた》えた和泉式部の歌には舌を巻く。殿の前で、和泉式部は歌を書いた扇をさりげなく開いて見せたりしたのだろうか。殿は和泉の歌を見てどんな顔をなさったのだろうか。

戯れと言えば、殿は例の清少納言に意味ありげな和歌を送ったこともあったようだ。

思ひきや　山のあなたに　君をおきて　一人都の　月を見んとは

〔思ってもみたでしょうか。山の彼方《かなた》にあなたをおいて、私一人で都の月を見ようとは。」

（『清少納言集』7番）

清少納言が清水《きよみず》に籠《こも》っていた時、内裏《だいり》の殿の宿直所《とのいどころ》から送られてきた歌だという。歌には恋の匂いが漂うように読めるが、それ以上のことは、私には分からない。殿が自ら詠まれたのか、宿直所にいた周りの者と共に詠んだのか。宿直所にいた誰かが殿とは関わりなく詠んで送ったということもあるかもしれない。ただ殿はある時期、中宮定子様の事務方長官である中宮大夫の職を務めておられた。ならば清少納言と付き合いがあっても不思議ではない。その付き合いが、単なる仕事上の付き合い以上の、和泉式部の言う「逢坂の関」を越えたものであったかどうかは、私の関知できるところではない。要するに殿は、あちこちの女房とそれなりの関わりをお持ちになったということなのだ。

## 渡殿を訪うた人

殿の私への戯れかけは、「好きもの」の歌だけに終わらなかった。

渡殿に寝たる夜、戸を叩く人ありと聞けど、おそろしさに音もせで明かしたるつとめて、

夜もすがら　水鶏《くひな》よりけに　なくなくぞ　真木の戸口に　叩きわびつる

返し、

ただならじ　とばかり叩く　水鶏ゆゑ　開けてはいかに　悔しからまし

〔渡殿で寝た夜のこと、誰かが戸を叩《たた》く音がする。私はおそろしくて、声も出さず夜を明かした。すると翌朝、次のような歌が届いた。

一晩中泣いていたんだよ、私は。水鶏は戸を叩くのに似た鳴き声で鳴くだろう？　あのように、いやもっと切ない気持ちで、一晩中あなたの戸口を叩きながら嘆いていたんだよ。

私はその場で返事を書いた。

ただ事ではないというばかりの叩き方でしたけれど、本当はほんの「とばかり」、つかの間の出来心でしょう？　そんな水鶏さんですもの、私が戸を開けたらきっと、ただならぬ事をなさるおつもりだったのでしょう？　やれやれ、そうなったらどんなに後悔することになっていたやら。〕

（『紫式部日記』年次不明記事）

この時、殿との間に何かがあった訳ではない。だが後の世にこの一件が知られれば、私はさしずめ「御堂関白道長妾《しょう》」とでも称されることになるのだろうか（『尊卑分脈』紫式部注記）。

女房は主家に局《つぼね》を与えられ、主人一家と寝起きを共にする。そんな宮仕えという場が、女房にとっても主家の男性にとっても色事の起こりやすい環境であることは言うまでもない。私は局を訪《おとな》われたわけだが、主家の殿方がその気となれば、そんな回りくどいことをする必要は、実はない。自分の御帳台《みちょうだい》に呼びつければよいのだ。それがなされなかったのは、殿が『源氏の物語』に焚《た》き付けられ、光源氏を地でゆこうとしたということではないか。ならば私も、一人前の想われ人を気取って応対してよい。身をこわばらせて寝た振りを装ったのは、事実恐ろしかったせいもあるが、そうしても殿の気を損ねないという読みがあったからでもある。案の定、翌朝の歌にお怒りの色は見えなかった。殿は袖《そで》にされたことを不快がってはおられず、むしろ演出として楽しまれたのだ。男は訴えかけ女は切り返す、和歌のやりとりの定石。私は「夜もすがら」戸を叩いたと訴えかける殿の歌に切り返し、「本当は不実な浮気心でしょう」と詠んだが、不実でないことを本気で求めなどしていない。あくまでもこれは戯れだ。

でも、こうした戯れにさえ定石をきちんと踏まえてしまう私に比べ、和泉式部は役者が違うとしか言いようがない。

殿と私の間に何があったか、私はこれ以上のことは娘にさえ明かさない。いたずらにあからさまにせずとも、娘は自《おの》ずと察してくれるだろう。

実は後になって家集を編んだ時、密《ひそ》かに仕組んだことがあった。寛弘五年の秋に殿と女郎花《おみなえし》の花をめぐって交わした歌、『紫式部日記』にも入れたやりとりについて、家集では微妙に詞書《ことばがき》を変えたのだ。

『紫式部日記』は、もともと中宮様のお産記録だ。美文で飾った冒頭場面に中宮様が登場するのを皮切りに、中宮様のご家族の方々を、順繰りに賑々《にぎにぎ》しく紹介している。中宮様の次に登場するのは殿で、いかにも土御門殿《つちみかどどの》の当主、やがては孫《まご》帝の摂政として世を我が物とするに違いない大政治家の姿を、私は記した。

渡殿の戸口の局に見出だせば、ほのうちきりたる朝《あした》の露もまだ落ちぬに、殿歩かせ給ひて、御随身召して遣水《やりみづ》払はせ給ふ。橋の南なる女郎花のいみじう盛りなるを、一枝折らせ給ひて、几帳《きちやう》の上よりさし覗かせ給へる御さまの、いと恥づか

しげなるに、我が朝顔の思ひ知らるれば
「これ。遅くてはわろからむ」

とのたまはするにことつけて、硯《すずり》のもとに寄りぬ。

女郎花　盛りの色を　見るからに　露の分きける　身こそ知らるれ
「あな、疾《と》」

と微笑みて、硯召し出づ。

白露は　分きても置かじ　女郎花　心からにや　色の染《し》むらむ
〔渡り廊下の一角に割り振られた局から私が外をながめていると、うっすらと霧のかかった朝方、庭の草の露もまだ落ちない時刻だというのに、道長殿が歩いて来られる。御供の随身《ずいじん》を召し連れて、庭の遣水《やりみず》のごみを払わせていらっしゃるのだ。殿は私にお気づきになると、折しも透渡殿《すきわたどの》の南側で女郎花が咲き誇っていたのを一枝折り取り、つと几帳《きちょう》の上から差し出された。そのお姿のなんとご立派なこと。それに較べて私の寝ぼけ顔がいかに恥ずかしいことか。私は殿が、

「さあこの花。どうだ、返事が遅くては良くあるまい」

とおっしゃるのにかこつけて、奥の硯《すずり》の傍にいざり寄った。

「美しい女郎花。秋の露が花をこんなにきれいにしたのですね。これを見るにつけ

ても、露の恵みを受けられず、美しくはなれなかったわが身が恥ずかしく思われます」

「おう、素早い」

殿はそう微笑んで、硯をご所望になり、こう返された。

「白露はどこにでも降りる。その恵みに分け隔てなどありはしないさ。女郎花は、自分の美しくあろうとする心によって染まっているのだ。お前も心がけ次第では、なかなかのものだ」

（『紫式部日記』寛弘五年秋）

早朝から邸内の管理に目を配る殿。朝廷から特別に与えられた護衛である御随身を、遣水の塵《ちり》払いに当たらせている。庭の美観は、その家の繁栄の度合いを正直に映し出すからだ。私に気づくと早速花を差し出し、女房としての力を試験なさる。風流に、しかも早く返答せよと指示され、私が素早く和歌を詠むと、満足してお褒めになる。そして返歌は、私に高い志を持てと励ますものだ。どれも皆、一の人にして土御門殿の主人である殿の、堂々たる風格を示すものだ。

だが私は、誰に見せるでもない秘密の家集『紫式部集』では、詞書に御随身の姿を記さなかった。また、殿の言葉も書き換えた。

朝霧のをかしきほどに、お前の花ども色々に乱れたる中に、女郎花いと盛りに見ゆ。折しも、殿出でて御覧ず。一枝折らせ給ひて、几帳のかみより「これ、ただに返すな」とて賜はせたり

女郎花 盛りの色を 見るからに 露の分きける 身こそ知らるれ

（朝霧が風情を漂わせる頃だった。お庭の花たちが色とりどりに咲き乱れる中、女郎花がひときわ咲き誇っている。折りしも、殿がお出ましになり、それをご覧になると一枝折り取られて、几帳の上から「これ。素っ気ない返歌はするなよ」とお渡しになった。

美しい女郎花。秋の露が花をこんなにきれいにしたのですね。これを見るにつけても、露の恵みを受けられず、美しくはなれなかったわが身が恥ずかしく思われます。）

（『紫式部集』69番）

こう書くと、私たちは朝霧の中で、二人だけで逢《あ》っていたように読めないだろうか。また『紫式部日記』では花は女郎花しか記さなかったが、こちらでは他にも色々な花がある。殿はその中で、ことさらに女郎花を選んだとなっている。女郎花は字のごと

く「美女」を意味する花だ。殿はそれを私に贈られ、意味ありげな言葉で返事を促される。私の詠んだ歌は『日記』と全く同じだが、詞書をこうするだけで、含意は随分変わる。美しくない私など、殿のお相手には相応《ふさわ》しくございません、と。男は求め、女はいなすのだ。

　さらに私の家集では、歌を受けた殿の反応も違っている。

　　と書き付けたるを、いととく

　白露は　分きてもおかじ　女郎花　心からにや　色の染むらむ

　〔私が歌を書き付けると、殿はたいそう素早く詠み返された。
白露はどこにでも降りる。その恵みに分け隔てなどありはしないさ。女郎花は、自分の美しくあろうとする心によって染まっているのだ。お前も心がけ次第では、なかなかのものだ。〕

（『紫式部集』70番）

　私の謙虚さにかわされた殿が、情熱をこめてもう一押しなさる。「卑下するな、お前は十分に美しい」と。

日記と家集と、どちらが真実かは言うまい。私は紫野《むらさきの》の墓所までこの秘密を持ってゆこう。そのことが楽しくてならないとは、私も意地が悪いことよ。

## 召し人たち

私が和泉式部の行状を「けしからぬ」と言ったのは、彼女がもともとは自宅住まいの人妻という「里の女」の身でありながら夫以外の男性と関係したこと、またその相手が二人ながら宮様で、しかも兄弟という人騒がせな恋だったからだ。里の女ではなく女房ならば、幾人もの男を次々と相手にすることは、さして珍しくない。相手が高貴な殿方ならば、浮名は女房にとって決して不名誉ではなく、むしろ誇れることである。また殿方にとっても、恋や和歌は風流の面目を表し、世間に自慢できることだ。『後撰《ごせん》和歌集』などは、勅撰和歌集ながら公卿《くぎょう》方と女房との恋を隠さず記し、二人が交わした和歌を載せる。無論、実名でだ。

ただ、女房とその主家の殿方との関係となると、話は違う。例えば女房を御帳台に呼んで足を揉《も》ませるうちに主人が手をつけてしまうなどということは、しょっちゅうあって特に言い立てるにも及ばないことだ。こうした女房を呼ぶ「召し人《めしうど》」という言葉もある。だがこれは、人様の前で堂々と話題にできることではない、むしろ外聞を憚《はばか》る関係だ。理由はおそらく、恋ではないから。殿方にとって召し人は、風流の相手ではなくて、手軽な性の捌《は》け口だからだ。

召し人たちは、その殿方とどんなに長く男女の関係を続けようとも、恋人や妻の一人として数えられることがない。北の方も、夫が家の女房と通じたことを知っても、新しい妻を迎えた時のように目くじらをたてることはしない。召し人との関係は、黙殺すべきものとなっているのだ。彼女らは、社会的には存在しないことになっている、主《あるじ》の女たちだ。だから世に名前が伝わることは、普通はない。

例えば私の同僚の大納言《だいなごん》の君は、殿と男女の関係であることが、世に周知されていた。それは彼女が殿のただのお手つきだからでなく、それなりにきちんとした愛情をかけられていたからだ。殿の北の方の倫子様が、「大納言の君なら、姪《めい》だから大目に見る」とお許しになったというのも、「召し人」ではないからこそ、許す許さないが問題になったのだ。その意味では、彼女は単なる召し人とは言い難い。和泉式部も、敦道親王の邸宅に迎えとられた時には女房の扱いだったから、形としては「召し人」となる。だが二人は強く愛し合っていた。親王は彼女を「妻」と呼び、世間もその愛情を知っていた。だからやはり、本当の召し人ではない。

だが、彼女たちのような日の当たる召し人は例外で、召し人とは本来が日陰の存在、名前のない、主家にとって恥にあたる女だ。女房になれば、そうした存在にさせられる可能性は、誰にでもある。女房として生きるからには、それを覚悟し、受け入れなくてはならないのだ。さらに言えば、一時的に主人の手がついても、「召し人」にもならずやがて関係の途絶えてしまう女房もいる。主家の殿方が、気まぐれに幾度か手を伸ばしただけで、後は関係したことを忘れたかのように捨て置かれる女房だ。そんな関係から生まれて来る赤ん坊も、女房の世界には、時にいる。

私は『源氏の物語』に、召し人たちを幾人も登場させた。光源氏の正妻の女房だった中納言の君。きさき候補として高慢に育てられた正妻は、年上ということも手伝い夫の光源氏には冷淡で、若い彼が求めても相手にしない夜が多い。その彼女付きの女房の中に、光源氏は自然に召し人を持った。他の物語ならば、彼女の存在は記されまい。しかし私は、中納言の君に名前と人格とを与え、光源氏との別れの場面では涙を流させた。また、夕顔の娘に恋をする鬚面《ひげづら》で無骨な大将宅の女房である、木工《もく》の君《きみ》と中将のおもと。大将は壮年だが、妻が長らく病んでおり、彼の相手を務めることができない。そんな彼が、ごく手近な家の女房を、しかも二人も召し人としているのは、手間をかけて恋をせぬ無粋《ぶすい》な男だからだ。だが彼が若い新妻を手に入れるや、彼女たちは棄てられる。その事態に、彼女たちは分際なりに不安と恨みを感じ、また口にするのだ。

そして宇治十帖の、中将の君。桐壺の帝の皇子ながら零落した八の宮は、次女の出産で妻を喪《うしな》う。口ばかりは出家したいと言いながら、彼の体は手近なところに性を求めて、亡妻の姪で女房として仕えていた彼女を寝屋の相手とする。だが中将の君が娘を産むや、八の宮は彼女を厭《いと》い、子供ともども見捨てる。中将の君は踏みにじられた哀しさと悔しさとを心に抱きながら生きるいっぽう、愛を注いで娘を育てる。この娘こそが、『源氏の物語』最後の女主人公だ。

私はなんと様々の境遇の女たちを見てきたことだろうか。下流から上流の際《きわ》にまで至る貴族の娘たち、また妻たち、そして女房たち。皆の顔が脳裏に浮かぶ。誰もが「世」を負い「身」を生きていた。そして当然のこと、誰にも心があった。私はそんな女たちの心を、せめて私の『源氏の物語』の中では言葉と声にして響かせたい、そう思ったのだ。

# 十二　汚点――しるき日かげをあはれとぞ見し

## 書き足りないこと

「中宮様に仕える女房は、今どうあるべきか」。それを書いた「女房心得」の末尾に、私は後書きめいた部分を作り、この書を書いた私の思いを記した。

御文にえ書き続け侍らぬことを、よきもあしきも、世にあること身の上の憂へにても、残らず聞こえさせおかまほしう侍るぞかし。

〔お手紙には縷々《るる》書けないことですが、良いことも悪いことも、世の中にある出来事、私自身のつらさも、残らず申し上げておきたかったのですよ。〕（『紫式部日記』消息体）

女房となって良かったこと、悪かったこと。女房社会の出来事、ずっと胸に溜《た》めていた憂鬱《ゆううつ》。私はすべてを伝えたいと思って書いた。だが実は、まだ書き足りないことがあった。それは、女房として何とか合格点がつくに至った私の働きぶりだ。

『紫式部日記』の最初の部分は、中宮様の敦成《あつひら》様出産を中心にした記録だから、中宮様が最初のお産をなさった寛弘《かんこう》五（一〇〇八）年のことになる。あの頃私はまだ勤め慣れていなくて、女房としての失敗も多かった。そのことはありのままに記したのだが、それだけではやはり片手落ちだろう。私とていつまでも不慣れだった訳ではない。「心得」を書いた寛弘七年には、すっかり周りのことも見えるようになっていたし、その中で自分の立ち位置を考えて、一つ一つの仕事をこなせるようになっていた。周りの女房の空気に流されることなく、自分の意志で判断できるようにもなっていた。それを書いて一つの形ある手本として示さなくては、この「心得」は説得力のない、ただのお題目になってしまう。「母は口ばかり達者で『女房はこうあるべき』などと言うが、自分は何をしていたのか」などと、娘から思われるのも悔しいではないか。

そこで私は、最後にほんの少しだけ、寛弘七年正月の記録を付け加えることにした。つまり、ちょっとした名誉挽回《ばんかい》のたくらみだ。

# いじめの記憶

私の心にひっかかっていたのは、寛弘五年に私が加わった、あるいじめの記憶だった。あれはやはり、私の女房生活の汚点だと思う。

ことはその年、中宮様が敦成様を連れて一条院内裏《だいり》に戻られてから数日後に始まった「五節《ごせち》」での出来事だった。「内裏は五節の頃がとにかく素敵」とは、あの清少納言の『枕草子《まくらのそうし》』の一節ではなかったか。そのとおり、五節は宮中に勤める誰もがおそらく一年中でいちばん心待ちにし、楽しむ行事だ。十一月の末、内裏ではその年新しく収穫された穀物を神に奉る「新嘗祭《にいなめさい》」が行われる。そして翌日には、神への供物のお下がりを帝《みかど》と群臣が分かち合う宮廷大饗宴《きょうえん》「豊《とよ》の明かりの節会《せちえ》」が催される。宴《うたげ》は酒と歌や舞で大いに盛り上がるのだが、この場で最も華やかな出し物である「五節の舞」を舞うのが、四人の「五節の舞姫」だ。五回袖《そで》を翻して優雅に舞う様が愛され、『古今和歌集』にも詠まれている。

天つ風　雲の通ひ路　吹き閉ぢよ　少女の姿　しばしとどめむ

〔天の風よ、吹いて雲の中の通り道を閉ざしておくれ。この天つ乙女たちが、舞い終わっても天に帰らず、しばしこの地上に姿をとどめてくれるように。〕

（『古今和歌集』雑上872番　良岑宗貞《よしみねのむねさだ》（僧正遍照））

この舞に予行演習等々を合わせて、舞姫たちが内裏で行う一連の行事を、「五節」と呼ぶ。五節の舞姫を務めたことがきっかけで少女が殿方に見初められたり、内侍《ないし》に抜擢《ばってき》されたりすることもある。私も『源氏の物語』の中にそんな場面を入れた。光源氏の乳兄弟惟光《これみつ》の娘が舞姫となって、光源氏の息子に見初められる。いっぽう内裏女房になることも決まって、やがて典侍《ないしのすけ》に出世するという、ほのぼのとした挿話だ。

舞姫たちは、本番に向けて三日前から内裏に入り、帝の前で二度の稽古《けいこ》を行う。公開の稽古なので、大人数の官人たちが見守る中だ。稽古には「かしづき」と呼ばれる女房も多数付き添い、きらびやかな装束で行事を彩る。さらに「童女」「下仕え」という幼い女の子たちも登場して、可愛らしい風情で帝に謁見し、行事に愛嬌《あいきょう》を添える。こうして、舞姫や童女たちが内裏にやって来てから最終日の本番までの四日間、内裏は華やぎと熱気に包まれるのだ。

五節には、例年、公卿《くぎょう》二人と受領《ずりょう》二人とが係に任ぜられて、それぞれの舞姫、かしづき、童女、下仕えの人選から衣装の調達、舞の稽古まで一切をとりしきる。彼女たちが内裏に滞在する間の控室である「五節の局《つぼね》」の飾りつけも、ぬかってはならない。少女たちだけではなく、裏方である世話係だの舞や作法の教育係だのも当然必要で、引退して家にいる熟練女房に招集がかけられることもあった。つまり「五節」は、係の貴族にとって、財力、美的洗練度、有職故実《ゆうそくこじつ》の教養、そして実務を行う力量が総合的に問われる機会なのだった。

　中宮様ご出産のその年は、例年にもまして準備期間が長く、華麗な五節が期待されていた。舞姫を奉ったのは、公卿方お二人が、宰相《さいしょう》の藤原実成《さねなり》様と、同じく宰相の藤原兼隆《かねたか》様。また受領から、丹波守《たんばのかみ》の高階業遠《たかしなのなりとお》と、尾張守《おわりのかみ》の藤原中清《なかきよ》。四者は熾烈《しれつ》に挑み合い、内裏はその話題でもちきりだった。

　四者の中で、五節の局の趣味においても「かしづき」たちの美しさにおいても、一歩抜きん出ていたのは宰相実成様だった。実成様は内大臣の藤原公季《きんすえ》様の御子息で、時に三十四歳。姉の義子様は帝の妃《きさき》の一人で「弘徽殿《こきでん》の女御《にょうご》」と呼ばれている。そうなると私たち中宮様勢力とは敵対する派閥であるかのようだが、実際には義子様は長徳二（九九六）年の入内《じゅだい》当初から、いるのかいないのか分からないほど存在感が薄い。だからというべきだろう、実成様は仕事上では姉君には付かず、逆に中宮様の事務方次官である中宮亮《すけ》をお務めになっており、私たちの中宮様勢力に属している。この時も中宮様は舞姫の装束を一領、実成様に贈って応援された。

するともういっぽうの五節担当公卿である兼隆様が、中宮様に「舞姫たちの飾る『日蔭蔓《ひかげのかずら》』を頂けませんか」と御所望になった。日蔭蔓は青糸や白糸で作る美しい組《くみ》紐《ひも》飾りで、舞姫たちが冠の左右に垂らす。賀茂祭りといえば葵《あおい》の葉を飾るのが決まりであるように、五節にはこれが付き物になっている。中宮様は日蔭蔓に薫物《たきもの》なども添えて取らせ、互いに励むようにとの御心を示された。

この藤原兼隆様は、殿のお兄様で長徳元（九九五）年に亡くなった道兼《みちかね》様の御次男だ。道兼様は実に気の毒な方で、長兄の道隆様の薨去《こうきよ》を受けて、一旦は念願の関白に内定されたにもかかわらず、そのお礼言上《ごんじよう》の席で疫病に倒れられた。それからたった七日で亡くなったという不運が、「七日関白」のあだ名と共に語り草になっている（『公卿補任』長徳元年）。父君を亡くされた時元服したばかりの十一歳だった兼隆様は、以後はもっぱら叔父である道長殿を頼ってやってこられた。だから普段から殿の家族同然の顔をして出入りなさっていて、この時二十四歳という若さでもあり、私たち中宮様付き女房とも親しかった。考えてみれば、この兼隆様の何気ない言葉から、あのいじめは始まったのだ。私は今では、あれはこの方が五節の敵方である実成様への嫌がらせとして思いつき、私たちに実行させたことではないかと疑っている。もしもそうなら、私たちはまんまと兼隆様に乗せられたことになる。父君の道兼様も奸計《かんけい》に長《た》けた方だったと聞いているが、血は争えない。

実成様の五節の局は、私たちがいる中宮様の御座所の、すぐ目の前に設営されていた。御簾《みす》の端からこぼれ出た装束にまで細心の注意が行き届き、父の内大臣様、姉の女御義子様も応援されての意気込みが見て取られた。そんな時、たまたま御座所に来られた兼隆様が、こう口にされたのだ。

「かの女御の御かたに左京馬といふ人なむ、いと馴れてまじりたる」

と、宰相の中将むかし見知りて語り給ふを、

「一夜かのかひつくろひにてゐたりし、東《ひむがし》なりしなむ左京」

と、源少将も見知りたりしを、物のよすがありて伝へ聞きたる人々、

「をかしうもありけるかな」

と言ひつつ、

いざ、知らず顔にはあらじ、昔心にくだちて見馴らしけむ内裏《うち》わたりを、かかるさまにてやは出で立つべき。忍ぶと思ふらむを、あらはさむの心にて。

〔「むかし女御義子様の所にいた左京馬って女房が、実成様の五節局にいたよ。さすがに慣れた顔をして現役女房たちに立ち交じっていた」

と宰相の中将兼隆様が言われる。その女房の、義子様付きだった時代を知っていて口にされたのだ。

「この前の夜、五節の髪結いたちも座っていただろう、その中で東側にいたのが左京さ」

とは、源少将雅通《まさみち》様も顔見知りだったのだ。これを小耳にはさんだ女房たちは、

「面白いじゃないの」

と口々に言っては、さあ知らん顔はできないわよね、昔は気取っていたくせに、勤め慣れた内裏に髪結いふぜいのみすぼらしい姿で出てくるなんて、あっていいことかしら、隠れおおせているつもりらしいけれど、こちらからご挨拶《あいさつ》してやりましょう、ということになった。〕

（『紫式部日記』寛弘五年十一月下旬）

左京の君は、かつてよほど中宮様付き女房たちの反感を買った人なのだろうか。兼隆様や雅通様といった公達《きんだち》に知られていることから察すれば、何か特別色めかしき名でも流したのだろうか。それとも、地味な女御である義子様付きの女房にしては、小《こ》洒落《じゃれ》て生意気だったというくらいなのだろうか。当時を知らぬ私には皆目分からない。

だが彼女が実成様方の五節控室に、理髪係として臨時の手伝いに来ていることを兼隆様から聞くや、中宮様付きの先輩女房たちは色めきだち、瞬く間にいじめの相談がまとまった。髪結いなどとはみっともない、昔日の高級女房とは打って変わって落ちぶれた姿ではないか、こそこそ隠れていても御見通し、はっきり見たと、こちらから言ってやろうというのだ。

私は文芸の才を買われたのだろう、たくらみの中心に立たされてしまった。こちらの女房の代表として、左京の君への嫌がらせ効果の最も高い贈り物を選ぶ。また、できるだけ意地悪な挨拶歌を詠む。私の才覚が、こんなところで試される形になった。左京の君には何の恨みもない。が、先輩女房に命ぜられて断ることなど、あの時はとても考えられなかった。いや白状すれば、私自身、多少はおもしろがる気持ちもあったかもしれない。いじめをというより、知識と文才を動員することをだ。

御前にたくさんあった扇を彼女に贈ることになり、私は中国の伝説上の霊山、蓬萊山《ほうらいさん》の絵が描かれているものを選んだ。その所以《ゆえん》は、得意の白居易《はくきょい》の「新楽府《がふ》」の中の一首、「海漫漫《かいまんまん》」だ。神仙を信じた為政者の愚行を批判したこの詩には、蓬萊山のことが記されている。為政者の命を受けて蓬萊山探索に出た船が空しく海を彷徨《さまよ》うままに何十年もの歳月が流れて、乗り込んだ時には童だった者たちが船中で老いるに至ったというくだりだ。左京の君は、昔は人の目を引く美人だったらしいが、今はもういい歳なのだろう。この詩を踏まえた扇で、「あなたはいつまでもお若いと思っておりましたのに、あの詩と同じで、やはりお年を召されましたこと」という意味を匂わせるのが私の狙いだ。まあ、左京の君ごときに白居易の「海漫漫」に気づくような高級な教養などあるまいが。私は自分の博学に酔っていた。普段はひた隠しにしている漢学素養をこんなところで活《い》かせるのも、いい気分だ。もちろん皆に物知り顔に説明する訳ではないから、知識のひけらかしにはあたらない。いつも守っているおっとりしたやり方で、この場の空気に逆波を立てることなく先輩女房の指示を果たす自分に、満足こそすれ、疑問など感じなかった。

　贈り物の箱の真ん中にこの蓬萊柄の扇を据えて、他にもいろいろの物を詰め合わせる。一見華やかな五節の贈り物を装って、しかしよく見れば悪意が伝わるという具合だ。

　　筥《はこ》の蓋《ふた》に広げて、日蔭《ひかげ》をまろめて、反《そ》らいたる櫛《くし》ども、白き物忌してつまづまを結ひそへたり。

　「すこしさだすぎ給ひにたるわたりにて、櫛の反りざまなむ、なほなほしき」

と、君達《きんだち》のたまへば、今様のさま悪しきまでつまも合はせたる反らしざまして、黒方を押しまろがして、ふつつかに尻先切りて、白き紙一重ねに立文にしたり。大輔のおもとして書きつけさす。

おほかりし　豊の宮人　さしわきて　しるき日かげを　あはれとぞ見し

（扇を硯箱《すずり》の蓋《ふた》に広げて置いて、日蔭蔓をその上に丸めて、童女用の櫛《くし》を反りかえらせ両端を白い物忌紐で結わえて添えた。この物忌紐もまた、五節の童女が髪に垂らす飾りだ。

「少し女盛りを過ぎたお方だし、櫛の反り方がまだ足りんのじゃないか？」

意地悪にも、公達がそうおっしゃる。それで今流行の、両端がくっつくほど、恰好《かっこう》悪いまでに反り返った形にした。また、いかにも格式ばった書状でございますという感じを漂わせるため、和歌は「立て文」にすることにした。お香の「黒方《くろぼう》」を円柱状に丸めて適当に両端を切り、白い紙二枚に包む。かぐわしい香りに期待して立て文を開けば、意地悪な手紙が現れるという寸法だ。）そこには同僚女房の大輔さんに、こう書かせる。

あまたいた五節係の宮人をさしおいて目立つあなたの日蔭蔓姿を、感服して見たことですわ。隠れているおつもりでしょうが、あなたは目立っているのよ。私たち、今は「日陰」の身のあなたを「哀れ」と思って拝見しましたことよ。」

（『紫式部日記』寛弘五年十一月下旬）

櫛を反り返らせるのは、普通は若い人の型だ。それを「年増《としま》女に贈るのだから、もっと若づくりして反り返らせろ」とけしかけたのは、やはり兼隆様ではなかったか。こんなに皮肉な贈り物を受け取った、左京の君の思いはいかばかりか。考えてみれば、こうしたいじめに端を発して実成様の五節係と私たち中宮様方女房との間にひと悶着《もんちゃく》起きでもすれば、実成様は中宮様の手前、苦境に立たされることになろう。左京の君のもとの雇い主である義子様、またお二人の父君である内大臣様の面目も、つぶすことになるかもしれない。実成様はどこにも顔向けできなくなる。兼隆様の狙いは、おそらくそこにあったのだ。だが女房たちは愚かにも、それに気がついていなかった。

　私はと言えば、意地の悪い歌を詠むことで頭がいっぱいだった。あなたが悪目立ちしているせいで、こちらもあなたに気がついた。それにしても惨めなお姿だこと。そんな意味を、五節の飾り物「日蔭」の裏に「日陰者」を重ねた掛詞《かけことば》を使って表したが、さてこれでうまく詠めているだろうか。歌と贈り物は、向こうに顔を知られていない局付きの者に持たせて、実成様の五節局に届けさせた。差出人の名は適当な嘘をついてごまかしておいたが、見ればすぐに中宮様付き女房からと察しがつくだろう。私たちはしてやったりと笑った。

## 糊　塗

だが、事件には続きがあった。数日後、賀茂の臨時の祭りの日の早朝のことだ。内大臣様の随身《ずいじん》が、道長殿の随身に何か渡して立ち去った。先夜私たちが左京の君への贈り物を入れて贈った、あの硯箱の蓋だ。中には小ぶりの銀の箱が置かれていて、鏡など髪を整える用具一式が入れられている。祭りでは殿と倫子様の間の御次男である教通《のりみち》様が勅使を務められる。そのおぐしを整えるための、心遣いの品なのだ。ではこれは、内大臣様から道長殿への正式な贈り物ではないか。先夜の扇や櫛への返礼というとなのか？　それはおかしい。あれは私たちが、主家とはかかわりなく、女房の左京の君に贈ったものなのに。

察しはついた。あの贈り物と歌とは、左京の君の手から実成様、女御義子様、そして内大臣様へと送られたのだ。御三方では、臨時とはいえ自分たちが雇った女房が嘲《ちょう》笑《しょう》されたことを恥じ、道長殿にあてて仰々しい返礼をしてきたというわけだ。先夜の贈り物のことも、私たちからではなく中宮様からのものとして受け取ったのかもしれない。それならば、中宮様が左京の君を愚弄《ぐろう》したことになってしまう。それは誤解だ。ちょっとしたお遊びだと思っていたのに、行き違いで互いの主家を巻き込むことになってしまった。これは困った。

ところが、よく見ると箱には細工が施してあった。装飾めかして和歌が描いてあるのだ。私の和歌への返歌だ。それは、見事な返歌だった。歌の表現ばかりではない。私たち女房が始めた馬鹿げたいじめから火が点《つ》いて、道長殿と内大臣様という両家の対立にまで発展するかもしれないと案ぜられた危機的事態を、見事にその和歌は回避させていた。助かった。内大臣様のこの寛容な対応のお蔭《かげ》で、何事もなく済んだ。

だが私は、『紫式部日記』にはその次第を書かなかった。それどころか、内大臣様方からの返歌自体、「脱字があって内容も変」だったことにしてしまって、『日記』には歌句を記さなかった。だから『紫式部日記』では、この事件は尻切れとんぼに終わっている。内大臣様が女房の戯れを中宮様のお言葉と勘違いしたものと決めつけ「ただのお遊びに仰々しい贈り物など返して、御気《こと》の毒に」と書いて終わっている。だがそれらは皆、真実を糊塗するためのごまかしだ。

その時実際に受け取った返歌は、次のようなものだった。

日《ひ》蔭草《かげぐさ》　かかやくほどや　まがひけん　ますみの鏡　曇らぬものを

〔五節の折は日蔭草が輝いていましたから、まぶしくて見間違えなさったのでしょう。ご指摘のような者は私どものところにはおりません。さて、こちらの贈り物は鏡。はっきりと曇りなきこの鏡を、間違いなく今日の勅使、中宮様の弟君にお贈りいたします。〕

（『栄花物語』巻八）

よかった、と思った。私たちの騒ぎを「人違い」と片付けてくれている。これならば、どこにも角《かど》がたたない。左京の君の一件などなかったことにしてしまえば、内大臣様にも女御義子様にも、中宮亮である実成様にも都合がよい。よく使う手だが、うまいことを考えたものだ。私たちも、大事にならなくて助かった。私は息をついた。もとより殿や中宮様は、皆のたくらみも私の歌もご存じない。特に気に留められることもなく、ことは終わるだろう。

だが、胸をなでおろした後で、私ははっとした。内大臣様の贈り物は鏡。加えて返歌にも「ますみの鏡　曇らぬものを」とある。これは「新楽府」の一首「百錬鏡」を踏まえているのではないか？　相手方は私が選んだ扇の蓬萊絵が「新楽府」の「海漫漫」を踏まえていることを読み取り、それに応《こた》えて同じ「新楽府」の詩を踏まえた歌を詠み返したのだ。しょせん左京の君には「新楽府」など分かるまいと高をくっていた私だが、向こうは左京の君だけではなかった。誰か才気のあるものに詠ませたのだ。

「百錬鏡」の趣旨は、「天子は人を以《もっ》て鏡とすべし」。民こそが為政者の治世の良し悪しを映し出す鏡だということだ。これを用いたとはどういうことか。私は頭の中であれこれと考えた。和歌では「人違い」と片付けて、左京の君のことなど無かったことにした。だが「鏡」では彼女の存在を認め、それに何か主従関係の意味を込めて伝えようとしているのだ。例えば、中宮様を「天子」、騒ぎ立てた私たちを「民」と見なして、「中宮様の指導力は女房たちの言動に表れる」ということなのだろうか。いやそれでは、私たちが騒いだのは中宮様の管理不行き届きだということになり、痛烈な中宮様批判になってしまう。実成様も内大臣様も、立場上まさかそんな歌は詠ませまい。では、実成様を「天子」、左京の君を「民」と見なしたと考えてはどうか。左京の君に五節の髪結いを命じたのはやはり人選の失敗であった、そうあちらが素直に頭を下げているということではないか。ああ、いずれにしても見事に返された。私は増長した鼻をへし折られた。

それにしても、この歌にどう応じたものだろうか。中宮様方の女房は、漢学に疎い。私の選んだ扇の「蓬萊」の意味も、分かっていなかったはずだ。だからこの「鏡」の意味にも、誰一人気づくまい。分かるのは私一人だ。私にかかっているのだ。この「鏡」に込められた漢学素養を評価し、こちらの失点を認めるか、それとも無視するか。私は、無視した。

私の贈歌は、内大臣様のもとに置かれている。そこにはまた、この返歌も控えを取って、贈答合わせて置かれていることだろう。いずれ時が経ち、贈答が世に漏れて読む人が読めば、私たちが馬鹿げたいじめを行ったことも、この返歌に救われたことも、返歌の教養の高さも知れることだろう。そして私が、自分たち女房の失態を取り繕い、自分たち後宮の優位を装うために返歌を『紫式部日記』に書きとどめなかったことも、所詮《しょせん》は明らかになることだ。だがそれが分かっていようと、私は『紫式部日記』の世界にこの返歌を書き入れることができなかった。姑息《こそく》なやり方だが、私にはそれしかなかったのだ。

『紫式部日記』は中宮様への献上品だったし、周囲にはいじめに加担した同僚女房もたくさんいる。だから『日記』では、私は大幅に内容を書き換えるわけにもいかず、せいぜい返歌を無視するくらいの粉飾しかできなかった。しかしこの一件は、私の中に長く忸怩《じくじ》たる思い出として残った。そこで私は、後になって編んだ家集『紫式部集』では、こっそりと事情を書き換えた。晩年に編んだこの家集は、私だけのための私の家集、当面は誰にも見せるつもりが無く作った家集だ。事実にほんの少しばかり手を加えて、自分に都合の良い虚構を捏造《ねつぞう》してしまったところで、罪にもあたるまい。「家集にはこう書いておこう」ということだ。もちろん当の私はそれが嘘だということを承知しているから、家集を開き歌を目にする度に、複雑な思いに駆られることだろう。だがそれでも、嫌な事実だけを心に抱き続けるよりは、ずっとましだ。あの時の私は、中宮様付きの先輩女房らと左京の君とやらの間に何があったかも知らぬまま、文才があるからと持ち上げられて、いじめの片棒を担いでしまった。その疵《きず》を、私は私の中で塗りつぶしてしまいたいのだ。

『紫式部集』には、私はこう書いた。

　侍従の宰相の五節の局、宮の御前いと近きに、弘徽殿の左京が一夜しるきさまにてありしことなど、人々言ひ出でて、日蔭やる。差し紛らはすべき扇など添へて

おほかりし　豊の宮人　さしわきて　しるき日かげを　あはれとぞ見し

〔侍従の宰相実成様の五節の控室は、中宮様の御座所からすぐ近くにあった。そこに、かつて弘徽殿の女御に仕えていた女房の左京がいて、「彼女だとはっきりわかる有様だった」などと女房たちが言いだし、日蔭蔓を贈ることになった。顔を隠すための扇なども添えて、私は詠み送った。

あまたいた五節係の宮人をさしおいて目立つあなたの日蔭蔓姿を、感服して見たことですわ。時は経ってもさすがのお勤め振り、心よりしみじみと拝見しました。〕

（『紫式部集』90番　詞書・和歌の一部を校訂した）

詞書には、女房たちが左京の君を見かけたということだけを記して、それ以上は記さなかった。実際にはそれを受けて同僚たちが「みすぼらしい、隠れおおせたつもりでいるらしいが、こちらから見たと言ってやろう」と盛り上がったのだが、そんな悪意は削除した。また贈り物の扇のことは書くが、柄には触れなかった。実際には扇であることよりもその絵に意味があって、蓬莱の絵という意地悪な図柄をわざわざ選んで悦に入った私だったのだけれど。家集では、「顔を隠すための扇」と書くにとどめた。こうして事情さえ書き換えれば、私の歌は、歌の言葉を一切変えずとも、意味が変わる。最後の句の、左京の君を「あはれ」と見たという言葉が、元の歌のように「哀れ」と蔑《さげす》むのではなく、旧知の女房を懐かしみ、その復帰に感動して「心よりしみじみと」拝見しましたという意味になるのだ。どうだ、これで善意に満ちた挨拶歌になったではないか。家集に作り事を書いて、私はようやく息をついた。

『紫式部日記』が世に流れれば、私は思慮もなくいじめに加わった、愚かで酷薄な人間と伝えられることになるだろう。それを恥ずかしいと思うだけの分別が、今の私にはある。だが寛弘五年の十一月、あの現場での私は、やはり真実愚かで酷薄だったのだと思う。

## 寛弘七年の私

仕事の失点は仕事で取り返すしかない。私は自分の考えもなしに人の尻馬に乗って誰かを傷つけるのは止めようと、肝に銘じた。また、常に大局に立って、自分の行動が主家にとって何を意味するかを考えるように、心がけた。もちろん仲間内で角をたてないように、おっとりした態度を保ちつつ、しかし付和雷同はしないのだ。そのためにも、何が正しく何がそうではないか、自らの判断力を養うことが必要だ。

書き換え本『紫式部日記』の最後に寛弘七年正月記事を加えることで、私はそのように自律した自分の姿を記すことができた。中宮様は寛弘五年に続いて翌六年にもめでたく皇子をお産みになり、その敦良《あつなが》親王の誕生五十日《いか》の祝いが、寛弘七年正月十五日に執り行われた。この儀式では、幼い宮様のためにも御膳《ごぜん》が設けられる。お雛《ひな》様ごっこの椀《わん》そっくりの、可愛らしい食器だ。膳部から次々と運ばれてくるそれらを、御《み》簾《す》の中の女房が受け取って取り次ぐ。その日この係に当たったのは、若い伊勢大輔《いせのたいふ》と源式部《げんしきぶ》だった。この人たちは御膳を受け取る際、少しだけ巻き上げた御簾の下から、外に手を出す。いきおい、彼女たちの手、指、また装束の袖口が、高貴なお客様がたの目に晒《さら》されることになる。

その日の人の装束、いづれとなく尽くしたるを、袖口のあはひわろう重ねたる人しも、御前の物取り入るとて、そこらの上達部・殿上人に、さし出でてまぼられつることとぞ、のちに宰相の君など、口惜しがり給ふめりし。

〔当日の女房たちの装束は、どれもみな美麗を尽くしたものでした。が、そんな中でたまたま袖口の色あわせが良くない人が御膳を取り次いだというので、同僚の宰相の君さんなどは、「大勢の公卿や殿上人の方々の前にあんな袖口を差し出して、衆目を浴びてしまったなんて」と、後で口惜しがられたご様子でした。」

（『紫式部日記』寛弘七年正月十五日）

伊勢大輔と源式部を非難した宰相の君さんは上臈《じょうろう》女房で、殿の異母兄君である道綱様のお嬢様だ。もとより中宮様と縁続きという上に、中宮様の御長男敦成親王の乳母《めのと》の一人でもあり、期待される敦成様御即位の暁には、典侍への昇任や従三位への叙位という輝かしい将来も約束されている方だ。私とは前々から馬が合い、連れだって行動することもあった。だが私はこの時、そのように威光もあり親しくないわけでもない宰相の君さんに、同調しなかった。

さるは、悪《あ》しくも侍らざりき。ただあはひのさめたるなり。小大輔は紅一かさね、上に紅梅の濃き薄き、五つを重ねたり。唐衣、桜。源式部は、濃きに、また紅梅の綾ぞ着て侍るめりし。織物ならぬをわろしとにや。それあながちのこと。顕証なるにしもこそ、とりあやまちのほの見えたらむ傍目《そばめ》をも選《え》らせ給ふべけれ、衣の劣りまさりは言ふべきことならず。

［とはいえ、私の目にはそう悪くもございませんでした。ただ色のめりはりに欠けていただけです。伊勢大輔は紅の袿《うちき》一枚の上に紅梅襲《がさ》ねの袿を濃淡とりまぜて五枚、その上に桜の唐衣《からぎぬ》。源式部は、濃き色の袿を重ねた上にさらに紅梅襲ねの綾《あや》を着ていたようでしたね。唐衣の素材が織物でないのが良くないと？　それは無理なこと。織物は天皇のお許しがおりた人でないと着られないのだもの。確かに女房の失態は、それが明らかに当人の過失であると言える場合には、見逃さず即座に指摘するべきです。でも今の場合、素材のよしあしは取りざたするべきではないと、私は存じます。］

（『紫式部日記』寛弘七年正月十五日）

宰相の君さんの言い分は分からないでもない。伊勢大輔と源式部の装束の、紅や紅梅、桜といった色目は美しいが、あまり同じ色あいを重ねると効果も薄れ、逆に野暮ったくなる。ちなみに私の当日の装束は、紅梅の袿に萌黄《もえぎ》の表着、さらに柳の唐衣を着て、腰から下は刷り柄の裳《も》という、今ふうのものだった。若い人と取り換えたほうがよいかというほどの鮮やかさだが、これを選んだのは、むしろ私が歳で、どうしても内側から出る華やかさに欠けるからだ。当の二人は若いのだし、色調をそろえて地味目に抑えても映えないことはない。宰相の君さんもそこが分からないわけではあるまい。ならば二人の唐衣が格式ある織物でなかったことをとらえて、貧相だと言うのだろうか。それを責めても仕方がない、二人は上﨟ではなく、織物を着ることが許されていないのだから。

決まりは決まりだ。女房にとって華やかさは大切だが、いたずらにそれだけを求めてはならない。織物は上﨟だけに許された禁色《きんじき》だ。それを整然と守る秩序の中にこそ、この中宮様付き女房の品格が主張できるというものではないか。中宮様は今や皇子二人を抱えて、押しも押されもしない国の母の風格を備えつつある。私たち女房は、そうした中宮様をさらに支えるべく、物腰・立ち居振舞いから応対の言葉、声の出し方、装束の一枚に至るまで、正統派・本格派の女房たちの品位を身につけ、磨かなくてはならないのだ。伊勢大輔と源式部は、その線はしっかり守っていたと言える。私は、むしろ宰相の君さんよりも若い二人を評価したいと思った。もちろんそんなことは、決して口にはしないけれども。

この時の私の態度については、もっとはっきりと宰相の君さんに反駁《はんばく》し、二人をかばったほうが良かったと言う向きもいるかもしれない。だが、私の座右の銘は「おっとり」だ。際立った言動に出て角を立てることはしない。宰相の君とぎくしゃくした関係になるのも厄介だ。自分の意見については、娘に伝えられれば私はそれでいい。凛《りん》とした自分の姿を書いて、私はようやく一息ついた。これでもう、すべて伝えられた気がする。これを羅針盤にして、娘はきっとうまくやってくれる。きっと私などよりもよい女房になってくれるだろう。

# 十三　崩御と客死──なほこのたびは生かむとぞ思ふ

## 弟、惟規

寛弘《かんこう》八（一〇一一）年正月、私の弟惟規《のぶのり》に慶《よろこ》び事があった。従五位下に叙せられたのだ。朝廷に官人多しといえども、六位以下の位階しか持たぬ者はただの下級官人、いわば木端《こっぱ》役人にすぎない。五位から上の位を与えられたものだけが、「貴族」と呼ばれる。だから、六位から従五位下に昇進することは特に「叙爵」と呼ばれている。下級官人たちにとっては人生の大きな目標なのだ。今回の叙爵で、弟もついに貴族の仲間入りを果たした。栄《は》えある血脈の我が家が、弟の代で貴族の地位を手放さずに済んだと思うと、私は心から安堵《あんど》し、嬉しかった。考えてみれば、祖父の雅正《まさただ》はこの従五位下が極位《ごくい》、つまり生涯で辿《たど》り着いた最高の位階だった。惟規はその点で言えば祖父を超えた。すでにそう若くはないが、まだ先も見込めるかもしれない。

だが、いっぽうで私の心は複雑だった。惟規はそれまで六位蔵人《くろうど》の職にあったからだ。六位蔵人は、六位という低い位にもかかわらず、特別な輝きを放つ官職だ。蔵人は、帝《みかど》の傍に侍し、お食事を給仕したり身の回りのお世話をしたりすると共に、帝のお言葉を公卿《くぎょう》に伝え、また公卿の言葉を帝に伝える。六位でありながら特に許されてこの蔵人を務めるのが、六位蔵人だ。普通ならば弟など庭の地べたにひれ伏すばかりの方々の邸宅にも、帝のお使いとなれば堂々と上がり込んで、時には褒美に加え盃《さかずき》などまで頂戴《ちょうだい》する。惟規も、四年間のお勤めの間には、そんな華やかな仕事を命ぜられたことがあった。あれは寛弘五年の秋、中宮様がご出産に向けて内裏《だいり》から土御門殿《つちみかどどの》にお移りになった時だ。御退出の翌朝、帝から中宮様への後朝《きぬぎぬ》の文をお届けする使いを仰せつかったのだ。ところが惟規ときたら、お手紙を渡したまでは良かったが、土御門殿で待ち受けていた公卿方四、五人に酒を勧められ、その場で何杯も飲み干して、とうとう泥酔してしまった（『御産部類記』後一条院「不知記」同年七月十七日）。考えてみれば、あれはあれでいかにも弟らしい。だがその失敗すら、六位蔵人という職が有ってこそだ。

肩書は男を恰好《かっこう》よく見せるものだ。惟規は六位蔵人になってから、私の気に食わない女と深い仲になり、手紙など交わし合っていた。賀茂の斎院に住む大斎院選子《せんし》様のもとに仕える女房、斎院の中将だ。彼女が惟規によこした手紙を家の者がこっそり盗み出して私に見せてくれたことがあったが、実に鼻持ちならない内容だった。我こそは世の中で唯一ものの趣を理解する深い心の持ち主、誰とも比べ物にならぬ、すべて世の人は思慮の「思」も「慮」も無いとでも思っているようで、私は読みながら腹立ってならなかった。おまけに自分の主人である選子様をほめちぎり、「素敵な和歌などは、わが院選子様以外にお分かりになる方など誰がいようか。世に素敵な女房が登場するとしたら、それを見抜けるのはわが院だけ」などという調子だ。なるほど選子様はご立派ですからそれももっともでしょうけれど、そんなに自慢する斎院女房集団の割には、あそこで詠まれた和歌に特に名歌らしきものもないのは、どうしたことでございましょうね（『紫式部日記』消息体）。

惟規は彼女が住む斎院に夜な夜な通い、局《つぼね》にも潜り込んでいたようだ。ところがある夜、それを斎院の警備の者どもに見つかり、名前を聞かれても黙っていたのがまずかった。「怪しい奴」と門を閉められて、弟は外に出られなくなってしまった。中将の君は途方に暮れ選子様にお願いして、ようやく惟規は解放されたのだという。その時惟規が選子様にお礼に詠んだ歌が、世に流れて知られている。

神垣は　木《き》の丸殿《まろどの》に　あらねども　名乗りをせねば　人咎めけり

〔畏《おそ》れ多くも神のまします斎院は、遥《はる》か昔にあの中大兄皇子《なかのおおえのおうじ》が歌に詠んだ「木の丸殿」ではありませんが、名を聞かれても名乗らないとお咎《とが》めを受けるという点では、やはり同じだったのですね。〕

（『金葉和歌集』三奏本雑上540番）

「木の丸殿」は、斉明天皇が朝鮮半島出兵で筑前国朝倉郡に行幸《みゆき》の際に滞在された、仮御所のことと伝えられている。急ごしらえなので、木材を丸太のまま組んで造ったのだろう。中大兄皇子は行幸に随行していた。そして「朝倉や　木の丸殿に　我がをれば　名乗りをしつつ　行くは誰が子ぞ（朝倉の木の丸殿に私がいると、皆が次々名乗って通り過ぎてゆく。さて、どこの家の子たちかな）」と歌を詠まれたのだという（『新古今和歌集』雑歌中1689番　天智天皇御歌）。古代より、自分の名前を告げることは相手に従うことを意味した。戦地に向かう状況とあれば、なおのことである。弟はどこで仕入れたのか、この歌のことを知っていて、「あの話と一緒ですね」と、警備の指図に従わなかった自分を詫《わ》びたのだ。誰でも知っている歌ではないので、弟の博識は選子様をも驚かせたという（『今昔物語集』巻二十四第五十七話）。

本当にあの子ときたら、こういう恋だの歌だのは一人前なのだが。五位ともなればもう、見かけ倒しの通用した六位蔵人とは訳が違う。これからは、位相当の仕事を着実にこなしてゆかなくてはならないのだ。いったいどうなることやら。

そう案じていた矢先、何と惟規は唐突に職を辞し、散位になってしまった。二月一日の除目《じもく》で父の為時《ためとき》に辞令が下り、越後守《えちごのかみ》と決まった。惟規はその身を案じ、彼《か》の地に下って傍についていてやりたいというのだ。確かに父は老いている。前回の地方赴任は長徳二（九九六）年に越前守《えちぜんのかみ》になった時で、それから数えても十五年の歳月が流れている。あの時は私も父と共に下向した。だが今度は、私は中宮様のもとで仕事を持つ身、下向することはできない。しかしだからといって、ようやく叙爵したばかりの惟規が行かなくてはならないものだろうか。今こそ自らの貴族人生に本腰を入れる時、都で仕事に励むのが当然だろう。親孝行は褒めてやりたいが、度が過ぎるのではないか。

惟規のこうしたところは、たぶん父譲りなのだろうと、私は思う。父は矜持《きょうじ》が高い割には地位に恋々としないところがある。高位の方にすり寄り追従することも下手だ。中宮様が二人目の御子《みこ》をお産みになってすぐの正月だったろうか、初子《ね》の日に帝の御前で催される管弦の演奏に、奏者として召されたにもかかわらず、なぜかさっさと家に帰ってしまった。あの時には私が父の代わりに道長殿からお叱りを受けた。「など、御てての、御前の御遊びに召しつるに、候《さぶら》はで急ぎまかでにける。ひがみたり（どうしてお前の父さんは、帝御前での演奏会に呼んでやったのに、仕事もせずさっさと帰ってしまったのだ。偏屈だぞ）（『紫式部日記』寛弘七年正月二日）」。殿は父を偏屈だとおっしゃったが、私もそのとおりだと思う。そしてそんな偏屈者の血を、まさに惟規は受けているのだと思う。

父が越後へと出発したのは、除目の後しばらく経た頃だった。惟規はそれには同道せず、少し間をおいて父を追った。すぐに里心がついたらしく、逢坂《おうさか》の関から都の歌仲間によこしてきた歌が伝わっている。

父のもとに越後にまかりけるに、逢坂のほどより源為善朝臣のもとにつかはしける

逢坂の　関うち越ゆる　ほどもなく　今朝は都の　人ぞ恋しき

〔父のもとへと越後に下向した折、逢坂の関辺りから源為善《ためよし》朝臣に送った歌。

逢坂の関を越えるやいなや、もう今朝は都人が恋しく思えてならないよ。〕

（『後拾遺和歌集』別466番）

都から東へほんのわずか下ったばかりの逢坂の関辺りで、もう都が恋しいとは。ふがいないところが惟規らしい。でも弟はきっと、歌枕を通ったのが嬉しくて、それを歌仲間に自慢したくてこの歌を詠んだのだと、私は思う。贈られた源為善は高名な歌人源信明《さねあきら》の孫で、時に歌壇でもてはやされていた源道済《みちなり》にとっても従兄弟《いとこ》にあたる人だ。道済らの一派はそれまでの宮廷歌人とは少し違い、日常生活よりも歌の世界のほうを重んじて、そこにのめり込むところがあるように感じられる。惟規もそうした風流歌人の一人を粋《いき》がっていたのかもしれない。

だがそれはそれとして、今となれば私には、この為善が故源国盛の息子であることが、何かの因縁のように感じられてならない。国盛は長徳二年、除目で越前守に決定していたにもかかわらず、父が道長殿の肝いりで越前守となったために、その官をいわば奪われた形になった人だ。その後、播磨守《はりまのかみ》に任ぜられたが、病を得て亡くなった。その人の息子と惟規がたまたま和歌の世界で出会い、気が合った。それだけでなく、父の任国である越後へ行く道中に、惟規が彼を恋しがり、挨拶《あいさつ》を送った。これは何かの符合なのだろうか。それとも偶然なのだろうか。

私がそのように思うのは、惟規が、こうして越後へ赴いたまま結局二度と都に戻らなかったからである。旅の間に重い病を得、越後へ辿り着くことはできたものの、その地で客死してしまったのだ。弟から逢坂の関の歌を受け取った為善は、返事を書いて越後へ送った。だがそれが届く頃には、惟規はもう返事が書けなくなっていた。為善は惟規に代わって父から、切々とした手紙を受け取ったという（『難後拾遺』）。かつて父は、彼の父の国盛を、そのつもりは全くなかったとはいえ失意に追いやった人間だ。その挙句の国盛の死であったならば、父が国盛の死の原因を作ったと言われても否めない。その国盛の息子に、父は逆に息子を亡くして、失意の手紙を送ることになったのだ。

だがそれは、少し季節が進んだ後のことだ。それ以前に私は、もう一つの大きなできごとに巻き込まれた。帝の代替わりである。

## 帝の御不予

惟規が越後へと出発した頃、やにわに都は慌ただしい空気に包まれた。帝が御不予となり、譲位が決まったのだ。しかも何とはかないことか、病は悪化の一途をたどり、発病からたったひと月で、帝は崩御されてしまった。

私は中宮様付き女房なので、帝のご身辺のことは、中宮様のお供で御前に上がった折に拝見するか、あるいは人づてに聞くかで、断片的にしか知ることができない。だがそれでも、一条院内裏全体を覆う雰囲気や、中宮様・道長殿のお顔色から、ことがどんどん深刻になってゆく様子は窺《うかが》い知られた。しかしその深刻さと向き合う態度が、中宮様と殿とでは違っていた。中宮様はひたすらに帝の身を案じ、いっぽう殿は、はっきり言って浮かれておられた。最期を迎える苦しみの中にある帝よりも、帝亡き後の我が権勢ばかりを見ていらっしゃったのだ。私たち女房の目にもそれは明らかだった。そして中宮様ご自身も、そのことを感じていらっしゃった。

中宮様にとってこの帝の発病から崩御に至るひと月は、生まれ変わりの時期になったと、私は思っている。父上始め一家のためだけを思い、殿に命ぜられるがままに生きていた人生から脱皮して、ご自分の意志によって生きるようになられたのだ。その瞬間のことは、噂となって世に流れ、今や誰もが知っている。ことの次第は、こうだ。

帝は、中宮様のもとでお過ごしになった翌日の五月二十三日に具合を悪くされたが、ほどなくすっかり回復されたご様子だった。ところが、唐突にも二十七日には御譲位が決定してしまった。ことの急展開に、帝付きの女房たちは「御容態が悪いわけでもないのに御譲位とは」とうろたえ、声を上げて泣いたという。私の印象では、内裏女房というのはいつも取り澄まし、きわめて重々しい態度を保っているものだ。その彼女たちが泣き叫んだというのだから、おそらく女房たちの誰も、帝が位を降りるなど、露も思っていなかったのだろう。

譲位のことを知らされていなかったのは、中宮様も同じことだった。中宮様は帝の御発病後、一条院内裏でのお住まいである東北対を出て、清涼殿の上の御局に控えていらっしゃった。帝がお休みになっている夜の御殿《おとど》に近く、すぐにご様子を伺うことができるからだ。だが、そんなに近くにお控えだったのに、中宮様に御譲位の知らせがもたらされたのは、帝と殿と東宮によってすべてが決められてしまった後だった。

帝の御譲位の意を受けて殿が東宮様のもとに走られたのは、二十七日の早朝だったと聞く。東宮の御座所は、一条院内裏の東隣の一条院東院だ。道長殿は、帝の夜の御殿で御意を承り、そこを出て東に向かったことになる。中宮様の上の御局は、そこにある。御簾《みす》の中には殿の娘、そして譲位しようという帝の妻が、まんじりともせず控えている。急いでいたにせよ、訪《と》うてくれるのが普通であろうものを。そうでなくても、せめて御簾もとで声をかけてくれるほどのことはあって当たり前であろうものを、殿は立ち止まりもされなかった。後になってその事実を突きつけられて、中宮様は血の引くような思いをお感じになったのだろう。

中宮様は女房たちを前におっしゃった。「父上が、この譲位の知らせを伝えるために、帝の御前から東宮のもとに行かれた道は、私の上の御局の前を通る道ですね」。お言葉が発せられた最初には、だれもまだ中宮様の本当の気持ちを知ってはいなかった。殿に譲位のことを教えてもらえなかったのが、お寂しいのだろう。おつらいのだろう。皆がそう思っていた。だが中宮様の真意はそうしたことではなかった。中宮様は、殿の行動に底意が潜んでいることを見抜いて、それに傷つかれたのだ。「もしも父上が私への隔て心をお持ちでなかったら、教えて下さったはずでしょう。でもそうではなかった。父上は、私に秘密にしておこうと思われた。だから何も告げなかったのです（『権記』寛弘八年五月二十七日）」。中宮様は、殿が自分を邪魔者扱いし、意図的に除《の》け者にしたと見抜かれたのだ。

「隔て心」。そう中宮様はおっしゃった。それは中宮様ご自身から父君に対しては、生まれてこの方抱いたことのない心だったはずだ。十二歳という幼い歳で入内《じゅだい》させられ、翌年には中宮という厳《いか》めしい地位を与えられ、定子様が亡くなればその皇子の敦《あつ》康《やす》様を育てる役を命ぜられた。ずっと御子を産むことを期待され、それも皇子でないといけないとされた。中宮様のそうした人生、「世」を作ってきたのはすべて道長殿で、中宮様は一途《いちず》にそれに従ってきた。中宮様は、身も心も父君と一つにして来られたのだ。だがこの日、中宮様は父君の中に「隔て心」を見取った。中宮様の「身」を導いてくれるはずの父君が、自分に都合が悪いと思うやいなや、中宮様との間に壁を作って、中宮様を疎んじた。

それが中宮様の「心」を目覚めさせたのだと、私は思う。中宮様の心は初めて、道長殿の娘という「身」と一つではなくなった。父と袂《たもと》を分かつ勇気を持たれたのだ。それは人形ではない心、独立した一人の人間としての意志と言ってもよい。中宮様はこの時ようやく人として、自分の言葉を語りだされたのだ。

殿の狙いは、誰の目にも明らかだった。実の孫である敦成《あつひら》様を帝に頂いての、摂政就任だ。帝の御在位は、この年で既に二十五年の長きに渡っていた。それでもまだ帝は壮年で、また明晰《めいせき》で、臣下からも聖帝とあがめられていた。だが殿は心の中で、その長さに業《ごう》を煮やしておられた。帝が退位なさらなくては、殿はいつまでも左大臣職のままだ。悲願の摂政となるには、まず帝に位を退いて頂き、東宮を新しい帝に即《つ》けて、空いた東宮の座に敦成様を座らせる。後は新帝のまつりごとに協力せず、退位に追い込む。かつて殿の父君の藤原兼家様が用いた方法だ。殿の中にはすっかり筋書きができていた。

実はそれに向けて、殿はこの寛弘八年の春辺りから、少しずつ帝に圧力をかけつつあった。例えば二月に中宮様の弟君の頼通様が奈良の春日大社に詣《もう》でられた時のことだ。お供に宮中の侍臣をことごとく引き連れて行ったため、内裏には帝の給仕をするものもいなくなってしまった。道長殿の差し金だ。今日も明日も殿上に男たちはいないのかと、帝はおっしゃったという（『小右記』寛弘八年二月十五日）。何と寂しい言葉だろうか。帝に無力感を味わわせ、一日も早く、殿の意に従った譲位に持ち込む。殿お得意の、酷薄なやりかただった。

中宮様はこうした殿と帝の間にいて、深く考え込んでおられた。だから二十七日朝、譲位の意志を東宮に伝えよと帝がおっしゃった時に、殿にもしも不安材料があったとすれば、それはまず中宮様が譲位に反対なさることだったと、私も思う。殿としては、ようやく扉の開きかけたこの期に及んで、何の邪魔立ても、してもらっては困る。だから中宮様を排除したのだ。ただ中宮様はそれを、殿がはっきりと図ってなさったこととお考えのようだが、真実はそうではないのかもしれない。道長殿にしてみれば、軽い考えでついそうしてしまった、というくらいのところではないだろうか。だがいずれにせよ、自分だけが蚊帳の外に置かれるという不当な扱いを受けることは、中宮様の御意志とは食い違うことだった。そして、生まれ変わった中宮様とは、そうした意に沿わぬ方法に対しては、たとえ相手が殿であろうがはっきり「否」と言う中宮様だった。「たとえ譲位の決定を伺ったところで、私に何が言えましょう。ことは国の大事、反対などするつもりはございません。だから父上は、私にすべて明かして下さればよかった。それなのに隔て心を持って、隠しだてされたのです」。

感情に任せてのことではない。中宮様は、殿に除け者にされることによって、逆にご自分の存在の大きさに気がつかれた。だからこそ、ご自分が声を上げることの効果を十分に考えに入れて、敢《あ》えて異を唱えられたのだ。案の定、中宮様の毅《き》然《ぜん》とした言葉はやがて殿の取り巻きの公卿方の耳に届き、彼らを驚かせた。「后宮《きさいのみや》が左大臣殿をお怨《うら》みとのことだぞ（『権記』寛弘八年五月二十七日）」。もちろん、そのために私たちが大いに働いたのは言うまでもない。清涼殿の上の御局の奥深く発せられる中宮様の声を、さりげなく、しかも着実に御簾の外の高貴な殿方たちに伝えるなど、私たち女房が最も得意とするところではないか。

私はいつからか、心に決めていた。道長殿ではない、中宮様こそが私の主人なのだ。中宮様を支えていこうと。そしてこの時、強くなった中宮様を前に再び決心した。この人にこそついてゆこうと。何といってもこの方は、私が「新楽《しんが》府《ふ》」で何年も儒学の手ほどきをした方なのだもの。

中宮様の目論見《もくろみ》はすぐに当たった。以後の貴族社会は、殿も含めてどの方も、中宮様を無視するわけにはいかなくなった。中宮様の御意志を伺い、ご意見を尊重するように、流れが変わった。中宮様はこの日から、逞《たくま》しい国母への道を一歩、大きく踏み出されたと言える。

## 『源氏の物語』の不思議

帝は退位されるものの、以後は上皇《じょうこう》として世を見守り続けられる。当初は誰もがそう思っていたのではないか。だがそうではなかった。御快癒を願って大赦や祈禱《きとう》が行われ、一丈六尺の、それも不動明王・金剛夜叉《こんごうやしゃ》明王・大威徳明王ら五大尊の仏像が急ぎ作られるなど、次々と手が尽くされたにもかかわらず、御容体が回復に向かうことはなかった。病が帝を蝕《むしば》んでいるというよりも、帝の御心自体がもう、生き続ける意志を喪《うしな》われたかのようだった。畏れ多くもお察しするに、帝はこの病に罹《かか》られてまもなく、早々と覚悟をお決めになったのではなかったろうか。それがいつのことか、またなぜなのかは、私のような中宮様付き女房には、推測すらつかない。だが、次の東宮が定子様の遺《のこ》した長男の敦康親王ではなく、中宮彰子様の御子である次男の敦成様と決まったことが、やはり大きく関わっているのではないか。もしも敦康様が東宮と決まったのであれば、はかばかしい後見を持たぬ敦康様のため、せめてその御即位の日までは生きながらえたいと、帝もお考えになったのではなかろうか。

だがそれは、私の勝手な憶測にすぎない。敦成様が次期東宮となることは、敦成様擁立にかける殿の執念を見る限り、大方の目に明らかだった。敦成様の誕生以後、帝は悩まれたことだろう。だが少しずつ、しかし確実に、敦康様即位の道を諦《あきら》めて来られたのだろう。特に昨年定子様の兄君の伊周《これちか》様が亡くなられた時には、気落ちされたに違いない。ただ敦康様にも、敦成様より優位なところが無かったわけではない。零落されたとはいえ皇后様の産んだ皇子で、しかもご長男。遥か昔桓武《かんむ》帝が平安京を興されて以来、帝の御子で、この二つを満たしながら東宮とならなかった方はいないはずだ。帝がどうしても敦康様に後を継がせたいとお思いならば、この岩のように確かな先例を以《もっ》て、大いに主張なされればよかったのだ。だが帝はそうなさらず、意外なほどあっけなく折れてしまわれた。ならば、帝の本当の望みは是が非でも敦康様を即位させることではなかった、ということなのだろうか。

私は私の『源氏の物語』の桐壺帝が、光源氏を心から愛しながら、しかしだからこそ姓を与えて臣下としたことを思う。もちろん桐壺帝は、誰よりも愛した亡き妻の形見で、知も才も並はずれ自分の秘蔵っ子でもある光源氏を、即位させたいと願っていた。だが考えに考えた末、光源氏の幸せのために、敢えて即位の道を絶った。死の床でもそれを振り返りながら、桐壺帝はこう言うのだ。

必ず世の中保つべき相ある人なり。さるによりて、わづらはしさに、親王《みこ》にもなさず、ただ人《うど》にて、朝廷《おほやけ》の御後見をせさせむと思ひたまへしなり。

（『源氏物語』「賢木」）

〔源氏は、必ずや世の中を治めることができる相のある男だ。だが、だからこそ私は、厄介事が起きてはならないと考えた。それであれを親王にもせず、臣下の身分で帝の政治を補佐させようと思うたのだ。〕

いま現実の世界で、道長殿はじめ公卿の大半は、敦康様の立太子を望んでいない。そんな中で無理に東宮の位につくことは、世の乱れを呼び、むしろ敦康様の不幸につながるやもしれない。ならば敦康様の幸せのために、敢えて東宮の座を与えまい。帝は桐壺帝同様に、そうお考えになったのではないか。むろん、物語ごときが現実のまつりごとに示唆を与えるはずがない。これは本当に偶然の一致にすぎない。だが帝は、私の『源氏の物語』の帝と同じ情を心に抱かれて、敦康様東宮擁立を断念なさったのではないだろうか。

私は、不思議な思いを抑えられなかった。私は『源氏の物語』に、過去の現実世界をなぞらせたはずだ。だが今、現実の帝と『源氏の物語』の帝とが、同じ心でもって重なった。私の『源氏の物語』とは、何物なのだろうか。ただの作り話ではないのではないだろうか。もとはといえば、夫の宣孝の死に遭い現実から目をそむけた私が必死で作り上げた、空中楼閣だ。だがそこに私が投じた、この国の歴史、中国の歴史、古今を超えて実在した多くの人々の情念。欲望、悲嘆、絶望、執着、そう、仏の言う「煩悩」というもの。それらは物語の中に、現実世界に匹敵する世界を造ってしまったのではなかったか。ゆくゆくは現実世界が『源氏の物語』をなぞるということもあるのかもしれない。『源氏の物語』は、読む人の心の中で、もうひとつの現実世界になってゆく、そうしたとてつもない物語なのかもしれない。

全く困ったことに、私という人間は心底から『源氏の物語』の作り手でしかない。帝の悲痛な御決断を前にしながら、このようにそれとは全く別の、物語への感慨に心を震わせるとは、何とも思慮に欠けることではないか。だがそれが私なのだ。

その思いは、後に帝の辞世を伺った時にも、同じように私の胸にこみ上げた。

六月十三日、帝は正式に譲位し、院となられた。その日から病は一層差し迫り、十九日には院ご自身の意志で出家の運びとなった。死を覚悟し、往生を祈ってのことである。崩御は六月二十二日。三十二歳という若さであった。だがおそらく、院はもう十分に生きられたのだ。幼い日の即位以来、道長殿の父君の兼家様、兄君の道隆様、そして道長殿と続く権力者たちの政争に、院はずっと翻弄《ほんろう》されて来られた。零落し出家された定子様を愛して世から非難を浴び、その愛妻を結局は喪い、敦康様の立太子に夢を掛けられたが、最期にはそれも断念させられた。その苦はすべて、この方が「良い帝」であろうとしたがゆえだ。院は、帝に生まれたために数々の責務や使命を負わされ、人として誠実であったためにそれらにがんじがらめに縛られて生きざるを得なかった。院こそが、誰よりも苦渋に満ちた「身」を生きられたのだ。そうした「世」、人生の果てに院が抱いたのは、まさにひたすらな厭離穢土《えんりえど》、欣求《ごんぐ》浄土の思いだったのかもしれない。

崩御前日の夜、院は辞世の歌を詠まれたという。中宮様も道長殿も、夜の御殿に詰めていたほかの公卿たちも皆がその御製に耳をそばだて、泣いたと聞く。途切れがちな息の下、院は最後の力を声にして一首を言い終わると、気を喪われた。その歌を、私は後になって知った。

露の身の　草のやどりに　君を置きて　塵を出でぬる　ことをこそ思へ

〔人という露のようにはかない身の住み処《か》である、草のようにはかない俗世にあなたを置き去りにして、私は一人俗界を離れてしまった。そのことが、気がかりでならない。〕

（『御堂関白記』寛弘八年六月二十一日）

歌に詠まれた「君」とは、中宮彰子様のことだ。院は「あなたをこの世に遺して逝《ゆ》くことが気にかかる」と言っておられる。院ご自身は、塵《ちり》と汚辱にまみれたこの世を捨て、出家なさった。そして今、まさに彼岸に行こうとされている。しかしその心には、遺してゆく中宮様へのすまなさがあったのだ。

ただ、この歌には十一年前に故定子様の詠まれた辞世の一首を思い出させるところがある。そのことから、この「君」は中宮様ではない、定子様だと解釈する向きもあったようだ。私もちらとそれを思わないこともなかった。だが、いや、それは考えまい。

定子様の辞世の一首とは、かつて定子様がこう詠んで亡くなられ、ために火葬ではなく土葬に付されたのだと伝えられる、この歌だ。確かに「露」や「草」という言葉が、院の辞世と通う。

煙とも　雲ともならぬ　身なりとも　草葉の露を　それと眺めよ

〔死んでゆく私の身は、焼かれて煙となることも、空に漂って雲となることもありません。でもどうぞ、草の葉に降りた露を見て、私だと思って偲《しの》んで下さいませ。〕

（『栄花物語』巻七）

定子様はこの歌で、自分は死んで草葉の露となると詠んでおられる。ならば院がお詠みになった「露の身」とは定子様のことなのか。露に姿を変えた定子様が草葉の上を住み処としている俗世。その定子様のいる世を捨てて出家したことを、院は定子様に詫《わ》びているのだろうか。そう思えば、そう読めなくもない。もちろん定子様はもうとうに亡くなったのだからこの世の人ではないのだが、俗世にいるか往生したかということで言うなら、往生はしておられない。定子様は長徳の政変で一度出家なさったものの、ほかならぬ帝によって還俗《げんぞく》させられ、結局最期には俗人だった。それに、お産の床で死んだ女は往生しないとも言うではないか。院の辞世は、十一年という歳月を超えて、定子様の辞世に応えているのだろうか。「一度は俗世を捨てた君を、俗世に引き戻したのは私だ。それなのに今、その君のいる俗世を私自身が出てしまった。すまない」と。

だが、私は中宮彰子様の女房だ。露や草などは、儚《はかな》い世を詠む時には誰もが用いる決まり文句ではないか。院が死の床で、中宮様を前に故定子様への思いを詠むなどということは、断じて考えてはならない。土台そんなことはありえない。これは中宮様への歌だ。そうだ、中宮様の院への思いは報われたのだ。

しかし、私の心をとらえたのは、また別の事実だった。この歌は、私の『源氏の物語』の中の一首に、ほんのかすかにだが、似ているのだ。詠んだのは光源氏。父の桐壺帝に死なれ、寂しさと藤壺中宮への恋心をもてあまして、彼は雲林院にこもる。そこでふと紫の上を思い出して詠み送った、この歌だ。

浅茅生の　露のやどりに　君を置きて　四方の嵐ぞ　静心なき

〔茅萱《ちがや》のような雑草が生い茂り、その葉に露のおりる宿。そんな儚い世間にあなたを置いて、私は一人修行のためにこの寺に来て、いま嵐の音を聞いている。四方から吹き付ける激しい嵐。それに露が吹き散らされるように、私がいなくてはあなたの身に何か悪いことが起きないだろうか。心配で、落ち着いて修行もできないよ。」

（『源氏物語』「賢木」）

院の辞世は「露の身の　草のやどりに　君を置きて　塵を出でぬる　ことをこそ思へ」。光源氏の歌とは、歌のなかば、「やどりに君を置きて」の部分が同じだ。この言い回しは、ほかには滅多に見られないもののはずだ。少なくとも私の知る限りは、私が詠んだ『源氏の物語』の歌しかない。その珍しい言い回しを、院は辞世で使われた。

私はすぐに気がつき、内心うろたえた。まさか院は、光源氏の歌を本歌とされて辞世をお詠みになったのだろうか？　そんなことはあるまい。あるはずがない。一国の院が、しかも辞世という大切な歌において、物語のように取るに足りないものの歌を下敷きになさるなど。

だが院は、もう意識が混濁しておられた。この世の鎧《よろい》を脱ぎ切った果てに、つまらぬ歌がふと頭に浮かぶということも、ありえないことではないかもしれない。しかも『源氏の物語』では、この歌を詠んだ時の光源氏は、出家を考えているのだ。院は実際に出家されたばかりだった。状況が似通うではないか。院は、そこまで深く『源氏の物語』を心にとどめていらっしゃったのか。

国中が諒闇《りょうあん》の悲しみに暮れている時に、このような考えにばかりとらわれている私は、何と不謹慎なのだろうか。わずか十文字程度の重なりなのだ。だがそれを心の外に追いやることは、私にはできなかった。

しかし、私が二つの歌の重なりにこだわる理由は、『源氏の物語』の誉れを思うからばかりではない。二つの歌を並べてみることで、より明らかに院の心中が偲ばれるからだ。

言葉が重なり、状況も似ているのに、二人の詠み手、光源氏と院の見つめる方向はまるきり逆だ。光源氏は、父に死なれ世の儚さをしみじみと感じて、心に穴が開いている。藤壺への思いは抑えられず湧き上がってきて、それもつらい。こんなやりきれない煩悩を抱えて苦しみ続けるのは、もういやだ。いっそのこと出家してしまおうか。そう考えた瞬間、紫の上が脳裏に浮かんだ。そうだ、あの人がいた。あの人を置いては行けない。その思いで、彼は歌を詠んだ。つまり光源氏の歌は、世を捨てようとした旅から、妻への思いゆえに戻ってくる男の歌なのだ。

だが院は、すでに出家を遂げられてから、歌を詠まれた。出家とはいっても往生のための出家、つまり死出の旅路の最初の歩みだ。「君」を置いて穢《けが》れきった世を出た院は、もう帰ってくることはない。院のまなざしは、あの世を見ている。院の歌は、別れの歌なのだ。

## 惟規、客死

院の御葬儀は七月八日。季節は秋へと移っていた。そして同じ秋に、越後で惟規が死んだ。帝とそう変わらぬ歳だから、男盛りの死だ。臨終の様子は、父から手紙で知らされた。実に胸に迫る、見事な死に様だったと私は思う。やがてその一部始終は、父自身の言葉に基づいて、世に語り伝えられることになる。

惟規がいよいよ助からないと見た父は、もう往生を願うしかないと覚悟して、彼《か》の地の高僧を呼んだ。惟規が心を鎮め、末期《まつご》の念仏を唱えるように、導いてもらおうとしたのだ。僧は惟規の遠くなった耳に口を押し当て、死後の世界のことを説いた。死んで最初に行くのは「中有《ちゅうう》」という世界だ。生まれ変わる先が定まらぬ間は、そこにとどまらねばならない。鳥も獣もいない荒涼とした広野に一人ぼっちで置かれる心細さ、またこの世に遺してきた者たちへの恋しさが、どれほど耐え難いか。すると惟規は、苦しい息の下で、ためらいながらも僧にこう聞いたのだという。

「その中有の旅の空には、嵐に類ふ紅葉《もみぢば》、風に随ふ尾花《をばな》などのもとに、松虫などの声などは聞こえぬにや」

〔「その『中有』という所の旅の空には、嵐に運ばれてくる紅葉や、風になびく薄《すすき》の穂などはありますか。その根元で鳴く松虫などの声は、聞こえてきたりしないのでしょうか」〕

（『今昔物語集』巻三十一第二十八話）

何と惟規らしい、間抜けな質問だろうか。神妙であるべき臨終の床でこんなことを聞かれるとは、僧は思ってもいなかった。むっとして「何のためにそんなことを聞く」と問い返した。すると惟規は、息を休めながら途切れ途切れに「もし、そうしたものがあれば、それらを見て、心を慰めながら参ります」と答えたという。僧は怒って帰ってしまった。だが、私には分かる。惟規は大真面目だった。本当に知りたかったのだ。自分が向かうという死後の世界に、大好きな歌の種はあるのだろうか。向こうでは、紅葉を愛《め》で虫の音をいとおしみ、歌を詠むことはできないのだろうか。

しばらくして、じっと見守る父の前で、惟規は朦朧《もうろう》としつつ両の手を持ち上げ、寄せ合うような仕草をした。何がしたいのか。父には分からなかった。だが傍らの者が思いついて、「もしや、何か書きたいのですか」と聞くと、惟規はかすかにうなずいた。父が筆を湿らせ、紙と共に持たせると、惟規は書いた。辞世の歌だ。

都にも　わびしき人の　数多《あまた》あれば　なほこのたびは　いかむとぞ思

〔ここで死ねば父上に看取《みと》ってもらえるけれど、都にも、僕が死んだら寂しがってくれる人が、たくさんいる。だから、今回はやっぱり生きて帰りたい。生きてこの旅を終えて、もう一度都に行こうと思う。〕

（『今昔物語集』巻三十一第二十八話）

ここまで書いて、息が絶えた。惟規は歌の最後の文字、「思ふ」の「ふ」の字を書ききることができなかった。父は「『ふ』なんだろう、そうだろう」と言って、自ら弟の辞世に「ふ」の字を書き加えたという。

死ぬと分かっていても、往生のための出家もせず、念仏もせず、生きたいと最期まで願いながら死んだ惟規。仏道はあなたを、愚かとも罪深いとも謗《そし》るのだろう。だがそれが何だというのだ。生きたかったのだ。惟規は心底から、もっと生きていたかったのだ。

惟規、あなたが最期の歌の最後の句に用いた掛詞、「生く」と「行く」との掛詞を、私も使ったことがある。あなたはそれを覚えていて、これを詠んだのだろうか。『源氏の物語』の和歌の中で、いちばん最初に登場する歌。桐壺更衣の辞世だ。

限りとて　別るる道の　悲しきに　いかまほしきは　命なりけり

〔もうおしまい。お別れして、行かなくてはなりません。でもその死出の道の悲しいこと。行きたいのは、生きたいのはこんな道ではありません、私は命を生きたいのに。〕

（『源氏物語』「桐壺」）

私は思い出した。私は物語に、こうした思いを書きたかったのだ。私が『源氏の物語』を書いたきっかけは、夫、宣孝の突然の死だ。宣孝も、観念してあの世に行ったのではなかったに違いない。きっと、もっと生きたいと思いながら死んだのだ。少女の日、私を妹と呼んでいつくしんでくれた「姉君」も、きっとそうだ。私の母も、若くして死んだ実の姉もそうだ。取るに足りない身分に終わった宣孝。ちっとも仕事のできなかった惟規。女たちも皆、本当にちっぽけな存在だ。だが、それでも生きていたいと切実に願った。誰にとっても「世」は苦しい。生きる「身」はつらいのが当たり前だ。だが、人はそれでも生きたいと願う。

私は、私の『源氏の物語』を思った。光源氏は、身分も栄華も極めた上、悟りきった心境でこの世から姿を隠したことになっている。だがそうだろうか。それで終わらせていいのだろうか。私は思った。私はこの物語の最後の主人公に、誰よりもちっぽけな存在を登場させなくてはならない。そしてその存在を、私は決して悟りきった心境にはさせないし、死なせない。「世」にこづきまわされ、「身」は人の数にも数えられず、愚かな「心」を抱えながら、それでも生きてゆく、娘。そうだ、波間に漂う浮舟のような娘だ。

私の脳裏に、遠い日、父と共に近江《おうみ》を旅した折に見た景色が浮かんだ。越前に下る道中だった。今にも夕立が来そうな空に、黒雲が垂れ込め稲光が閃《ひらめ》いていた。もし荒い波がおこったら、湖に浮いているこの舟はどうなるのかしら。心細さが胸をしめつけた（『紫式部集』22番）。あれから十五年、結局人生とは、あの時の小舟のようなものだった。何の抵抗もできぬまま、浮いて流されることしかできない。だが、それでも生きてゆく。人は生きてゆくのだ。

惟規の遺筆を、父は形見としてずっと傍らに置いていた。出しては見て泣いて、ぼろぼろに破れて無くなるまで持っていたという。

# 終章　到達——憂しと見つつも永らふるかな

## 賢后のもとで

私の日常は続いた。中宮様のもとで宮仕えを続け、淡々と仕事をこなした。日常が続いたのは中宮様も同じだ。伴侶《はんりょ》を亡くしても、人生は終わらない。それは私がいちばんよく知っていることだった。院が崩御されてから御葬儀までの間は、御座所の調度などは生きておいでになった時のままに保たれたが、葬送の後は、そこがご供養のための場となった。仏像が置かれ、僧たちが勤行《ごんぎょう》する姿を最初は珍しく感じたものの、やがて目が慣れてしまうというのも、悲しいことだ。だがそれも、いつまでも続くことではなかった。十月には中宮様は一条院を離れ、枇杷殿《びわどの》に移られた（『日本紀略』寛弘八年十月十六日）。

中宮様が十二歳で入内《じゅだい》された時、御所はこの一条院だった。その後、もとの内裏《だいり》が新造され、そちらに住まわれたこともあったが、一年後には焼けて、また一条院が御所となった。ほかにも新造内裏や東三条院が御所となったこともあったが、亡くなった院の妻として中宮様が最も長い時間を過ごされたのは、この一条院だった。中宮様にとってこの御所は、どこよりも院との思い出に満ちた御住まいだ。すでに御世《みよ》は遷《うつ》り、この御所の主《あるじ》は新帝にとって代わられて、中宮様が住み続けることはできない。限りのあることとはいえ、御心の内はいかばかりだったろうか。私は中宮様のお気持ちに成り代わって詠んだ。

ありし世は　夢に見なして　涙さへ　とまらぬ宿ぞ　悲しかりける
〔院ご在世の頃の御世は、今となれば儚《はかな》い夢だったのですね。そう思うことにして、今日はこの御所を後にしなくてはなりません。もうここにとどまることはできない。そう思えば、涙までがとどまることなく流れます。悲しいこと。〕
（『栄花物語』巻九）

懐かしいあの日々。それは夢だったのだろうか。いや、そうではなかったはずだ。帝《みかど》の御世が続いている間は、誰もがそれを微動だにせぬ現実と信じて過ごしていた。だが終わってしまえば、それはなんと儚いものだったか。当たり前と思えたものの、脆《もろ》さ。こうしたことは必ずや、喪《うしな》ってから痛切に思い知らされるものなのだ。

季節が進み年が変わっても、中宮様は泣き暮らされた。御心を励まそうと、私はこのようにも詠んだ。

雲の上を　雲のよそにて　思ひやる　月は変はらず　天の下にて

〔華やかだった宮中のことが、宮中を出ても思いやられます。そして故院が昇られた雲の上の世界のことが、そこに行けぬながら偲《しの》ばれます。院という日の光は消えてしまわれました。でも月は、中宮様は変わらずこの世界にいらっしゃって、世を照らしておられるのです。〕（『栄花物語』巻十）

やがてその二月には、新帝の女御《にょうご》で中宮様の妹君である妍子《けんし》様が立后して中宮となられ、慣れ親しんだ「中宮様」という称号も「皇太后様《こうたいごう》」と変わった。皇太后様は、その頃にもまだ泣いておられた。だが、それだけではなかった。

故院の一周忌を前に、皇太后様は故院のために、五日間にわたって法華八講《ほっけはっこう》の法会《ほうえ》を営まれた。道長殿はもちろん、数多くの公卿《くぎょう》たちが参会した。中に、藤原実資《さねすけ》様の姿があった。政界の御意見番と呼ぶにふさわしい、気骨あるうるさ型で、殿とも一線を画した方だ。その実資様が、忙しいなか律義に足を運んで下さったことを、皇太后様はしっかりご覧になっていた。「以前からあちこちにへつらいもせず、しかしこうした折に日々参会下さるとは、本当に悦ばしいことです」。法会を振り返って、皇太后様はふとそんな一言を口にされた。

　こんなお褒めの言葉を、意図もなく口にされる皇太后様ではない。私たちがこれを御簾《みす》の外の貴族に口伝えしたことは言うまでもない。人から人へと伝えられて、御言葉は実資様の耳に達した。後日、自らやってきた実資様は、御簾近く皇太后様の御言葉を賜り、私たち女房の目も憚《はばか》らず涙を流した。故院の御世を懐かしむ思いが抑えられなかったのだという（『小右記』長和元年五月二十四日・二十八日）。皇太后様はこうして、人心に故院の時代を髣髴《ほうふつ》とさせる象徴のような存在になってゆく。

　翌長和二（一〇一三）年には、皇太后様は、殿が皇太后様の御殿を借りて開催を予定していた宴会を、その当日になっておとりやめになった。理由を聞く貴族に皇太后様の御言葉を伝えたのは、やはり私たち皇太后様付き女房だ。「この頃、妹の中宮が頻《しき》りに宴会を開いています。諸卿《しょきょう》はその都度参らねばならず、困っているのではないでしょうか」。確かに新中宮の姸子様は派手好きで、連日のように饗宴《きょうえん》を開いていらっしゃる。その度に持参しなくてはならない捧《ささ》げ物や持ち寄りの料理の出費のため、公卿たちには不満がたまっていると、皇太后様はおっしゃるのだ。「私とて、今はまだ故院を悼むことで気持ちがいっぱいで、宴《うたげ》どころではありません。皆の望まぬ宴を開いたところで、無益です。やめて然《しか》るべきでしょう」。実資様はこの御言葉を伝え聞き、皇太后様を「賢后と申すべし、感有り感有り」と讃《たた》えられたという（『小右記』長和二年二月二十五日）。宴会の突然の中止で、道長殿は顔に泥を塗られた。いっぽう皇太后様は、権力者である父に楯突《たてつ》いてでも理を通す、貴族たちの味方と見られるようになってゆく。

皇太后様は、もう大丈夫だ。この方はきっと大きな存在になられる。さすがに政治の家の血を受けた方でいらっしゃったのだ。実資様は皇太后様のもとに度々挨拶《あいさつ》に来られるようになった。ご自分が来られることもあれば、ご養子の資平《すけひら》様をよこされることもあって、すっかり皇太后様の味方だ。私は実資様の取り次ぎ係となり、応対の仕事をこなし続けた。

## 死期を悟る

時が過ぎて、私は里に下がった。だが皇太后様を思う気持ちが変わったわけではない。いつのことだったろうか、皇太后様が御病気の由を聞いて心配が募り、私は清水寺に籠《こも》って、御快癒《かいゆ》を祈った。と、そこでばったりと、後輩女房である伊勢大輔《いせのたいふ》に出くわした。彼女と一緒に、皇太后様のための御燈明をお供えしながら、私は嬉《うれ》しくなって歌を詠んだ。

　こころざし　君にかかぐる　ともし火の　同じ光に　あふが嬉しさ
　返し
　いにしへの　契りも嬉し　君がため　同じ光に　影をならべて
〔皇太后さまのご回復を祈って、真心を込めて捧げるこの灯火《ともしび》。同じ気持ちを持った伊勢大輔さん、あなたに逢《あ》えて、一緒にこの灯火に照らされるとは、なんて嬉しいこと。
　返歌
　昔の御縁も嬉しいことですわ。皇太后さまのために、その御回復を祈る同じ燈明の前に、こうして二人影を並べることができて。〕
（『伊勢大輔集』流布本17・18番）

伊勢大輔は、私が宮仕えを始めた数年後に彰子様の所にやってきた女房で、曾祖父《そうそふ》の大中臣頼基《おおなかとみのよりもと》、祖父の能宣《よしのぶ》、父の輔親《すけちか》と代々続く、錚々《そうそう》たる歌人の家の末裔《まつえい》だ。彰子様付き女房の中では初めて文芸の才によって雇われた私が、最初は躓《つまず》きながらも何とか女房として形になったものだから、殿も奥様も引き続いて才芸ある女房を雇うことにされたのだ。今や彼女の代表作として世に知られるようになった歌「いにしへの奈良の都の　八重桜　今日九重に　匂ひぬるかな（古都、奈良の都から献上された八重桜。今日はここ宮中で、さらに華やかに咲き誇っています）」は、彼女が奈良の興福寺《こうふくじ》から献上された桜の受け取り役を務めた折に詠んだものだ。あの役は、本当は私がするはずだった。だが私は、「今年の受け取り役は新人さんよ」と言って、伊勢大輔に譲ったのだ（『伊勢大輔集』流布本5番）。懐かしい思い出だ。女房として立派に育ってくれている姿に、私は深い感慨を覚えた。皇太后様にはこの子たち女房がついている。これからもしっかりと、品格ある女房たちとして皇太后様を助けてくれるに違いない。

　そう言うのも、私にはその頃、頻りに胸に兆すものがあったからだ。私の命がもう尽きようとしている予感だ。心細さに、凍った松の枝にこんな歌を結び付けて伊勢大輔に贈りもした。

奥山の　松葉に凍る　雪よりも　我が身世に経《ふ》る　ほどぞはかなき

返し

消えやすき　露の命に　比ぶれば　げに滞る　松の雪かな

〔奥山の松の葉先に凍りついている雪。私の老い先はそれより頼りないのですわ。

返歌

人の命とは露のように消えやすいもの。なるほどそれに比べれば、松の雪のほうがこの世に長くとどまると言えましょう。〕

（『伊勢大輔集』流布本19・20番）

死を覚悟している私には、自分の命の儚さが痛いほどに実感されて、どうしてもそれを吐露せずにいられなかった。だがそれに対して伊勢大輔が返したのは、人たる者皆の無常だ。誰もが儚い命、それは普遍の道理なのだ、と。私の歌の切実さを、彼女ははぐらかしたのだろうか。いや、そうではない。きっとこれは彼女の優しさだ。私の歌の悲しすぎる調べを前にして、このように型どおりにしか詠めなかったのだと思う。私をどう慰めてよいか、考えあぐねての歌ではないか。若い伊勢大輔を、私は困らせてしまったのかもしれない。それなのに歌を返してくれて、ありがとう。老いの繰り言に付き合ってくれて、感謝する。

# 形見の文

その頃私は、何気なく物入れの中を見ていて、そこに一通の古い手紙を見つけた。かつて小少将《こしょうしょう》の君から贈られた手紙だ。

不意打ちを食らって、私は驚いた。開いてみると、飾らない親しい言葉が綴《つづ》られている。女房生活の中で何度となく書き交わした、何ということもないうちとけ文《ぶみ》だ。だが私は、胸にこみあげるものを感じた。小少将の君。あの二月の柳の糸のようにか弱く優しかった私の親友は、その時もう亡くなってしまっていたからだ。

彼女の思い出が、いくつもいくつも胸をよぎる。殿の土御門殿《つちみかどどの》で法華三十講が催された夜明け、二人で遣水《やりみず》の流れを見ながら歌を詠み合ったこと（『紫式部集』定家本68・69番）。同僚とのいざこざで心傷ついた私に、さりげなく声をかけてくれたこと（『紫式部日記』寛弘五年十一月十七日）。局《つぼね》のしきりを取り払って、二人一部屋で過ごした日々（同　寛弘七年正月十五日）。私より若いあなたなのに、先に逝《い》ってしまった。こらえきれず、私は慟哭《どうこく》した。そして泣きながら気がついた。ああ、私ときたら、自分自身も直《じき》に命が尽きようとしている身なのに、今はそれを置いて泣いていた。馬鹿だこと。悲しいこと。

暮れぬ間の　身をば思はで　人の世の　あはれを知るぞ　かつはかなしき

〔私も、日暮れまでの短いひと時を生きているだけの身。だというのにすっかりそれを忘れて、小少将さんの命の哀ればかりを思ってしまった。何と哀しいことだろう。しかし思い直せば、命の哀れとは私も含めて人という存在すべてのことでもあったのだ。今更それを思い知るとは、何と悲しいことだろう。〕

（『紫式部集』64番）

人は皆死ぬ。その当たり前の定めを、一瞬私は忘れていた。だがその愚かさこそが、人というものなのかもしれない。仏の教える「無常」や「空《くう》」という理《ことわり》をどう心に置こうとも、死を嘆かずにいられようか。大切な人の命の儚さを思うと、悲しいほど愚かになってしまうのが、人という生き物の性《さが》なのだ。

だが、私は思い出した。私は死ぬのだ。そうしたら、この手紙はどうなってしまうのだろうか。

誰か世に　永らへて見む　書き留めし　跡は消えせぬ　形見なれども

〔いったい誰がこの世にいつまでも生き永らえて、この手紙を見守り続けられるだろう。私とて限りある身、いつかはこの手紙を見守れなくなる日が来る。彼女が書き留めた筆の跡は、いつまでも消えることのない形見だというのに。〕

（『紫式部集』65番）

この手紙は、小少将の君の形見だ。だのに私は、これを仕舞い込んだまま忘れていた。大切にとっておいて、時折出して見ては彼女を偲んであげなくてはならなかったのに。薄情な私だ。そしてもっと薄情なことには、私はもうじきこの形見を見ることができなくなってしまう。

「形見」は、「形を見る」と書く。それが人にとって、亡くした人や遠くにいて会えない人の姿形を見る便《よすが》だからだ。この小少将の君の手紙を開いた時、私の目には、元気だった頃の彼女の姿がありありと甦《よみがえ》って見えた。それが形見ということだ。

人の死とは、一つにはその命が消えることだ。だが、命が消えてしまっても、遺《のこ》された人の記憶の中で、人は生き続ける。形見はそれを助けてくれる物だ。私がこの手紙を見、小少将の君の面影を心に思い浮かべ続ける限り、形見は形見であり続ける。そして、小少将の君はそこに生き続ける。だが、私が死んでしまえばどうだろう。彼女を知らぬ人たちにとっては、これはただの書き散らし、反故《ほご》紙にすぎない。手紙は物だから、この世に形をとどめ続ける。しかしそれを小少将の君のものと知り、その肉筆の向こうに彼女の生きた姿を甦らせる者は、もういない。私と一緒に、この手紙の「形見」としての命もまた尽きてしまうのだ。こうして小少将の君は、やがて誰の記憶の中からも失せてしまう。本当に消えてしまう。そんなことは嫌だ、やりきれない。この手紙はごみなどでは絶対にない。小少将の君の、あの思い出もこの思い出も、無しにしたくない。

思い返せば、私は他にも「形見の文」たちを持っている。少女の頃に親しみ合った「姉君」の手紙。都にいても書き交わし、二人の居場所が越前と筑紫に別れても文を送りあった。それから、亡き夫宣孝の手紙。都から越前まで送ってくれた楽しい恋文の数々だ。どれも、開けば「姉君」や宣孝に逢える「形見」だ。みなまだ大切に仕舞ってある。だがあの手紙たちも、私の死と共に、ただの書き物という以外意味を失ってしまう。いつかは反故紙とされて、捨てられるかもしれない。それでいいのだろうか。あれは「姉君」と宣孝の生きた証なのに。私は、あの形見たちを見棄てて逝ってよいのだろうか。

家集を作ろう。私はそう思った。手紙の中の歌を並べて詞書《ことばがき》をつけて、事情がわかるように整えよう。今すぐに誰かに見せようと思って作るのではない。だがいつか誰かが見た時に、「姉君」や宣孝、小少将の君も、そこに再び生き生きと甦るように。私の姿も、そこに立ち現れるように。

ならば、この家集は私自身の形見にもなるのだ。私の人生の形見。『源氏の物語』のような架空の物語ではなく、『紫式部日記』のように宮仕え生活に限った、殿や娘に捧げるための回顧録でもなく、私が私のために、私自身の目で私の一生をたどる和歌集だ。その中で、誰もみな、どの思い出たちもすべて、命を超えて生き続けるのだ。

## 初　雪

もう、語り疲れた。振り返れば短いようで長い人生だった。

老いて宮仕えを退き、古びた自宅にひきこもって、最早《もはや》私にはすることもない。そんなある夕暮れ、私は友達から一通の手紙を受け取った。

初雪降りたる夕暮れに、人の
恋しくて　ありふるほどの　初雪は　消えぬるかとぞ　疑はれける

〔初雪が降った夕暮れに、人が贈ってくれた歌
紫式部さん、どうしていらっしゃいますか。逢いたいとずっと思っているのですよ。そうしたら何と、今日は初雪が降ったではありませんか。この雪のように、あなたも消えてしまったのではないかしら。私ときたら、そう心配になってしまったのです。大丈夫？　ちゃんと生きているわよね？〕
（『紫式部集』112番）

雪見舞いの手紙だ。私は外を見た。ああ、確かに雪が降っている。初雪だ。真っ白な雪がひとひら、またひとひらと、古く荒れた庭に舞い落ちている。

そうだ、私にもこの初雪のような時があった。無垢《むく》で何も知らず、恐れもせずにこの人生という庭に降り立った時が。しみじみとした思いが心に満ちて、私は詠んだ。

ふればかく　憂さのみまさる　世を知らで　荒れたる庭に　積もる初雪

〔世の中とは、生きながらえれば憂いばかりが募るもの。そうとも知らずに初雪が、この私の荒れた庭に降っては積もってゆく。〕
（『紫式部集』113番）

私は人生を振り返る。出会いと別れの人生。憂いばかりの人生だった。だが長く生

きてみてやっと分かった。それが「世」というものであり、「身」というものなのだ。これが私の人生だったし、これからもそうなのだ。

いづくとも　身をやる方の　知られねば　憂しと見つつも　永らふるかな

〔いったいどこに、憂さの晴れる世界があるというのでしょう。そんな世界などありはしません。いったいどこに、この身を遣《や》ればいいのでしょう。そんな所も知りません。この世は憂い。そう思いながら、私は随分長く生きて来ましたし、これからも生きてゆきます。心配してくれてありがとう。大丈夫、ちゃんと生きているから。〕

（『紫式部集』114番巻末歌）

そう、この身が消えるまで、それでも私は生き続ける。

（了）

# 主要参考文献（直接関係するもののみ掲げた）

## Ｉ引用本文（一部校訂を修正した。漢字・句読点等の表記は私に変更した。また漢文は私に訓読した。現代語訳は私に施した。）

『大和物語』『枕草子』『蜻蛉日記』『源氏物語』『栄花物語』『大鏡』『今昔物語集』…新編日本古典文学全集
『古今和歌集』『後撰和歌集』『拾遺和歌集』『後拾遺和歌集』『金葉和歌集』『新古今和歌集』『本朝文粋』…新日本古典文学大系
『白氏文集』…新釈漢文大系
『本朝麗藻』…本朝麗藻簡注
『躬恒集』『和泉式部集』『清少納言集』『伊勢大輔集』…新編国歌大観
『紫式部集』…新潮日本古典集成
『紫式部日記』…角川ソフィア文庫　紫式部日記　現代語訳付き
『御堂関白記』『小右記』…大日本古記録
『権記』…増補史料大成

『日本紀略』…新訂増補国史大系

## Ⅱ研究文献

今井源衛『紫式部』一九六六年　吉川弘文館人物叢書
清水好子『紫式部』一九七三年　岩波新書
斎藤正昭『紫式部伝―源氏物語はいつ、いかにして書かれたか―』笠間書院　二〇〇五年
南波浩『紫式部集全評釈』笠間書院　一九八三年
山本淳子『紫式部集論』和泉書院　二〇〇五年
田中新一『紫式部集新注』青簡舎　二〇〇八年
久保田孝夫・廣田收・横井孝編著『紫式部集大成』笠間書院　二〇〇八年
萩谷朴『紫式部日記全注釈』上・下　角川書店　一九七一・七三年
山本利達校注『紫式部日記　紫式部集』新潮日本古典集成　一九八〇年
伊藤博校注『紫式部日記（紫式部集）』岩波書店新日本古典文学大系　一九八九年
中野幸一校注・訳『紫式部日記』小学館新編日本古典文学全集　一九九四年

宮崎荘平全訳注『紫式部日記』上・下　講談社学術文庫　二〇〇二年
山本淳子編『ビギナーズ・クラシックス日本の古典　紫式部日記』角川ソフィア文庫　二〇〇九年
山本淳子訳注『紫式部日記　現代語訳付き』角川ソフィア文庫　二〇一〇年
山本淳子『紫式部日記と王朝貴族社会』和泉書院　二〇一六年
倉本一宏『一条天皇』吉川弘文館人物叢書　二〇〇三年
倉本一宏『三条天皇―心にもあらでうき世に長らへば―』ミネルヴァ日本評伝選　二〇一〇年
山本淳子『源氏物語の時代　一条天皇と后たちのものがたり』朝日新聞社　二〇〇七年
増田繁夫・鈴木日出男・伊井春樹編『源氏物語研究集成』一～十五　風間書房　一九九八～二〇〇二年
近藤春雄『新楽府・秦中吟の研究　白氏文集と国文学』明治書院　一九九〇年
下定雅弘『ビギナーズ・クラシックス中国の古典　白楽天』角川ソフィア文庫　二〇一〇年

## Ⅲ研究論文

安藤重和「大納言の君・小少将の君をめぐって—紫式部日記人物考証」『中古文学』63 一九九九年五月
安藤重和「紫式部日記試論—寛弘五年五節左京の君事件をめぐって—」『平安文学研究』58 一九七七年一一月
安藤重和「左京の君事件をめぐる客観的側面について—紫式部日記試論—」『日本文化論叢』5 一九九七年三月
岡部明日香「『紫式部日記』左京の君事件の記述態度—彰子後宮の漢詩文受容の問題からの考察」『国文学研究』142 二〇〇四年三月
木村正中「『紫式部集』冒頭歌の意義」『王朝物語とその周辺』笠間書院 一九八二年
工藤重矩「源氏物語螢巻の物語論義—「そらごと」を「まこと」と言いなす論理の構造—」『平安朝文学と儒教の文学観』笠間書院 二〇一四年
工藤重矩「紫式部日記の「日本紀をこそ読みたまへけれ」について—本文校訂と日本紀を読むの解釈」同右
佐伯雅子「藤原為時の詩の世界」『源氏物語における「漢学」—紫式部の学問的基

盤―』　新典社　二〇一〇年

新間一美　「源氏物語若紫巻と遊仙窟」『源氏物語の展望』第5輯　三弥井書店　二〇〇九年

贇裕子　「一条院詠歌の受容と『源氏物語』」『古代文学研究会第二次』19　二〇一〇年一〇月

藤本勝義　「紫式部の越前下向をめぐっての考察」『青山学院女子短期大学総合文化研究所年報』2　一九九四年一二月

三田村雅子　「枕草子を支えたもの―書かれなかった「あはれ」をめぐって―」(上)(下)『枕草子表現の論理』有精堂出版　一九九五年

山本淳子　「『紫式部集』冒頭歌の示すもの」『中古文学』85　二〇一〇年六月

## 紫式部関係年表（名前の下の算用数字は年齢。数字のない人物は生年不詳）

| 年 | 事項 |
|---|---|
| 九七〇年代中頃 | 紫式部誕生 |
| 九八八(永延二)年 | 彰子01誕生 |
| 九九〇(正暦元)年 | 一条天皇11、定子14と結婚 |
| 九九五(長徳元)年 | 定子19の父関白道隆43、死亡（持病）<br>この年疫病大流行。公卿上席者に死亡相次ぐ<br>定子の兄伊周22との政争を経て、藤原道長30、内覧に |
| 九九六(長徳二)年 | 一月 藤原伊周23・隆家18兄弟、花山法皇を襲撃。のち余罪も発覚<br>四月 一条天皇17、伊周・隆家に流罪の勅命（以上「長徳の政変」）<br>五月 定子20、懐妊中なるも絶望し出家<br>六月 紫式部、父の越前守赴任に伴い下向 |
| 九九七(長徳三)年 | 六月 一条天皇18、定子21を復縁<br>秋？ 紫式部、藤原宣孝との結婚に向けて帰京 |
| 九九九(長保元)年 | 十一月一日 彰子12、一条天皇20に入内<br>十一月七日 定子、敦康親王01を出産<br>紫式部、この年以降一〇〇一年までの間に娘賢子を出産 |
| 一〇〇〇(長保二)年 | 二月 定子24を皇后とし、彰子13を女御から中宮とする（二后冊立） |

| | |
|---|---|
| 一〇〇一(長保三)年 | 十二月　定子、二女を出産後崩御 |
| | 四月　紫式部の夫宣孝、死亡 |
| | 　この後一年ほどを経て『源氏物語』執筆開始 |
| 一〇〇五・六(寛弘二・三)年 | 十二月　紫式部、彰子のもとに宮仕え開始 |
| | 　翌年五月まで自宅に引きこもり |
| 一〇〇七(寛弘四)年 | 道長42、吉野山に参拝。彰子20の子宝祈願か |
| 一〇〇八(寛弘五)年 | 彰子21、初めての懐妊。紫式部、お産記録係拝命か |
| | 夏以前　一条天皇29、『源氏物語』を読み評価 |
| | 夏ごろ　彰子、紫式部を師に「新楽府」学習開始。以後継続 |
| | 七月十六日　彰子、出産に向け土御門殿に退出。『紫式部日記』記事この時期から始まる |
| | 八月下旬　公卿・殿上人ら土御門殿に宿直開始 |
| | 八月二十六日　彰子と女房たち、薫物調合 |
| | 九月九日　重陽の節句。紫式部、彰子の母倫子45から菊の綿拝受 |
| | 　夜半、彰子の陣痛始まる |
| | 九月十日　彰子、出産用の白い帳台に入る |
| | 九月十一日　彰子、北廂の分娩場所に移動し、一条天皇の二男敦成親王01出産。御湯殿の儀 |
| | 九月十三日　三日の産養（中宮職主催） |

九月十五日　五日の産養（藤原道長43主催）
九月十七日　七日の産養（一条天皇主催）
九月十九日　九日の産養（彰子の弟、藤原頼通17主催）
十月十六日　一条天皇、土御門殿に行幸
十月十七日　敦成親王家家司人事決定
十一月一日　敦成親王五十日の儀
十一月上旬　彰子、紫式部を係として御冊子制作。『源氏物語』新本か
十一月十七日　彰子、内裏へ還啓
十一月二十日　五節始まる
十一月二十八日　賀茂臨時祭
十二月二十日　敦成親王百日の儀
十二月二十九日　紫式部、内裏へ帰参。初出仕時を回想
十二月三十日　追儺。中宮御所に盗賊

## 一〇〇九（寛弘六）年

正月三日　敦成親王02戴餅
二月　定子の兄伊周36ら、彰子22・敦成親王を呪詛し処分される
三月　為時、左少弁となる
六月　彰子、二度目の懐妊で土御門殿へ
十一月二十五日　彰子、一条天皇30の三男敦良親王01を出産
この年和泉式部、彰子に出仕

| | |
|---|---|
| 一〇一〇(寛弘七)年 | 正月一日~三日　敦成03・敦良親王02戴餅<br>正月二日　中宮臨時客<br>正月十五日　敦良親王五十日の儀<br>(『紫式部日記』の内容ここまで)<br>正月二十八日　伊周37、死亡<br>　この年夏~秋『紫式部日記』執筆か |
| 一〇一一(寛弘八)年 | 二月　為時、越後守に。紫式部の弟惟規、下向し秋に客死<br>六月十三日　一条天皇32、三条天皇36に譲位。敦成親王04東宮に<br>六月二十二日　一条院、崩御 |
| 一〇一三(長和二)年 | 紫式部、彰子26に仕え続け貴族との応対などこなす |
| 一〇一六(長和五)年 | 正月　敦成親王09、即位し後一条天皇となる。道長51、摂政に<br>四月　為時、出家 |
| 一〇一七(寛仁元)年 | 敦良親王09、東宮に |
| 一〇一九(寛仁三)年 | 道長54、出家<br>(紫式部この年まで彰子に宮仕えか。以後の資料なし) |
| 一〇二一(治安元)年 | 『更級日記』作者、憧れていた「源氏の五十余巻」をおばから譲られる |

# あとがき

人間紫式部の心を、紫式部自身の言葉によってたどる。本書はその試みです。

紫式部はどのような心の持ち主で、どのような思いを抱いて成長し、やがて『源氏物語』を書くに至ったのか。一条天皇の中宮にして時の最高権力者藤原道長の娘彰子に仕えてからは、後宮女房としてどのような思いで世の中を見つめ、生きたのか。また最晩年はどのような心境に至ったのか。『源氏物語』作者として高く評価され、中世には菩薩《ぼさつ》の化身とまで囁《ささや》かれた紫式部ですが、実際にはもちろん、私たちと同じ生身の人間です。本書は、その彼女の偽らぬ「心の伝記」を目指しました。

本書が、紫式部の「ひとり語り」、つまり一人称での独白という形をとっているのも、その理由からです。心とは本人から打ち明けられなくてはなかなか伝わらないものですが、実は私たちが紫式部の内面について知ろうとする際、圧倒的に豊かな情報をもたらしてくれるのは、『紫式部日記』と『紫式部集』という、紫式部自身の手による二つの作品です。これらは紫式部自身の言葉で書かれた、本人による証言、言わば打ち明け話です。それらが最大の資料である以上、それに拠《よ》って立つ本書も、本人の独白の形をとらなくてはならないと考えたのです。読まれた方は、まるで紫式部から直接語りかけられているように感じたことでしょう。小説のようにさえ思えたかもしれません。が、小説ではありません。紫式部作を始め平安時代の文学作品、紫式部をめぐる歴史資料、そして国文学・国史学の研究成果によって再構成した、紫式部の生涯です。ただ、読む際には読み物として楽しんでいただければと思います。紫式部という人物の息遣いや体温を感じていただければ、心から嬉《うれ》しく思います。

本書と同じく独白の形をとる評伝に、西川祐子氏の『私語り　樋口一葉』があります。私は寡聞にして長くこの名著の存在を知りませんでした。が、今年一月の岩波現代文庫での復刊の折に、新聞広告でタイトルを目にして驚き、即座に通読して再び、背中を押されるのを感じました。独白体で紫式部伝を書くことは、私の長年の思いだったからです。

そうして順調に紫式部の言葉を綴《つづ》りつつあった春。あの大震災のあった三月十一日は、紫式部が夫を喪《うしな》い絶望に打ちひしがれる章を書き始めた、その日でした。おそらく誰もがそうであったように、しばらくは呆然《ぼうぜん》とすることしかできませんでした。が、やがて、書かなくてはならないと感じました。大切な人を喪うという苛酷《かこく》な状況に、紫式部は幾度も襲われています。『源氏物語』はそうした中から生まれてきた作品です。容赦ない世の現実、それに縛られた我が身。しかし心は、何にも縛られず生きることができると、紫式部は言っています。一人でも多くの方にそのことを伝えたいと、強く思ったのです。

今回、この冒険的な書を温かく見守り、世に送り出して下さった角川学芸出版の皆さんに、心から御礼申し上げます。また、最初の読者として鋭いだめ出しをくれた夫にも、感謝します。そしてやはり、常にぴったりと私の傍らに寄り添い、語りかけてくれた紫式部に、千年の時を超えて御礼を言いたいと思います。ありがとう。そして、これからもよろしくと。

平成二十三年初秋　著者しるす

# 文庫版あとがき

本書が単行本として、『私が源氏物語を書いたわけ　紫式部ひとり語り』のタイトルで出版されたのは、二〇一一年のことだった。それから九年が経ち、このたびタイトルを変えて角川ソフィア文庫の一冊として文庫化されることになった。心から嬉《うれ》しい。そう思うのは、一つには、本書が一時期品薄となり、ネット上では古書として高額の価格が付くなど、絶版が危ぶまれたことがあったからである。

紫式部自身による語りという、おそらく紫式部の評伝として類例のない本書の方法を、私は九年前の「あとがき」で「冒険的」と呼んだ。確かに冒険的だと、今でも思う。しかしこの方法は、研究者として熟考の末に選んだものだった。紫式部自身による打ち明け話である『紫式部日記』や紫式部自撰《じせん》の『紫式部集』という、紫式部が直接読者に語り掛けた作品を土台にする以上、それらと同じ方法をとることこそが、研究者として誠実だと考えたのである。本書がＫＡＤＯＫＡＷＡの学芸部門を担う角川ソフィア文庫から文庫化されると聞いた時、この方法は学術的にも受け入れられたのだと感じた。それが、今回の文庫化が嬉しいもう一つの、そして大きな理由である。

実は昨秋、インターネット上で『源氏物語』に関する論文を検索していて、不思議な論文を発見した。二〇一六年、韓国の学術雑誌『日本語文學』に掲載されたもので、ハングルで書かれているので、私には全く読むことができない。だが表題の副題の中に（私が源氏物語を書いたわけ）と日本語で、確かに本書の旧名が記されているのだ。私は勤務校の京都先端科学大学の人文学部への韓国人留学生である金俊秀君に頼み、論文を日本語訳してもらった。すると、本書を研究の世界と読書の世界の大きな流れの中に位置づけ、その文化的意義を論じてくれている。筆者は漢陽《ハニャン》女子大学校の金秀《キムス》姫《ヒ》先生。東京大学に留学し、日本の学術雑誌に幾つもの論文を発表されている研究者である。今は帰国して、韓国の雑誌で本書を紹介して下さっていたのだ。私は驚き、そしてこれも紫式部という人物の人徳なのだと思った。

生き長らえれば憂さばかりが募る、世というもの。しかし私たちの身には、ここ以外に居場所がない。だからただ生きていくのだと、紫式部は詠んだ。だがそうではないと、私は紫式部に伝えたい。あなたの作家としての人生は、千年後にまでその作品が読まれることで、今の世にも生き永らえている。だから私もあなたの思いを、一人でも多くの人々に伝え続けたいのだと。紫式部はどう答えるだろうか。それとも、ただ苦笑するだけだろうか。

二〇二〇年一月　　著者しるす

本書は、『私が源氏物語を書いたわけ　紫式部ひとり語り』（二〇一一年一〇月、小社刊）を加筆・改題の上、文庫化したものです。

# 紫《むらさき》式《しき》部《ぶ》ひとり語《がた》り

山《やま》本《もと》淳《じゅん》子《こ》

令和2年 2月25日 初版発行
令和6年 2月5日 14版発行

発行者●山下直久

発行●株式会社KADOKAWA
〒102-8177 東京都千代田区富士見2-13-3
電話 0570-002-301(ナビダイヤル)

角川文庫 22058

印刷所●株式会社KADOKAWA
製本所●株式会社KADOKAWA

表紙画●和田三造


ISBN 978-4-04-400581-8 C0193

◆◇◇